5000
总主编 冯

TRICKSTER
TALES

智慧宝典

150则机智人物故事

本册主编 祁连休

上 海 文 化 出 版 社
上海故事会文化传媒有限公司

5000

5000 年民间故事经典传承丛书

总主编　冯骥才

总策划　何承伟

一、关于中华民族的历史，5000年之说约定俗成，近来亦有3700年之说，并以文物、文献和文字为其主要特征。民间故事是口头文学，似不应止步于3700年，故采纳5000年之说。

二、民间故事是中国文学乃至中华文明不可或缺的组成部分已成共识。首先，自新文化运动以来，民间故事得风气之先，曾获得不同规模的搜集、整理、研究和开发。其次，从1981年开始，国家启动长达28年的"三套集成"文化工程，民间故事的丰富矿藏渐为世人所知。第三，《故事会》杂志更是以"民间故事金库"栏目的形式连续地、固定地刊发了许多作品，在社会上已形成一定的覆盖面和影响力。

三、因此之故，我们推出"5000年民间故事经典传承"丛书，既秉持传承之意，又力兴传播之举。

四、丛书邀请中国社会科学院、北京大学、北京师范大学、复旦大学、华东师范大学、华中师范大学等有关专家学者成立编委会并担任学术指导。冯骥才担任总主编，何承伟担任总策划。

五、丛书计划出版50种，分"话"、"蒙"、"书"、"名"、"知"、

"智"、"趣"七个子系列。故事会编辑部负责编辑工作。

六、每年计划推出约 10 种选题,丛书之出版贯串于"十二五"出版规划整个过程。

七、编选原则:1.所编选的作品要体现经典性、富有传承性和贯彻当代性。2.编选形式求大同存小异。3.每册图书的篇幅控制在 20 万字以内。

总体而言,丛书采取的是选本的形式。也正如鲁迅先生所说的,选本所显示的,往往并非作者的特色,倒是选者的眼光。故,希望得到社会各界的批评指正。

虽然我们今天已经进入大数据、云计算时代,然而,我们仍然倡导有根的阅读,更想让民间故事的智慧像火种一样,一粒一粒种在读者的心里。

丛书编委会

序言

　　机智人物故事是世界各国民间故事中一个别具特色的、颇为引人注目的门类。这一门类的民间故事,是由一个特定的富有智慧的故事主人公贯穿起来的故事群的总称。

　　在我国的民间故事里面,机智人物故事十分丰富。迄今为止,我国已在汉族和四十多个少数民族中,发现了近千个机智人物故事群。这些故事主人公,有的有生活原型,有的则是出自艺术虚构;有的属于劳动者型,包括奴隶型、农奴型、农夫型、村姑型、牧民型、渔民型、雇工型、仆役型、工匠型、矿工型、游民型等,有的属于非劳动者型,包括官宦型、文人型、才媛型、小吏型、衙役型、讼师型、艺人型等。无论属于何种类型,这些故事主人公大都机捷多谋,诙谐善谑,敢于傲视权贵,常以机智的手段播弄、惩治邪恶势力,扶危济困,嘲讽各种愚昧落后的现象,为民众津津乐道。这一类人物形象,往往在一个地区、一个民族广为人知,成为民众心目中的"智慧的化身";有的甚至在全球传播,被誉为民间文学中的"世界的形象"。

　　我国各民族的机智人物故事,往往以写实手法再现社会生活,富有喜剧色彩，蕴含着人民群众的幽默感，洋溢着笑的乐趣，具有一定的社会意义和美学价值，无疑会以其独特的艺术魅力吸引越来越多的读者。

我们奉献给读者的这本中国各民族机智人物故事集，是从展示故事主人公智谋的视角来编选的。从入选的近二百篇作品不难窥见，故事主人公为了应对各种场面，征服各种对手，常常使出各种高超的计谋和巧妙的手段，无论事先经过周密策划，还是临场发挥急智，都能够左右逢源，立于不败之地。综观中国各民族机智人物故事，其主人公惯常采用的谋略、手段达数十种之多，本书中列举了十多种如下：

"针锋相对"法——此法系故事主人公与对手进行较量的时候，有针对性地采取相应的对策和举措予以还击，从而取得主动，立于不败之地。

"以矛攻盾"法——此法系故事主人公以对手提出的理由来诘难其人，使之难以辩驳，只好听任故事主人公摆布。

"以牙还牙"法——此法系故事主人公以对手诓骗、诬陷、讹诈、坑害他人的手段来还击对手，使其人受到惩罚却无言以对，无计可施。

"指桑骂槐"法——此法系故事主人公以怒斥动物、咒骂旁人的方式来教训对手，一吐心中的愤懑；有时甚至故意让对手知道在挨骂，却又难以发作。用以骂对手的人物或者动物，可能是有名有姓的具体对象，或者猪、狗、驴、牛、马、乌龟、苍蝇、麻雀等具体动物,也可能是王八蛋、贼、东西、牲口、畜生一类并不确指的人和动物。

"旁敲侧击"法——此法系故事主人公与对手打交道时,并不直截了当地表达自己的看法、想法,而是从侧面转弯抹角地揭露、嘲讽、抨击对方,诙谐有趣,游刃有余。

"引鱼上钩"法——此法系故事主人公有意以金钱、财物、美食、美色等作为诱饵,使居心不良的对手落入圈套,受到嘲弄、惩罚,甚至破财、遭灾。

"请君入瓮"法——此法系故事主人公故意制造错觉,设置陷阱,让那些欺压百姓、凌辱穷人的县令、土司、恶霸、财主、奸商、讼棍、强盗等各色人物成为他瞄准和摆布的对象,受到耍弄、惊吓、打击,再也不敢胡作非为。

"装傻卖呆"法——此法系故事主人公故意装出种种呆傻之态,包括不识数、不识货、不会听话、不会走路、不会干活、不会办事、不认方向、不会做买卖、写错别字等等,借以蒙骗、捉弄对手,达到惩罚对手的目的。

"偷梁换柱"法——此法系故事主人公采用巧妙换人、换物的办法来捉弄、欺哄、惩罚对手,甚至改变被动的局面,立于不败之地。

"假戏真做"法——此法系故事主人公以各种虚假行为来诓骗对手,却丝毫不露破绽,使对手深信不疑,因而被调侃、愚弄,或者受到打击、惩罚。

"瞒天过海"法——此法系故事主人公以各种各样的欺瞒手

段,应付形形色色的对手,使其上当受骗,以达到预期的目的,让对方变得狼狈不堪;或者化解矛盾,从而度过难关。

"随机应变"法——此法系故事主人公在事前并无任何准备的情况下,即兴发挥,伺机行事,灵活地应对各种难题,因而占据有利地位,或者让对方束手无策,处境尴尬。

"克难制胜"法——此法系故事主人公在遇到各式各样的困难和问题的时候,以其聪明才智冷静应对,主动出手,逐一克服困难,化解矛盾,解决问题,最终成为胜利者。

"化险为夷"法——此法系故事主人公在陷入困境、碰到难心事的时候,冷静应对,及时采取有效举措消除矛盾,化解险情,因而获得成功。

"明嘲暗讽"法——此法系故事主人公或者采取直截了当的方式,或者采取迂回曲折的方式,讥讽、嘲笑各色各样的反面角色,替老百姓鸣不平,以解心头之恨。

除此以外,故事主人公与对手较量时,还经常采用"调虎离山"法、"装神弄鬼"法、"借刀杀人"法、"声东击西"法、"将计就计"法、"以逸待劳"法、"金蝉脱壳"法、"制造错觉"法、"假名诓骗"法、"假物蒙人"法、"谎话欺哄"法、"托物寓兴"法、"巧驯禽兽"法、"故走极端"法、"巧解句读"法等等,恕不一一列举。

总之,中国各民族机智人物故事,可以称得上是一座小小的智谋库。我国各民族人民群众世世代代用自己的聪明才智来浇灌机智人物故事之花,同时又通过传播和欣赏这一类民间故事来开阔眼界,增长智慧。我们希望读者在接触这一本机智人物故事集的过程中,不但能够获得艺术欣赏的乐趣,而且也会在才智方面得到启示。

祁连休

2014 年初冬于北京

针锋相对 ············ 1

2 种羊"难产"

5 兔汤

7 破规矩

10 审状元

12 斗败刁师爷

以矛攻盾 ········ 15

16 马判官

19 用鸡换牛

21 计斗群盗

23 一文钱祝寿

24 话把把儿和银根根儿

25 一斗米和一把米

27 山在虎还来

30 买火柴

32 吃螃蟹脚

34 塘角鱼

以牙还牙 ········ 37

38 计平圣旨牌案

40 闹寿

43 十子不如石子

44 打赌

48 寻找智慧

50 吃一升米和一升包谷

51 "陈二哥"陪客

53 戏族长

56 巧换金罗汉

59 半头"鲁"的故事

60 巧审大善人

62 进面馆

65 公喜？母喜？

指桑骂槐 ············ 68

69 撵驴

71 斜眼

72 卖"我"

73 没人味儿

旁敲侧击 ············ 74

75 反穿朝服见皇上

79 堂上作证

81 大堂有个糊涂虫

84 脱联敲权门
87 称棉花
89 沙子着火

引鱼上钩 ………… 91
92 巧治菜霸
96 "黑猫"和"黄猫"
100 买缸
102 石头变银子
105 挑盐
108 交税
110 七星鱼变老蛇
112 打猎
115 弯枪打斑鸠
117 赚开城门

请君入彀 ………… 118
119 打官司
121 "鬼"食鸭子
124 花中有轿
126 杀驴
128 半截春联
129 一字笑的"智壶"
131 智擒九盗

134 计惩伍阎王

装傻卖呆 ………… 137
138 给大阿訇理发
140 出征
142 老爷怕风
144 买橘子
146 再不说不吉利的话了
148 巧退婚
150 十坛金银
152 当养老女婿

偷梁换柱 ………… 153
154 以砖换银
158 盗县印
160 佛爷偷糌粑
162 享懒福
164 养豢郎猪
166 巧断奇案
169 计赚洋人
172 到财主家里做客

假戏真做 ………… 175
176 杀神牛

179 巧抗酥油差

181 锅生儿

183 买鱼种

185 捉沙则

187 巧献碎玉

190 拜年惩恶

194 智擒金拐子

199 化缘

204 夫妻定妙计

208 借手巧砸百把壶

210 地神作怪

213 高利贷商人的四十头犍牛

216 鸭仙

瞒天过海············ 218

219 智截蕲竹簟

221 种金子

223 分金砖

228 挖窖银

229 卖蒜皮

232 接丈母娘

234 哄妻

237 帮县官

240 陷死牛

242 赌骑骡

随机应变········· 244

245 智解"老头子"

247 招牌与对联

249 智慧囊

251 掌柜子真好

253 应考

255 知道

256 打赌吃鸭

258 打与笑

259 吃"而已"

261 整治拳客

263 吃酒巧对诗

265 奏本

267 金戈戈斩地头蛇

271 骑魔鬼

274 砍不倒的芭蕉树

276 问路

克难制胜········· 277

278 翻挂匾牌震咸阳

282 受罚推磨

286 得皇赏

291 斗知府

294 "招婿"上门

296 释春联

298 保坝

300 合用一副后鞯的两头毛驴

302 阿尔格齐和汗

304 大闹苏州松鹤楼

306 一刀之罪

310 谈棋换面

312 打御桶

314 智取大水牯

317 借谷种

320 做沙绳

322 莫踩断禾根

324 从天上掉下来的礼物

328 山羊换骏马

化险为夷 ············ 331

332 "湖口"改"湖中"

334 卖棒槌

336 断案

338 洞房逗趣

341 巧做媒

343 出嫁路上

344 劝架

346 巧丢棒槌

348 卖韭菜

351 选拔大臣

明嘲暗讽 ·············· 354

355 十九层地狱

358 作灯联

360 送县官

362 题匾

364 祝寿

367 智斗太守

371 蜡烛头鱼行主

373 出门时时好

374 三戏蔡糊涂

针锋相对

巴拉根仓，蒙古族牧民型机智人物，出自艺术虚构。其故事内容丰富多彩，民族特色浓郁，相当诙谐有趣，在大漠南北各地的蒙古族聚居区广为流布，深得民众喜爱。

种羊"难产"

常言道："秃头牛爱顶架，绝望者好寻短。"昏庸的王爷跟巴拉根仓比智慧，每次都输，他气急败坏，愈发妒忌起来，气得连觉都睡不好了。他挖空心思地想啊想，终于想出个把巴拉根仓赶入深山老林，永远不让他再回草原的妙计。

王爷令手下人把所有的公种羊都挑出来，然后对巴拉根仓交代说："你不是多智善谋吗？交给你这群羊，你把它们赶到后杭盖山里放牧，什么时候它们产了羔子，再来见我，不然不准你下山。"

"是。"巴拉根仓看了看种羊群，二话没说，便接受了王爷的旨令，赶着羊群到后杭盖山放牧去了。

王爷自以为得计，睡觉也比以前香了。

哪成想，第二年春天，巴拉根仓突然下山来拜见王爷。王爷问："是不是连羔子一起赶回来了？"

"抱歉，王爷。"巴拉根仓显出愁眉苦脸的样子回答说，"就我只身一人回来了。"

"什么？"王爷一听巴拉根仓空着手回来了，暗想：这回轮到你巴拉根

　　王爷令手下人把所有的公种羊都挑出来,然后对巴拉根仓交代说:"你不是多智善谋吗?交给你这群羊,你把它们赶到后杭盖山里放牧,什么时候它们产了羔子,再来见我,不然不准你下山。"

仓倒霉的时候了,便厉声问道,"羊群没有产羔,你胆敢下山,该当何罪?"

"咳!王爷。"巴拉根仓回答说,"不知是我巴拉根仓倒霉,还是王爷的命运不吉利?我也弄不清。一入春,王爷交给我的那群羊正要产羔,可又个个都难产,结果全给死光了。"

"混账,你骗人。"王爷一听说他的种羊全死光了,心痛地嚷道,"岂有此理,我给你的全是种羊,它们怎么会难产?"

"尊敬的王爷,"巴拉根仓不慌不忙地回答,"你既然要叫种羊产羔,它们难产有什么奇怪?"

王爷知道自己说走了嘴,无话可回答,便扭头钻入内室……

(搜集:朱荣嘎;整理:芒·牧林;翻译:敦若布)

阿凡提，全称"纳斯尔丁·阿凡提"，亦称"霍加·纳斯尔"，中国维吾尔、哈萨克、柯尔克孜、塔吉克、乌孜别克族著名的机智人物。其中以维吾尔族地区流传最广，家喻户晓，尽人皆知。

兔　汤

阿凡提一位打猎的朋友打猎回来，带给阿凡提一只兔子。阿凡提很高兴，拿兔子做成菜，请他吃了一顿晚饭。

不到一个礼拜，那打猎的又来了，敲阿凡提的门。

"谁呀?"阿凡提问。

"我呀，上回送兔子来的你那位朋友呀。"打猎的回答。

阿凡提拿兔子汤又招待了那位朋友一晚上。

一个礼拜以后，有那么五六个人，说："咱们结识结识阿凡提去。"他们就找阿凡提来了。

阿凡提问他们："你们是谁呀?"

"我们是送你兔子的你那位朋友的朋友。"

"哦! 好，好!"阿凡提拿汤茶也招待了他们。

一个礼拜之后，阿凡提门上又来了八九个人。阿凡提问他们都是些谁，他们回答说："我们是送你兔子的那位朋友的朋友的朋友。"

"那很好，很好。"阿凡提彬彬有礼地欢迎。

把这班客人让进了屋，阿凡提就给他们端来了一碗泥水。

"这是啥？吃的?"客人很诧异。

"这个呀!"阿凡提说,"就是我那朋友送来的兔子的汤的汤的汤。"

（翻译:李元枚）

赵有生,瑶族雇工型机智人物,其原型为湖南江华瑶山青梅寨人,生于1870年,卒于1940年。他的故事流传于江华一带。

破 规 矩

从前,江华县瑶山的两河口有个汉族财主叫黄有富,为人刻薄歹毒,寨子里的瑶家都恼他,喊他作"黄老虎"。

正月,长工们刚上工,他就给他们定了三条规矩:一、出工要说行就行,不得拖拖拉拉;二、做事要崭劲往前赶;三、挑担抬轿要一鼓作气,不得半路歇肩。犯一次,每人罚银一两!

长工们听了,都觉得这规矩太苛刻,但端了人家的碗,就得属人家管,不好出面反对,大家都希望赵有生出个主意。

赵有生默了默神,对黄老虎说:"老爷,你如果逼着我们犯规矩呢?"

黄老虎说:"好笑,我还会逼着你们犯规矩吗? 要是这样,每次我赔你们一两!"

当天晚上落了点雨,山上的厢桥①上有点湿。第二天,天气晴和,正是拉厢②放木的好时候。黄老虎叫长工们赶快上山砍树拉厢。

---

① 厢桥:山区一种原始的运木通道,上接材山,下通溪河。
② 拉厢:瑶山一种原始的运木方法。

赵有生说:"老爷,我们不去。"

"为什么不去?"

赵有生说:"老爷,你昨天定的第一条规矩就是做事不得拖拖拉拉,去山岭上拉厢放木,干的全是拖呀拉呀的活儿,你不是逼我们犯规矩吗?"

"这……"黄老虎为难了。他想:这规矩是自己刚定的,赖又赖不脱。要是不叫他们拉厢放木,树木运不出就会朽在山里。没办法,只得认罚。他将罚银掏了出来,长工们才上了山。

四月间,正是插秧的时候,黄老虎叫长工们去插秧,可是喊了一遍又一遍,赵有生领着长工们坐着不动。

黄老虎发火了:"什么时候了,还不下田去!"

赵有生说:"老爷,这秧我们插不得!"

"怪事,难道我是请你们来吃干饭的?"

赵有生眉毛一扬,站起来说:"老爷,你那第二条规矩规定我们干活只能崭劲向前,可插秧是边插边向后退的,你说怎么办?犯了规矩我们罚不起!"

黄老虎急得团团转,眼看芒种节快过去了,芒种忙种,耽搁一年阳春可划不来!他没有办法,只好打落牙齿往肚里吞,又认了一次罚,才打发长工们下田。

过了不久,黄老虎病了,叫赵有生和另一个长工抬他到山外郎中家去看病。他们专走坎坎坷坷的路,一脚高,一脚低,轿杠子一闪一闪的,把轿子里的黄老虎抛起老高。

黄老虎的儿子黄豹跟在后面,忙喊:"歇下,歇下,看爷老子怎样了。"

"少爷,你爷老子规定的,抬轿要一鼓作气呀!"

赵有生他们越走越快,到了郎中家,黄老虎只有出气没有进气,差点儿见了阎王。

(讲述:赵明兴;搜集整理:唐宽如　徐　霞)

钱六姐,汉族才媛型机智人物。其原型钱梅窗(1489—1544),明代正德、嘉靖年间咸宁双港的一位才女。民间有"无诗无对不成钱六姐"的说法。其故事大都与吟诗、属对有关,在湖北咸宁、通山、黄石等地流布,广为人知。

审状元

状元犯了法,官司打到县衙,县太爷说自己的官职太低,审理不了状元。钱六姐横下心,要为张寡妇申冤。她到府衙击鼓,向新到任的知府告状元。

这新到任的知府不是别人,正是钱六姐的丈夫李宗乾。此人刚进官场,还算清白,以后投到当今宰相严嵩的门下,就逐渐变成了贪官。他今天刚到任,就见有人告状,以为是个发财的好兆头,便开口道:"老爷的衙门朝钱开,老爷的衙役两边排,老爷我今天堂中坐,有理无钱莫进来。"

钱六姐听声音很耳熟,抬头一望,见是丈夫李宗乾,顿时胸中直冒火,决定戏弄他一番:"老爷的帽门朝后开,老爷的帽耳两边排,老爷你明镜堂上挂,不理民事滚下来。"

李宗乾道:"大胆刁妇,竟敢辱骂本官,来人,拉下去重打五十大板!"

钱六姐站起来怒道:"昏官!你敢打你家姑太婆?"

李宗乾闻这女子口气不小,仔细一看是妻子钱六姐,吓了一跳:"哎呀,我的老姑婆,你吃了豹子胆,告起状元老爷来了?"

"告他不得?"

"他是当今国相的得意门生,告他不得!"

"莫说他是奸相的得意门生,就是皇帝老子的得意女婿,我也要告!"

钱六姐叫丈夫赶快审状元,李宗乾劝妻子多一事不如少一事。气得钱六姐一把将他拉下堂,剥下他的官衣官帽,自己女扮男装审起了状元公。

从前朝官审案,案桌前没有吊桌布,状元公在堂下,看见案桌下一双女人脚,知道是钱六姐。他说:"好一个钱六姐,你无法无天,竟敢女扮男装替夫坐堂审案,我要告你个乱纲欺君之罪!"

钱六姐说:"我叫你告!"她提笔在纸上写了四句诗:

小小状元郎,
临死还嘴硬。
打发见阎王,
阴间告老娘。

写后将笔一丢,令衙役将状元公打入了死牢。

后来当官的学乖了,每当升堂审案的时候,都要在案前吊一块桌布,以免脚下有失。

(讲述:镇万玉;搜集整理:刘　民)

11

徐文长，汉族文人型机智人物。其原型徐渭（1521—1593），初字文清，改字文长，号天池山人、青藤道士，山阴（今浙江绍兴）人，明代文学家、书画家。性格狂放，愤世嫉俗。其故事多以对抗官府、嘲弄权贵为内容，在浙江、江苏及全国许多地方广泛流传。

斗败刁师爷

浙江山阴县的县官，是一个目不识丁的草包。他贿赂了五千两银子，捐得一名七品知县，上任时带来一名诡计多端的绍兴师爷，做他的心腹幕僚，为他出谋划策。

这位师爷姓刁。他以博学多才自居，所以骄横无理，目中无人，常常以戏弄别人为乐。刁师爷早闻徐文长大名，心中老大不服气。心想：定要借机当众坍他的台，方见刁师爷的厉害。

有一次，刁师爷在受到徐文长羞辱后，心生诡计。他奸笑一声说道："徐先生，我和你打个赌，如你胜了，那么我就心服口服！"

"怎么打赌？请道其详。"徐文长问道。

刁师爷答道："我和你如打架吵嚷般地扭往县衙门去告状，由县太爷判决谁输谁赢。输者责打三十大板。不知你敢去否？"

徐文长听了心里明白，这是他想借县官之权势来压倒我。我何不将计就计，同他前去，见机行事。于是笑着答道："哪有不敢之理？一定奉陪。"

两人当即离开酒店，一路往县衙门走去。将近到衙门前，两人就装着争吵,扭将起来,击鼓鸣冤。衙役一见是自己的师爷鸣冤,马上进内通报知县。知县传令立即升堂。

堂外围观了一大群百姓,都在为徐文长担心。徐、刁两人到了堂上,仍是吵嚷不休,都在说:"我说得对!"

知县不明就里,冲着刁师爷问道:"你们所为何事,吵闹不休? 说得明白,待本县做主!"

刁师爷抢先说道:"东翁! 我和他……"

"师爷,你不要急嘛! 让他先说。"知县和谐地对师爷说,满以为定要帮他打赢官司,接着对徐文长喝道,"快些从实讲来!"

此时,徐文长早已妙计在心,一本正经地说道:"回禀大人! 小人和他无怨无仇,今天同在酒楼饮酒叙谈。只是为了一事,争论不休,各陈己见,故而前来公堂之上,请大人做主!"

"为了何事,争论不休? 从实禀来!"知县问道。

徐文长胸有成竹地继续说:"只因我们在饮酒时,他当众说你大人胸无半点墨,是五千两纹银捐来的捐班官,所以办事无能,平时衙门中的一应公事,都是他刁师爷一手包办的。小人听了不服,我说:'大人必定是三考得中,金榜题名,两榜出身,满腹经纶。否则,岂能做得朝廷命官,七品大员呢?'他听了也不服。所以我俩吵嚷不休,只得到衙门请大人做主——究竟是谁说得对?"

知县最怕人家知道他的出身底细,曾几番吩咐刁师爷不可传扬出去。今天这位师爷竟敢在大庭广众的酒馆中揭他的疮疤,气得他面色铁青,火冒三丈。

刁师爷知道不好,要想分辩,可是,不等他开口,知县早就指着他怒喝道:"你好大胆!想本县十年寒窗,磨穿铁砚,才得金榜题名、两榜出身。后蒙皇上荐拔重用,来此山阴县做一县之主。哪个不知,谁人不晓!大胆刁姓狂徒,竟敢造谣惑众,诬蔑朝廷命官!该当何罪?来呀!"

"有!"

"速将他重责三十大板!"

衙役不敢怠慢,一拥而上,将刁师爷拉翻在地,"一、二、三、四、五……"打将起来。

"东翁,冤枉呀!"刁师爷急叫。

知县又气又恨,听他叫屈,好似火上添油,急把惊堂木一拍,大喝:"谁是你的东翁?叫冤枉再罚二十大板!"衙役哪个敢留情,当即打完三十下,又狠狠打了二十板子。打得师爷皮开肉绽,再也不敢叫屈了。

徐文长笑着对刁师爷说:"现在你可认输了吗?"

打完板子后,这位知县太爷还不过瘾,一怒之下当堂撤了刁师爷的职,命他立即离开衙门。

刁师爷无法,只得卷了铺盖,一拐一跛地回绍兴乡下去了。

(搜集整理:潘善良)

以矛攻盾

马坦，汉族劳动者型机智人物。在作品中常以长工、农夫、挑夫等身份出现，浪迹于村坊、集市之间。其故事流传于浙江东阳一带。

马判官

马坦出外流荡了几年,终于回到家乡来啦。

到家的当天,堂弟有贵告诉他,村东的道智寺有个老和尚,自称已修成活佛了,能知人天命,定人祸福,常常装神弄鬼,诈骗钱财。

早年马坦在家时,跟这老和尚有过交往,现在听有贵这么一说,就决计当天去见他一见。

马坦来到道智寺,在禅房找到老和尚。老和尚见到马坦,心里疑惑:他到底是来拆庙,还是来烧香? 但不管如何,都要想法把他镇住才是。

老和尚让马坦坐下后,便眉飞色舞地吹嘘起来,说自己本是罗汉转世,现已重新修成了罗汉。马坦一直佯装很相信地听着。

忽然,那老和尚"突"地从座上跳起,面西跪下,口中说:"不知佛祖驾到,有失远迎,万望恕罪。"

马坦问时,老和尚说,今日是王母娘娘的蟠桃会,刚才如来佛赴会路过这里,要他同往,他是在行接驾礼呢。

马坦听后微微一笑,并不搭话。

转眼间,老和尚又一次从座上跳起,躬着身子弯着腰,说:"不知大士光临,有失迎候,务请见谅。"完了,不等马坦发问,便抢着说,刚才是观音大士驾临。

马坦听了,还是不搭话。

送走"观音大士",老和尚正准备坐下,突然又说有几位罗汉来了,急忙朝天空招了招手,说:"诸位先走一步,我马上赶来。"

马坦心里着实好笑,但并不想现在就点穿他,看看老和尚还有什么戏要做。

两人又静坐了一些时候,终于,老和尚不耐烦了,说:"马坦,你到底有什么事相求,请快说出,我还要急着去赶蟠桃会呢!"

马坦见老和尚黔驴技穷,便站起来,走到门口,佯装跟别人说话。声音断断续续地从门外传到老和尚耳里:"二位来了……已经找到……请再等一会儿……"

老和尚听得心中生疑,等马坦回屋,便问:"你跟谁说话?"

"天机不可泄露。"马坦神秘地说了一句,便反问道,"你真是活罗汉吗?"

"不信,可问如来佛去。"老和尚说。

"那可能是我们找错了。"马坦说着就站起身来到门外,装着跟谁嘀嘀咕咕地商量,说,"二位请看仔细,别找错了。什么? 没错,好! ……"

老和尚听得真切,心中大疑,大声对马坦喝道:"你想勾结坏人来算计我吗? 哼,看你……"

"请别发怒。实话对你说吧,我已不是人,十年前我就死了,阎罗王见我有点本事,就委我当了地府判官。现在,我是奉命来捉拿你的哩,黑、白两位无常已在门口等候多时了。"马坦说得很玄乎。

老和尚不听则罢，一听就汗毛根根倒竖，"砰"的一声跪倒在地，苦苦哀求说："马判官，看在同乡的面子上救我一救。"说完，便捣蒜般地磕起头来。

　　马坦装作为难的样子，说："这，这可是救不得的。既然是同乡，总归也得卖点情面。这样吧，给你一天的期限，须办的事赶快办，我明天再来。"说完马坦便走出禅房，装着招呼黑、白二无常的样子，直往佛殿走去。

　　老和尚一步三叩头地哀求着，紧紧跟将出来，活像那些"硬讨饭"一般。佛殿里有许多善男信女在烧香拜佛，他们见状，好生奇怪，纷纷围拢来观看。

　　此时，马坦便停下脚步，转身对老和尚说："不是说你是活佛吗？既然是活佛，自然是长生不死的。这回，定是阎罗王一时失误，看错了名字，你还是向如来佛和观音菩萨求求，请他们搭救吧。"

　　老和尚顿时忘却禅林规矩，捶胸跺脚，放声大哭起来，说："我该死，我该死，我不该欺骗你马判官。我，我这活佛，其实……是假的哇。"

　　"这哪会是假的呢？我都亲眼看见你跟如来佛他们打招呼了。"马坦说。

　　"你不知道，那是为了骗骗你哇。"

　　"啊！是这样吗……那我也跟你说实话吧，我马坦也不是什么判官，刚才，我也是为了骗骗你哇，哈哈哈……"

（搜集整理：周耀明）

金善达，一译作金先达，朝鲜族著名机智人物。他的故事在我国东北朝鲜族聚居地区和韩国、朝鲜各地广为流布，颇受群众喜爱。

用鸡换牛

早先有个既贪财又吝啬的两班财主。要问他咋个吝啬法儿？为了白喝一杯酒，他能跑上十里地；为了白吃一顿饭，他能饿上三个月零十天。

这么一个吝啬鬼，恰好与金善达住邻居。他虽然奸诈、狡猾，但是在金善达面前，连手指盖大一点儿的便宜都没占着过。他对金善达又是恨又拿他没办法。可是，他又不甘心，天天琢磨着法子要占金善达的便宜。

有一年春上，金善达家的母鸡孵了一窝鸡崽儿，一个个毛茸茸、黄澄澄，怪招人稀罕的。这窝鸡崽儿可把财主眼馋坏了，他一天要扒着墙头望一遍儿，绞尽脑汁寻思着霸占的方法。后来终于想出了一个主意。

一天早上，金善达正在喂小鸡呢，财主大摇大摆地走进院儿来，对金善达说："我说老弟，今天我是来赶我的这窝小鸡的。"

金善达不慌不忙地问："这是什么道理呢？"

财主得意地把早就编好的话儿说了出来："老弟，你想想看，没有男人，女人是生不了孩子的；同样，没有公鸡，母鸡是孵不出小鸡来的。你家没有公鸡这是实情，要是没有我家的公鸡，你家的母鸡能孵出小鸡来吗？所以说，你家的这窝小鸡崽儿，应该归我所有！"

金善达眨巴眨巴眼睛,想了一想,装出十分高兴的样子说:"对!对!说得有理,请你把这窝小鸡崽儿,赶回家去吧!"

财主便得意地把小鸡崽儿赶回了家里。他想:金善达呀金善达,这回你可吃了大亏了!

别把话说早了。那么聪明的金善达,能让你财主占便宜?

日子像流水一样过去,转眼到了秋天,财主赶去的那窝小鸡,已经变成了大鸡。

这时候,两班财主家的一头母牛生了一头小牛犊。金善达一看,这头小牛犊长腰身,高个儿头,大耳朵,滚瓜溜圆的很是滑腾。

有一天,金善达拎着一副缰绳,大摇大摆地走进财主家的牛棚里,把缰绳往小牛犊的头上一套,拽着就走。一边走,一边对财主说:"我说老哥,今天我把我的这头小牛犊牵走了!"

两班财主慌里慌张地跑出来,指着金善达的鼻子骂开了:"你这个没良心的家伙,大白天敢……敢来抢人家的牛!"

金善达不慌不忙地把早就编好的话儿说了出来:"老哥,你想想看,没有男人,女人是生不了孩子的;没有公鸡,母鸡是孵不出小鸡来的;同样,没有牤牛,母牛是下不了牛犊的。谁不知道你家是没有牤牛的呀!没有我家的牤牛,你家的母牛能生出牛犊来吗?所以说,就像我家的小鸡崽儿应该归你所有一样,你家的小牛犊也应该归我所有!"

说完,金善达往小牛犊的后屁股上一拍,得意地把牛牵走了。

两班财主眼看着金善达把自家的小牛犊牵走了,干哑吧嘴说不出话来。

你说,这占便宜的是谁?那当然是金善达喽。

(讲述:金德顺;搜集整理:裴永镇)

双倌，汉族劳动者型机智人物。在作品中多以长工身份出现，有时也以佃农、杂工等身份出现。其故事流传于江苏无锡一带。

计斗群盗

有一年，苏锡常一带发了大水，圩田被淹了，好多岸路也没在水里。

在运河边上有个村子，村上有个后生，他明天要去常州迎亲。岸路不能走了，只得改水路。双倌正好来到那个村，他能摇得一手好船，就抢着去摇船。

这日，逆风加逆水，双倌搭三个后生摇船十分费劲，个个汗流浃背，也摇不出多少路。

于是双倌要三个后生上岸去拉纤，自己来到船上又摇橹又掌舵。岸上拉，船上摇，迎亲船加快了。

可是，刚过常、锡交界的地方，突然，纤绳让浮搁在河边的棺材嵌住了。三个后生一用力，却把棺材盖掀掉了。

那时光，私开棺材是要定罪的。三个后生惊呆了，一会儿，方才放下纤绳，七手八脚抬起掉在地上的棺材盖。不料正要上盖时，却让斜刺里蹿出的一群人拦住了。

为首的是当地专管土地的图当先生，还有几个身体壮实的后生，他们气势汹汹，大吵大闹："你们私自开棺，该当何罪?"定要船主同去县衙，不然赔一百两白银，以作"抵罪埋棺之费"。

几个小后生开头不买他们的账，可是地方上的人从四面八方赶来，越聚越多，想要好处的地头恶棍都赶来了。

一下子，一百两赔偿银很快上升到五百两，少一两都要扣留新倌人。

送亲人见事情闹大了，急得像热锅上的蚂蚁团团转。

双倌却自有办法，你看他两足一蹬，跳到岸上，嘴里一个劲儿喊着："请闪一闪！"大家听他好大口气，都纷纷让开了路。

双倌面对吵吵闹闹的人声，并不慌张。他来到那口棺材旁边，看看材盖，看看材身，又看看为首的图当先生，就开口了："你们吵啥？我看棺材盖搭棺材不是原配，木色不同，尺寸也不同！"

几个地头蛇一听，自作聪明地哈哈大笑，说："是不是，可以试一试；配不配，也可盖一盖。"说着叫两个恶棍把材板盖了上去。

双倌见他们中计，就紧抓时机，跳上材盖，两手把长竹篙轻轻一折，成了两段。双倌一手捏一段，一边舞一边大声说："如今事体解决，啥人来开盖，啥人就有开棺罪！"

为首的并不服气，还想要无赖。双倌早看在眼里，两手紧捏断篙，随着"咯咯"的声音，竹篙变成一丝一丝。

这一下可把地头恶棍镇住了。

趁这当口，双倌吩咐几个后生继续拉纤赶路，自己抱拳行了个四方礼，说声"后会有期"，就两脚一蹬，人飞一般地上了船艄。

那批地头蛇没一个敢上前一步，只能眼睁睁地看着迎亲船慢慢远去。

（讲述：陈金娣　华祖荣；搜集整理：朱海容）

卢四运，汉族文人型机智人物。其原型卢四运（1765—1810）是清代黄安（今湖北红安）的一位秀才，后弃学归田，以农为生。常扶危济困，与恶势力作对。其故事在红安一带广为流布，影响颇大。

一文钱祝寿

大塘塆有个富豪过生日，四乡有名望的人都纷纷给他送礼祝寿，唯有卢四运却分文没送。

到了下请帖的时候，富人可有点为难啦！请卢四运吧，他不来送礼，自己为什么要请他的客呢？不请他吧，又怕他生法子来闹蹩子。

于是富人就在请帖上打了个主意，写道："淡酒薄肴，请客今朝，来了是好吃，不来是好高！"

酒宴摆好，还没有看见卢四运，主人以为他不好意思来了，正要举杯祝酒，这时却见卢四运翩然进来了。

卢四运一进大门，就将一个红纸包递给主人，然后坐在席上大吃大喝起来。

主人拆开红纸包一看，只见红纸包里包着一文钱，纸上还写了四句话："送钱一文，庆贺寿辰，收了就爱礼，不收就嫌轻。"

（讲述：卢言新）

罗兰娇，汉族女性劳动者型机智人物。其人聪明伶俐，泼辣大方，颇有才情。她的故事流传于湖北建始一带。

话把把儿和银根根儿

兰娇家隔壁住着一位精明老汉。一天，老汉正在跟别人摆古，兰娇的丈夫去借东西，老汉笑着答应了。

兰娇的丈夫拿着东西正要走，老汉把脸一沉，对他说："我刚才正谈着话哩，你这一来，把我的话把把儿打丢了，快去给我找回来吧！等会儿我到你家去拿！"

兰娇的丈夫蛮老实，心想这下可闯了大祸，回家后愁得不得了。兰娇问清情况后安慰丈夫说："你放心好了，他来了我给他找就是。"

过了一会儿，老汉果然来了。他问兰娇："你男的呢？他把我的东西搞丢了，不晓得找到没有？我是专门来取的。"兰娇说："您老稍等一下，他就回来的。"

老汉问："他做么事去了？"兰娇说："他到山上去挖银根根儿去了。"

老汉不相信，忙问："银哪里有么事根根儿！"兰娇笑着答道："看大伯说的，话都有把把儿，银就不能有个根根儿？"

老汉一时语塞，尴尬地打了个哈哈，扭头走了。

（讲述：史幺姐；整理：姜化炳　张子嘉　全明村）

贱三爷，汉族劳动者型机智人物。其名字由"贱三业"（剃头、修脚、擦背）演化而来。他的故事反映了旧时湖北城镇、乡村的社会生活和风土民情，幽默诙谐，流传于武汉一带，广为人知。

一斗米和一把米

贱三爷的岳母娘病了，托人带信给姑娘。贱三爷的妻子急得要他凑一斗米去看姆妈。

不久，贱三爷的姆妈病得卧床不起，贱三爷的妻子只抓了一把米给贱三爷，要他给姆妈煮稀饭吃。

贱三爷嫌少了，妻子说："病得那么狠，吃得了很多吗？一把米煮稀饭，她还要喝几天呢！"气得贱三爷要跳起来。不过，到底他还是忍下了这口气。

从那以后，贱三爷特别喜欢自己的姑娘，不喜欢自己的儿子。妻子要他把儿子抱一抱，逗儿子玩一下，他都不听，只顾带姑娘玩，嘴里还说："要一斗，不要一把；要一斗，不要一把。"

妻子听了，莫名其妙："什么要一斗，不要一把？你把话说清楚！"

贱三爷说："怎么还不晓得？到了明日，姑娘长大了会疼我。我要有个三病两痛，她就会送一斗米把我。我当然要姑娘。"

妻子说："儿子明日还不是一样送一斗米来。"

贱三爷说："不、不，娶了媳妇忘了爷娘；到那天，他只会送一把米给我煮稀饭,我要他干什么?"

　　妻子这时才醒了黄,想起以前的事实在不该,觉得对不起公婆,从此,对公婆也孝敬了。

（搜集整理:沈远义）

解缙，汉族官宦型机智人物。其原型解缙（1369—1415），字大坤，江西吉水人。明洪武进士，永乐初任翰林学士。永乐五年谪广西，八年以"无人臣礼"罪下狱，后被害死于狱中。其故事在江西及全国许多地方广为流布。

山在虎还来

明朝洪武年间，亳州城出了件罕事儿。一个乡下老汉进城挑粪，街面石板路上下了一层霜，人们践踏之后，滑溜得很，老汉脚一滑，一个趔趄，虽未跌倒，桶里的粪却溅了出来，刚好落在一家江西老表开的布庄门前。

老汉赶忙歇下担子，寻找笤帚清扫。老板站在门口，恶狠狠地说："粪落在我店门前，还用我的笤帚扫，岂有此理？你擦掉！"

老汉说："我……我擦，我擦！"说罢，就四下寻找地上的废纸、破布。

老板却用脚踩着废纸破布，说："得用你——的——棉——袄擦！"

老汉急圆了眼，说："你……你……"

老板把眼一瞪，说："你啥？清早粪溅我店门前，误了我生意，你还有理？"

老汉无可奈何地脱下棉袄，打了一个寒噤。这时看热闹的围了一圈，见老板无理欺人，都很气愤，也担心在这寒冬腊月，老汉弄脏了棉袄不能穿，不是要冻坏了吗？但这老板"横"得很，大家都敢怒不敢言。

老汉正要用棉衣擦粪，一个人从人群中站了出来，说："老大爷，天冷，你穿上袄子。那柜台里有的是布匹，你拿一匹布来擦。"

老汉看看陌生人，又望望老板，不敢动作。那人却走上来，硬是帮老汉穿上袄子，推着他去拿布匹。

老板看这人有点来头，听口音是江西口音，就说："客官，我们是同乡，你就甭管这闲事啦！"

"同乡不假，但闲事欺人，我不能不管。"

老板气得圆睁两眼。那人却说："老大爷，一切由我做主，快拿布匹来擦吧！"

正在僵持，一声官锣响，知府大人来了。原来，知府大人在城门接钦差解缙，听说解缙已微服进城，就赶忙进城来找。一见正是解缙，就说："老大爷，钦差大人叫你怎么办，你就怎么办吧！"

老汉就上店拿了一匹布擦地下粪便，一匹擦完，解缙说："不干净，再拿一匹！"

一连擦了八匹布，解缙方说："嗯，差不多了。"

老汉挑起粪桶走了。老板心里气，但又不敢吭声。解缙望望老板，说："老表，这八匹布记在老乡头上。"说罢，随知府进衙了。

过了七天，解缙要走了，老板气不过，就在店门前贴了一张白纸长条，上写：

虎走山还在

解缙从门前经过，瞥眼看到"虎走山还在"的长幅。待知府送到城门口，解缙说："府台，我这里也有幅字，烦你神，贴到我那同乡的布店门前。"

知府忙接了过来,送别解缙之后,就拿到布店门前贴上。解缙写的是:

　　山在虎还来

老板一见,吓得出了一身冷汗,从此再也不敢作恶了。

(讲述:杨超玉;搜集整理:黎邦农)

阿朱尼,哈尼族农夫型机智人物,出自艺术虚构。他的故事流传于云南勐海一带。

买 火 柴

一天,山官把两块银元交在阿朱尼手里,说:"你下山去买些火柴回来。"

阿朱尼带着银元来到坝子里,买了两包火柴就返回偎尼山。半路上,碰到下大雨,阿朱尼的衣服被淋湿了,藏在衣服底下的火柴也受了潮。

山官接过火柴,划了几根,一根也燃不着,气得把那些火柴摔下楼去,骂了阿朱尼一顿,并且要阿朱尼拿出银元赔偿他的损失。

阿朱尼把山官丢掉的那些火柴全捡回去,晒干之后保存起来。从那以后,他天天用火柴点烟、生火,但一根火柴棍也不丢,仍然装在火柴盒里,一盒盒保存起来。

过了一段时间,山官又把两块银元交给阿朱尼,仍然派他下山去买火柴。

这次,山官反复对阿朱尼说,买火柴的时候一定要试一试,看盒里的火柴会不会着火。他还郑重其事地对阿朱尼说:"如果再买回那种划不着的火柴来,那就要扣你一个月的工钱!"

阿朱尼问道:"老爷,买火柴不试不行吗?"

"不行!"山官果断地说,"如果你再不听我说的话,当心我把你这个月的工钱全部扣光。"

　　"老爷,我一定照你说的话办。"

　　这次,阿朱尼根本没去买火柴。他来到坝子里,掏出两块银元买了一件新衣便返回家。回到家里,他把那些用过的火柴全部拿出来,一盒盒交给山官。

　　山官打开火柴盒一看,里面装着的全是燃烧过的火柴棍。他拍着大腿吼道:"阿朱尼,你怎么尽买些用过的火柴,这回我非扣你一个月的工钱不可!"

　　"老爷,你是说我没照你说的话办吗?"阿朱尼说,"其实我全照你说的办了。瞧这二十盒火柴,我全试过,每一根都燃得着火。"

　　"哎呀,谁叫你这么试呀!"山官又气又急地说。

　　"老爷,是你叫我这么办的呀。"阿朱尼说,"你不是说,不照你说的话做,就要扣我一个月的工钱吗? 这回每根火柴我都试过了,你得把一个月的工钱拿给我,不然,以后你叫我干活我就睡觉。"

　　山官无法,只好把阿朱尼一个月的工钱都给了他。

（搜集整理:杨胜能）

艾苏、艾西是两兄弟，同属傣族劳动者型机智人物，在作品中常以长工、侍从、农夫的身份出现。他们的故事流传于云南各傣族聚居区。

吃螃蟹脚

有一个专门从事鬼神活动、欺骗百姓的古拉勐①，总喜欢到人们集会的地方进行蛊惑宣传。

一次，艾苏、艾西所在的寨子有一家人贺新房，前来祝贺的人很多。古拉勐饭也顾不上吃，早早就来了。谁都知道，他是一个只会动嘴、不会出力气的人。这一次，他更是大吹大擂，趁着人多，站在一块石头上说："我是帝娃拉②派到人间来的古拉勐，专门给你们驱赶鬼怪，给竹楼降下洪福。我一来到，灾祸就避开了，因为我身上有佛显灵。我和你们常人不同：穿着不同，走路不同，睡觉不同，就连一天吃的三顿饭也不同。凡是脚踩在灰尘上、鸡屎马粪上的动物我都不吃。我身体洁净，灵魂超脱凡俗……"

这时已是中午，新房里香喷喷的饭菜已摆好了。房主请大家吃饭，也请古拉勐就座。他尽管肚子饿得咕咕叫，却还装着可以滴水不进的架势，

① 古拉勐：傣语，全勐最大的算命、占卜的头头。
② 帝娃拉：傣语，女菩萨。

盘腿坐下，继续大谈天上的高雅和人间的庸俗。房主在他面前放了猪脚、鸡腿和牛肉，他满以为可以吃喝个痛快了，巴不得房主快点宣布开饭。

"父老乡亲们，今天是个吉祥的日子，高贵的古拉勐亲临祝贺，大家高高兴兴地一起吃饭吧！"房主刚说完，早就饿急了的古拉勐赶快伸手要去拿鸡大腿。

但是，这时艾西从身后钻出来，对大家说："父老乡亲们，新房的主人！刚才古拉勐讲了，他是帝娃拉派到人间的活神佛，是不吃脚踩灰尘、鸡屎马粪的动物肉的。这些都是脚踩灰尘脏物的家畜，给古拉勐吃是不合适的。"

艾西把那些菜逐一端开，换了三碗炒螃蟹脚，摆在古拉勐面前，说："我根据古拉勐的意思想到，动物中脚比较多而不踩灰尘的，只有螃蟹了，所以专门给你准备了这种上等菜。现在，让我们陪着连吃饭也和我们不一样的、不凡的大人古拉勐，痛痛快快地干杯吧！"

吃饭开始了。古拉勐情绪很低，他不愿说话了，只听见从他那里传来无可奈何地啃螃蟹脚的"咔嚓、咔嚓"的响声。

(搜集整理：岩温扁　吴　军)

计叔,京族劳动者型机智人物,出自艺术虚构。他在作品中常以渔民和帮工的身份出现。其故事流传于广西防城县京家三岛一带。

塘角鱼①

一天,村里的成老满脸愁容,上门来找计叔,说:"你是知道的,我家那个鱼塘每年产鱼成千斤,一家大小都靠它啊,可是地头蛇硬逼我卖给他,你说可怎么办?"

计叔笑着说:"地头蛇是个难对付的财主,卖就卖吧!"

成老见计叔把这事不当一回事,着急得跪了下来,哭着说:"不成啊,计叔,求求你给我想个办法吧,那鱼塘是我的命根哩!"

计叔笑着把他扶起来道:"计叔说话从来不错,你哭什么啊?"接着,他咬着成老的耳朵如此这般地说了几句,成老破涕为笑,连声道谢,匆匆走了。

成老回到家里,见地头蛇已在家里坐着等他。地头蛇见成老笑眯眯的,就问:"怎么,你考虑好了吧?"

成老说:"考虑好了,财主哟,鱼塘是可以卖的,不过有个条件。"

"什么条件?"

---

① 塘角鱼:一种无鳞野鱼,肉细嫩,味鲜美,两广人视为滋补珍品。

成老搔着头说："在写契纸的时候，要注明塘角鱼不卖。"

地头蛇哈哈大笑道："可以！塘角鱼我决不要你的。"

这样，他们找计叔做中人，立了契纸交了钱，各拿一张契纸，鱼塘就成交了。

地头蛇得了鱼塘，天天叫长工细心照料，把鱼养得又肥又大，心里十分高兴。

转眼到了年底，是干塘打鱼的时候了。这天，地头蛇走到塘边，见成老和计叔已把塘水戽干，捉了几大竹箩的大鱼，不禁怒火万丈，要冲过来打他们。

计叔迎上前一步，大声喝道："你想干什么哩？"

地头蛇说："莫装疯，我的鱼塘是能随便让你们打鱼的吗？要命的话，就乖乖地把鱼抬到我家去！"

计叔说："这鱼是成老的，怎么给你哩？"

地头蛇吼道："谁说是他的？"

计叔说："卖塘契纸上写明的嘛！"

"放屁！契纸上写的是不卖塘角鱼，你现在抓的是塘角鱼么？"

"都是塘角鱼，塘中间的我们一条也不抓！"

原来这鱼塘中间浅，四角深，塘水干了，鱼都逃到四个塘角里来了。计叔和成老捉的确实都是四个塘角里的鱼啊。

这时，地头蛇气坏了，举棍要打计叔，塘基上看热闹的众乡亲蜂拥上来，给拉开了。

地头蛇无奈，咬牙切齿地叫道："好，好，我到县衙里告你们，看你还得意！"

35

计叔知道他要打官司,就叫成老扛了一箩筐大鱼先送到衙里去,其余的都卖掉了。

这天,地头蛇怒气冲冲地来到县衙,见计叔和成老早已站在那里,更是火上浇油,双方在衙堂上吵了起来。

其实这卖塘契纸,计叔送鱼时早已拿给县官看过。

县官把惊堂木一拍,说:"你们都不要吵,本官自会明断!"接着对地头蛇说,"你告人家捉你的鱼,有什么凭据?"

地头蛇说声:"有!"就把自己保存的这份契纸交上去,道,"成老的鱼塘已卖归我了,这就是证据,大家盖了指模的。"

县官捋着胡子,笑着说:"你们双方都有道理。契纸上写着,买方同意不买卖方的塘角鱼。如今成老捉的是塘角鱼,是在这些塘角里捉的鱼,这在契纸上面双方都是签过字的啊!"

地头蛇一听,知道上当了,一时气得哑口无言。

这时县官把契纸掷下地,喝道:"为了今后不再有争吵,你们这张契纸需要修改另立!不然,本官今后不再受理。"

成老打赢了官司,又得了鱼。地头蛇打输了官司,气得足足病倒了半年多。

(讲述:阮成珍;搜集整理:苏维光　陈　麒　符达升)

以牙还牙

关朝，汉族长工型机智人物，出自艺术虚构。他的故事流传于广东徐闻一带。

计平圣旨牌案

关朝的村子，出了一个烈女，县官上奏朝廷，为烈女立了一座"贞节牌坊"。牌坊上镶嵌着一块"圣旨石"，用许多小块石子缀成"圣旨"两个大字。"圣旨石"是万万动不得的，动一下就是"欺君犯上"，要满门抄斩的。

一天，村里一个小孩在牌坊附近放风筝，一不小心，绳子缠在"圣旨石"上。小孩子不懂得什么"犯上"不"犯上"，用力一拉，把"圣旨石"上的一块小石子拽了下来。

这件事被村中一个土豪知道了。他想，这是"报功请赏"的好机会，便将那块小石子捡了起来。土豪先是向小孩的父亲索取五百两银子，并威胁说，如果不交出银子，就要禀告县官。

小孩的父亲交不出五百两银子，只好等着满门抄斩。

关朝知道了这件事，决心要救这家人。

土豪刚要上县城告官，关朝找到他门上来了。一见面，关朝就连声恭喜说："老爷这回邀功领赏，一定升官发财！"

土豪正在得意，就和他客套了一番。

接着关朝装作献媚的样子,压低声音悄悄说:"不过,这件事关系重大,老爷可千万要弄清真假才好去报官呀!万一官府下来查对,弄错了反会得个诬告之罪啊!"

土豪一听,心里也感到不实在,心想,万一自己捡的小石子不是"圣旨石"上掉下来的,岂不自讨苦吃!于是,连忙问关朝:"怎么样才能证实真假呢?"

关朝马上一本正经地回答:"这好办,拿这块小石子爬上牌坊,对一对,看对不对口,不就清楚了吗?"

土豪一听,觉得在理。马上扛着梯子,带上小石子,爬上了牌坊,将小石子往缺口一按,正好对上。没错,正是从"圣旨石"上掉下来的,镶上去正好复原了。

当土豪正要把小石子取下的时候,关朝向着看热闹的人大声说道:"大家都看清楚了,圣旨石好端端的,一点也没损坏,谁人胆敢弄坏圣旨石,要满门抄斩的呀!"

这时围观的群众马上大喊起来:"谁敢弄坏圣旨石,把他抓去见官!"

土豪一听,知道自己上当了,又气又急,两眼发黑,从牌坊上栽下来,把腿都摔断了。

(搜集整理:黄果心 韩令华)

何瑭,汉族官宦型机智人物。其原型何瑭(1474—1543),字粹夫,号柏斋,怀庆武陟(今属河南省)人。明大臣,曾任翰林院修撰、南京右都御史。晚年告老还乡,人称"何老先儿"。其故事流传于豫北武陟、沁阳、新乡一带。

闹 寿

一天,何老先儿骑着毛驴外出私访,半路上遇到一个年轻女子坐在道旁啼哭,就跳下毛驴询问。那女子见他挺和善的,就说了自己的身世。

原来,这女子是当地县官的儿媳妇。她娘家贫穷,爹妈已经去世,过门后,丈夫又死了。因此,公婆和出身富家的两个嫂嫂经常虐待她。每天起早贪黑劈柴烧火,做饭刷锅,洗衣扫地,还要挨打受骂。她公爹明日五十大寿,全县的豪绅大户、官员亲友都要前来祝贺。不用说,两个嫂嫂的娘家也要抬着厚礼,来为公爹庆寿。只有自己,举目无亲,无礼送就得受气。

何老先儿听罢,随手掏出几两碎银递给女子,说道:"你拿去买件新衣裳穿吧!"又想了想,问道,"我有心收你做个干闺女,你愿意吗?"

女子一听,"扑通"跪在何老先儿面前,说道:"爹爹在上,受女儿一拜!"

何老先儿忙把女子扶起来,乐呵呵地说:"闺女,放心吧! 明日干爹给你做主。"

第二天,县衙内外,张灯结彩,鼓乐喧天,好不热闹。何老先儿身穿便服,随着众人进了衙门,直向灶房走去。他见那女子正在烧火,风趣地说:"闺女呀!干爹替你烧火来啦!你赶快洗洗脸,换换衣,去给你公爹拜寿吧!"说着从身上掏出个红纸包递那女子说,"闺女,这是我给你公爹的寿礼,别嫌少,他一见会满意的。"

女子走后,何老先儿便用污水把灶房里里外外泼了个一塌糊涂。

女子梳洗完毕,拿着何老先儿的红纸包来到寿堂,恭恭敬敬地交给了公爹。县官拆开一看,不禁一愣,里边无金无银,只有一张纸,纸上题着一首诗:

金盏玉盘庆高寿,

八方亲友来敬酒。

只缘吾女双亲丧,

无奈干爹来走走。

下面署名是:何瑭

县官"啊"了一声,脖子一伸,问道:"你干爹现在哪里?"

"正在灶房替我烧火哩。"

众人一听,慌忙跟着县官往灶房跑去。一到灶房门前,"扑通扑通"一齐跪倒在地。县官连声道歉:"都堂大人大驾光临,下官不知,有失远迎,万望恕罪!"

何老先儿暗暗扫了一眼,只见一个个都像金肚苍蝇一样,爬在稀里糊涂的污水地上,便假装不知,只管烧火。急得县官浑身冒汗,连连哀求说:"大人,下官有错,罪该万死。请大人高抬贵手,让客人们起来吧!"

何老先儿依然不理,只管烧火。多亏那女子上前求情:"爹爹,请您老人家前堂喝酒,还是让女儿来烧火吧。"

何老先儿这才站了起来,故意惊讶地说:"咦?诸位为啥跪在这里,快快请起,快快请起!"

众客人连声说:"谢大人!谢大人!"

何老先儿捋捋胡子说:"只因我这干女儿生来命苦,早年丧失双亲,后又失去丈夫,我这当干爹的怕她受苦,今日特来替她烧两把火。诸位见笑了!"

县官一听,连连作揖:"大人息怒,下官知罪,下官知罪!"

从此,县官一家再也不敢虐待这个女子了。

(讲述:边学巨;搜集整理:耿全昌)

剀狗六爹,汉族文人型机智人物。其原型麦为仪,字凤来,清乾隆年间贡生,终生未仕。其故事诙谐风趣,在广东吴川、化州、湛江、高州一带流布。

十子不如石子

从前,有个王五,是六爹的好朋友。王老头共有十个儿子,但没有一个愿意赡养老人。王五独自一人住在一间破旧的房子里,生活非常困苦。

一天,六爹在街上遇到王老头,见他衣衫褴褛,骨瘦如柴,便问起情由。老头向六爹诉说了儿子不孝不敬的事。六爹听了,先给了王老头一些银钱,说:"你先回家,过两天我去看你,一定设法让你儿子们孝敬你。"

第三天早晨,六爹叫了两个家丁,挑着四个很重的大木箱,向王村走去。到了王五家,六爹大谈他近来做生意赚了一大笔钱,现在送四箱银子来给王五养老。临走时,六爹叫王五千万要管好四箱银子,便起身回家了。从此,王五的儿子们个个都争着要赡养老头,大家争执不下,只好轮流,由每个儿子负责供养一个月,各个儿媳也都"疼爱"起老爹来。

过了一年,老头得病去世。办完丧事后,十个儿子都准备瓜分父亲的遗产,争抢着想要那四箱银子。当他们撬开铁锁,打开箱子一看,顿时傻眼了——只见里面装着半箱石子和一张纸条,纸条上面写着:"家有十子不如石子,若无石子饿死老子。"众兄弟看了,个个哭笑不得。

(搜集整理:麦观康)

阿古登巴（意为"滑稽叔叔"），又称"阿古顿巴"（意为"导师叔叔"），"登巴俄勇"（意为"滑稽舅舅"），藏族劳动者型机智人物，出自艺术虚构。其故事内容丰富，富有浓郁的民族特色，在西藏、四川、云南、青海、甘肃藏族聚居区广泛流传，深受民众喜爱，家喻户晓。

打　赌

春天，冰雪融化了，青草从泥土中探出头来，给草原换上了新装，放牧人开始忙碌起来，草原上出现了一队队牛、马、羊群。

这时节，只有牧主才更加清闲了。他每天喝得饱饱的，养得胖胖的，无事可做，就和管家下六子棋，聊天。

这天，他正和管家坐在帐篷里下棋，忽然远远地来了个戴阔边帽的人。管家扯扯他的衣袖说："看，那就是阿古登巴。"

牧主听见这个名字，眼睛里立刻射出仇恨的光芒，一股怒气直冲上脑门顶。他永远忘不了去年冬天那件事：不管他到哪家帐篷去收账，都碰到一鼻子灰。穷牧民们和往年全然不同，态度强硬不说，舌头也变得伶俐起来。他们不是拖欠，就是干脆不还。当时还不知是啥道理，后来一打听，才知道就是这位阿古登巴从中挑唆的。

今天阿古登巴自己找上门来了，真可算是仇人相见，分外眼红。牧主心想：非给他点苦头尝尝不可。骏马最好用绳套，仇人最好借别人的手揍他一顿。他盘算停当，向管家使了个眼色，管家便把阿古登巴招呼了进来。

"请坐,阿古登巴。"牧主强装笑脸招呼他。

阿古登巴不客气地在火炉边坐下来,用拳头托着下巴,细眯起眼盯着牧主,问道:"牧主老爷,有什么见教?"

"嘿,嘿! 今天请你来,想和你打个赌。"

"好啊,打什么赌?"

"别人都说你胆大心细。你若是敢到铁棒寺去歇宿一夜,我输两头牦牛给你。"

"铁棒寺?"阿古登巴两个眼珠转了转,忽然笑嘻嘻立起身来,"好,我们一言为定!"

"一言为定。"牧主狡猾地笑着,送他出了帐篷。

等阿古登巴走远了,牧主和管家都开心地大笑起来。因为人人都知道,铁棒寺的喇嘛是非常凶恶的,要不是念经的日子,谁走进庙门都要重重挨打的。阿古登巴此去当然也难免了。牧主决定第二天打早去看结果。

这时,阿古登巴正哼着山歌,向铁棒寺走去。

阿古登巴走到庙前,大摇大摆地走了进去,迎面就碰见庙内最凶恶的喇嘛——铁棒喇嘛。他一见生人进庙,立即竖起两道横眉,挥起手中的铁棒,大吼一声:"站住! 不是烧香的日子,你进庙干什么?"

"我奉我家主人的差遣,有要紧事找你们大喇嘛。"阿古登巴装出很神气的样子。

"有什么事? 对我说吧。"

"好,事情是这样的,我家主人去年向老佛许了愿,今年果然人畜两旺。他叫我通知你们,明天要送三十头牦牛来捐给庙上,孝敬老佛。"

"三十头牦牛!"铁棒喇嘛喜欢得嘴也合不拢了。

"是呀!"接着,阿古登巴又添油加醋地说了一通,说是牧主如何富有,如何虔诚,将来还准备捐款修庙等等,说得铁棒喇嘛心花怒放,忙把他请进庙去,打上最好的酥油茶来招待,又领他到最好的房间里去歇息。

第二天一早,天还没亮,阿古登巴就爬起来了。这时,全庙的喇嘛正睡得吹呼打鼾。他悄悄打开庙门,顺手捆了三个茶包子背上,顺着来路走了。

走不多远就碰见来看动静的牧主,牧主见他不但没有挨打,还喜气洋洋地背了三个茶包子回来,又惊讶又羡慕,连忙问道:"你这茶包子哪来的呀?"

"铁棒寺施的。"

"真的吗?"爱财如命的牧主马上追问,"你看我去行吗?"

"当然行!寺院正在赶会,大喇嘛最爱听山歌,谁唱一支山歌他们就施一个茶包子。你看,我唱了三支,就背得满头大汗。"

"哈!山歌我会唱的可不少呀!"牧主急忙要骑驴子走。

"不过,还有一点。"阿古登巴挡住他道,"寺院只是施穷人,不施富人。你看你骑着毛驴,穿着皮袄,一定会被他们赶出来的。"

"怎么办呢?"牧主着急起来,他一眼看见阿古登巴身上的破毡衣,忙说,"我们换换吧!"

"这怎么行。"阿古登巴故意刁难他说,"我这毡衣穿了三辈人啦,可暖和哩。"

"茶包子到手,马上就还你呀!"牧主几乎在哀求了。

"好!好!好!"阿古登巴故作大方的样子说,"我在这里等你,快去快来。"

　　牧主连连点头,慌忙换了衣服,又把毛驴交给阿古登巴代为看管,匆匆向铁棒寺奔去了。他喘呼呼奔到庙前,天才麻麻亮。他一进庙门,就高声唱起山歌来。喇嘛们全被惊醒了,铁棒喇嘛领着喇嘛们出来一看,只见庙门大开着,茶包子少了三个,一个穿破毡的人在门口疯疯癫癫地唱山歌,铁棒喇嘛气得暴跳如雷,举起铁棒大吼着向牧主扑去。

　　"打！打你这个骗子手!"

　　喇嘛们也举起家伙,一窝蜂地拥上去,围住牧主痛打起来,打得他血迹斑斑,遍体鳞伤。

　　这时,阿古登巴正穿着皮袄,赶着驮茶包子的毛驴向家里走去。他还对人说:"明天我还要去找牧主要那两只打赌的牦牛哩。"

（整理：蒋亚雄）

阿凡提,全称"纳斯尔丁·阿凡提",亦称"霍加·纳斯尔",中国维吾尔、哈萨克、柯尔克孜、塔吉克、乌孜别克族著名的机智人物。其中以维吾尔族地区流传最广,家喻户晓,尽人皆知。

寻找智慧

国王听说自己的百姓中有位名叫阿凡提的,这人富于智慧,学问渊博。于是,有一天,便带了左右丞相,去访问阿凡提。

"阿凡提,你脑子里的智慧,是打哪儿学来的呀?"国王问。

"是我不辞劳苦地寻找来的。"阿凡提说。

"智慧还能寻找得到吗?"

"是呀,我的陛下!"

"告诉我,你打哪儿寻找来的。"

"嘻,容易极啦,陛下去扛一把砍土镘①来,跟我走就行啦。"

这可把国王高兴死了,他暗暗想:自从我当了国王,百姓们都说我昏庸无能,说我是个糊涂国王。说真的,我的智慧是有限的。这回,我要是找到智慧,一定把脑袋装得满满的,还要带两箱子回去,藏在宫里,等我的儿子长大了使用。想着,立即命丞相拿一把砍土镘来,随着阿凡提去寻找智慧。

---

① 砍土镘:维吾尔族刨土用的农具。

阿凡提领着国王，走着，走着，来到了一块荒滩上。阿凡提脱掉袷袢①，瞅着国王说："尊敬的国王，请脱下王袍，抡起来吧。"

国王只好脱掉王袍，拿起砍土镘挖起来。可是一挖不见智慧，二挖不见智慧，三挖还不见智慧，手上已经打起血泡，真把他激怒得胡子如同乱草，眼睛瞪得有茶杯大，连声问："怎么不见智慧呢，阿凡提？"

"急躁不得，我的国王。挖呀，挖呀！今秋把这块荒地开开，明春种上智慧，夏天就有收获了啊。"阿凡提漫不经心地说，一面又抡起砍土镘来。

"你说的智慧莫非是粮食吗？"国王又问。

"不假，不假。"阿凡提回答说，"倘若陛下宫里没有老百姓用血汗换来的粮食，陛下今天怎么会有这种毛病，会来跟我寻找智慧呢。"

(翻译：赵世杰)

① 袷袢：维吾尔、塔吉克等民族所穿的男式对襟长袍。

阿方，又称"老谎"、"反江山"等，苗族劳动者型机智人物，出自艺术虚构。其故事具有较强的地方风情和民族特色，在贵州、湖南等地的苗族聚居区家喻户晓，深受民众喜爱。

吃一升米和一升包谷

阿方和一个伙计帮财主家打短工。第一天，俩人一餐吃了一升米的饭，吃饱就去犁地，一天两人也犁得好几块。

老爷看了还满意，但觉得吃一升米有点划不来，便对老婆讲："明天早饭煮一升包谷籽给他们吃吧，横竖也是一升粮啊！"

第二天，财主老婆便煮了一升包谷籽，给犁地的阿方两人送去，走到地边就讲："阿方，你两个崭劲犁吧，今天早饭也是煮满满的一升粮啊！"

阿方说："老板娘先回去吧，吃完饭我们崭劲犁就是了。"

财主老婆走了，阿方就和那个伙计坐在地坎上吃包谷籽，一颗一颗地往口里丢。阿方讲："这家老爷真厉害，让他也知道我们的厉害吧！"

快煮夜饭了，老爷来看今天犁了多少地，一到地里，见他两个坐在坎上谈白话，一颗一颗地吃包谷籽，老爷生气地问："阿方，怎么不犁地呀？"

"老爷，我们还没吃完早饭呢！"阿方笑着说，"你可知道，吃一升包谷的工夫和吃一升米的工夫是不一样的呀！"

这下老财主才知道搬石头砸了自己的脚。

（搜集整理：石宗仁）

史阙疑，汉族文人型机智人物。其原型史阙疑为清乾隆末年韩城的一个贡生，甘当布衣。其故事流传于陕西韩城、合阳、大荔等地。

"陈二哥"陪客

有一回，史阙疑得了眼病，医生用药布蒙住了他的双眼，叫他在家里好好歇息。这天他想吃包子，就悄悄地摸到街上一家包子铺里去了。

这家包子铺的掌柜，见来了个双目蒙布的老头儿要一盘包子，便拉长嗓音吆喝道："噢，来一盘包子！陈二哥陪客！"

啥叫"陈二哥陪客"？这是包子铺的一句行话，意思是叫端上昨天剩下的陈包子。史阙疑听了，心想：这般奸商，竟这样乘人之危，欺哄老弱残疾者，非教训教训他不可！

史阙疑摸了个空位子坐下，一句话也没说，抓起堂倌端来的烂皮陈包子吃了起来。吃完了，他用双手在桌子上乱摸。掌柜的问他摸什么？他说："你叫陈二哥陪客，陈二哥吃了我的包子倒是小事，怎么把我的钱褡子也拿走了？"

掌柜的这一场假戏，史阙疑来了个真演。他一不做，二不休，大闹包子铺，硬说掌柜的有意让陈二哥以陪客为名，行偷盗之实。这哪里是包子铺，分明是盗贼窝！

事情闹大了，掌柜的害怕闹下去倒了行市，慌得赶快扶史阙疑坐下，答应照数赔偿。

人群中有人认识是史阙疑，就指着掌柜的说:"你真有眼不识泰山。史老先生蒙上双眼,十个你也哄不了。"

正说着,不知什么人竟飞快地把这事禀告了路过的县官宗大人。宗县令亲自来到这家包子铺,盘查底细。鉴于这家包子铺一向欺老哄幼,当即罚银二十两,并严令其从速改正。

掌柜的跪在地上,不住地叩头称是。史阙疑说:"陪客陈二哥偷去的铜钱,暂存你铺,改日再取。"说罢,径直走出包子铺。

(讲述:樊保存;搜集整理:史　鉴)

丘蒙，汉族文人型机智人物。其原型丘蒙，闽南人，明初秀才。他的故事流传于福建诏安一带。

戏族长

丘姓族长一向横行霸道，族里人都怕他，丘蒙偏偏敢当面揭他的短处。上次揭他谋占族内公田，这次又揭他与王媒婆瓜分媒钱。族长气得胡须直翘，早想收拾他。

一天，王媒婆哭丧着脸到族长那里告状，说她好不容易为族亲说合一桩亲事，却被丘蒙破坏了，长此下去，本族后生仔岂不是要当和尚？原来那个后生仔是本族一个赌钱鬼，媒婆把他说成是个手脚勤快的好后生，丘蒙当众揭穿媒婆谎言，女方毅然退婚。

族长听后，气得打桌拍椅要把丘蒙抓来教训一顿。管家丘成眨眨绿豆眼，悄悄对族长说："叔公，你多次好心教训，他不但不听，还敢当面顶撞。如今他是个秀才，交往文士甚多，不可轻举妄动。不如以他拆散姻缘、不尊长辈为由，把他告到县衙，让县老爷革去功名，重重责罚他一顿，岂不更好？"

族长低头想了想道："此计虽好，只怕那个败家子不肯同到县堂去。"

管家说："丘蒙如不肯去，就按族规叫几名家丁把他硬拖去。"

族长"嗯"了一声，随即吩咐管家派人暗中看住丘蒙，不要让他逃走。

不料次日，丘蒙一早倒找上门来。族长很惊奇，问他："你这么早来干什么？"

丘蒙笑嘻嘻地说："叔公，听说你今天要带我去县衙告状，我想逃也逃不了，不如自己找上门来，早吃罪也早清心。"

族长哼哼两声，心想：你丘蒙真是不见棺材不落泪。等着瞧吧，有你好看的！

吃过早饭，族长和管家就带着丘蒙去县衙。走到半路，丘蒙忽然蹲下来不走了。族长以为他变了卦，忙问："丘蒙，你又耍什么把戏？"

丘蒙可怜巴巴地说："叔公，我早晨急着要随你到县衙请罪，匆忙中忘记穿裤子啦！"他掀开长衫，说，"喏，你看，屁股光溜溜的。今天肯定屁股要挨板子，可光着屁股挨打，在公堂上岂不有伤风化？你们在这里等等，我赶回家穿上裤子就赶回来。"

管家一听，冷笑说："丘蒙，你是想借机溜走，没那么便宜！"他转向族长说，"叔公，不如马上找一条裤子给他穿，别叫这小子溜了。"

族长点头说："是呀，只好这样办了。丘成，你就脱下裤子让他穿吧。"

管家很尴尬，"这、这……叔公，你看我没穿长衫，只穿一条裤子，要是脱了，底下光溜溜的，怎么好见人？我看……叔公你穿着长衫，可以遮住身子，不如把裤子脱下让这小子穿……"

族长一听大怒："混蛋！我是族长，不穿裤子见官，成何体统？"

丘蒙忙接口说："叔公，你是长辈，又是原告，板子没你挨的份，外面有一领长衫遮羞就行啦，县老爷哪会看见你没穿裤子？要是你不肯借裤子，那就让我回家去穿。"说罢起身就要走。

族长怕他溜走，又深信自己告状必赢，就同意了。他在背人处脱下裤子，让丘蒙穿上。

他们一起来到县衙，管家击鼓，县令升堂。族长跪在公堂上，历数丘蒙不忠不孝，不敬长辈，拆人姻缘，这坏那坏，足足列了十大罪状。为了感动县官，还扯散头发，一把鼻涕一把泪，出尽洋相。

县令被族长的啰唆撒泼弄得早有几分不悦，但还是耐住性子转头问："丘秀才，你可知罪？"

丘蒙躬起身，伤心地说："太爷，我叔公操劳过度，最近神经失常，今天硬拉我来戏耍太爷，生员苦劝无效，为尊重长辈，不得不伴同他来，请太爷见谅。"说着，连连抹眼泪。

县令被闹糊涂了，瞪眼问丘蒙："你说你叔公神经失常，何以见得？"

丘蒙说："太爷，你知道，我叔公是一族之长，可你看，他上公堂却连裤子都不穿，不是神经错乱，怎会如此不成体统！"

县令立即命人掀开族长长衫，果然下身光溜溜的一丝不挂。县令勃然大怒，一拍惊堂木斥道："大胆刁民，装疯卖傻，竟敢戏弄本县。拉下去，重打三十大板！"

族长有口难辩，白挨了一顿打，连脚也被打跛了。

（讲述：邱彬林；整理：胡文辉）

念四胡子，汉族劳动者型机智人物。其原型叶念仕是清道光年间淳安人氏，以打短工、跑码头为生。他的故事在浙江淳安一带广为传播。

巧换金罗汉

叶村叶小二、叶小三两兄弟开荒种地，挖到三个金罗汉，可不识货，拿到城里去卖，被银店老板当铜罗汉买去，只给了他们三块银洋。此事被念四胡子知道了，他心中很不平，发誓一定要想办法把金罗汉换回来。他想来想去，终于想出了一条妙计。

第二天，念四胡子做了三个泥菩萨，用包袱包好，进城去到银店问："银店老板，我昨日挖地，挖到三个铜罗汉，想拿来卖给你。"

银店老板听叶村村又挖着罗汉，以为又有洋财发了，连忙说："好，什么罗汉，看看再讲价钱。"

念四胡子连忙捂住包袱说："慢来，慢来，我还要到别家去问问价钱再卖。上次我们村里人挖的三个铜罗汉只卖了三块钱，太便宜了，听说下街古董店肯出十块钱，我去问问看。"说罢，拿起包袱就要走。

银店老板见到手的好生意要走脱，连忙拦住，口里急急地说："老哥，你去问问不要紧，包袱就寄放在我店里，人家出多少钱我出多少价。"

念四胡子故意说："老板，包袱放在你店里倒不要紧，不过我们还是先小人后君子，你要出张字据给我。"

老板不知是计，连忙提笔写起来："今收到某某寄存包袱一个，内装铜罗汉三个。特此为据。"念四胡子拿着字条就走了。

银店老板心想：这些乡巴佬真是傻瓜。待念四胡子走出店门，他偷偷地将包袱打开一看，哪里是什么金罗汉、铜罗汉，原来只是三个泥菩萨！他正要将包袱包好，念四胡子已站在面前，一把抓住老板的手："喂！你这个老板，为什么私自打开我的包袱？"

老板不以为然地说："打开看看有什么要紧，里面是三个泥菩萨。"

念四胡子一把抓住银店老板的衣领，大喊大叫："呸！你这个老板黑良心，将我的铜罗汉换了，赔我，赔我！"

这时，店堂里围满了看热闹的人，听了念四胡子的话，都说银店老板不好，要念四胡子拉他到县堂打官司。

念四胡子拉银店老板到了县堂，县官开口问："上告何事？"

"我昨日挖地挖到三个铜罗汉，今天用包袱包了进城来卖。银店老板一定要我卖给他，我说要去问问价钱再卖。他又叫我将包袱寄放在他那里，还出了字据。哪知他等我出门就偷偷将铜罗汉换成泥菩萨了。求青天大老爷做主！"说罢，随手呈上银店老板写的字据。

县官又问银店老板："你为什么要将人家寄存的铜罗汉换成泥菩萨？"

银店老板连忙叫道："老爷！他包袱内确确实实是三个泥菩萨啊！"

念四胡子马上接口说："青天大老爷不要听他狡辩，泥菩萨是不值钱的东西，随便丢在哪个角落也没人要。银店老板为什么如此看重我的包袱，又为什么还出字据给我呢？"

县官听念四胡子说得有理，把惊堂木一拍，喝道："大胆奸商，还不从实讲来!"

银店老板被县太爷一喝,吓得六神无主,讲自己偷看人家的包袱吧,对自己不利;不讲吧,又说不清楚,只好呆在那里。

这时,念四胡子向前一步说:"老爷,小人的铜罗汉是从地里挖出来的,上面还有泥土痕迹。请青天大老爷派人到店里搜,如果有三个有泥痕的铜罗汉,便是小人的。"

不一会儿,衙役送上三个"铜"罗汉,上面都有泥土痕迹,念四胡子一见,便说:"就是这三个。"县官便发还给念四胡子。

银店老板见金罗汉断给念四胡子,命都不顾了,连声大叫:"老爷,这三个不是铜罗汉,是金罗汉啊,是小人昨日买下来的!"

念四胡子说:"胡说! 你几块钱买的?"

银店老板又急又慌:"是三块白洋买的!"

念四胡子指着银店老板说:"三个金罗汉只值三块钱吗? 青天大老爷你听,他还在强词夺理。"

县官一听,火了,连连拍着惊堂木:"混账! 三个金罗汉只值三块钱?左右,拉下去重打四十大板!"

这时,念四胡子向县太爷打个躬,说了声:"多亏青天大老爷公断。"便拿着三个金罗汉赶回叶村,归还给叶小二兄弟。大家都拍手称快。只有那贪心的银店老板,贴了三块白洋还换来一顿毒打。

(搜集整理:召 里)

58

徐家三爹，汉族劳动者型机智人物。其原型为清嘉庆年间当阳县河溶人。他足智多谋，被誉为"智多星"、"智口袋"。其故事流传于湖北当阳一带。

半头"鲁"的故事

徐家三爹不吃鱼，这是亲戚朋友都晓得的事。有年过端午节，徐家三爹的老表请他做客，老表是个小气鬼，请人带来一张请帖，上面写着："五月五日午，天师骑艾虎，我请老表无别菜，碗里盘里半头'鲁'。"徐家三爹请人一念，以为半头鲁是一种新菜名，高兴地答应了。

到了端午节那天中午，徐家三爹赴宴做客，见满桌子都是鱼，没有别的菜。徐家三爹很生气，老表说："我请帖上写的半头鲁，'鲁'字的一半就是鱼嘛。"徐家三爹忍气吞声，吃了一顿寡饭。

第二年农历五月五日，徐家三爹也请老表过端午节，请人送去一张请帖，上写"五月五日午，天师骑艾虎，我请老表无别菜，就只弄了半头鲁。"老表一看哈哈大笑说："我就只喜欢吃鱼，看你心疼不心疼。"

老表到了徐家三爹那里，见大门外早已摆好了八仙桌。徐家三爹招待老表坐了上席，等了两袋烟工夫，还不见端菜来，中午的太阳晒得汗直流，徐家三爹笑了笑说："半头鲁的味道还好吧？"老表说："鱼还没有端来呀？"徐家三爹说："早端出来了，你上回弄的上半头鲁，我这回弄的下半头鲁。"

(搜集整理：文光福)

艾玉，白族文人型机智人物。其原型艾自修，明代进士，但他不愿为官，长居乡里。在作品中时以长工、时以文人身份出现。他的故事流传于云南大理、洱源、剑川一带。

巧审大善人

艾玉以在籍进士身份居乡，知县外出，请他理政一个月。恰巧遇着一桩案子，是告一个大财主霸占了一个寡妇。

艾玉立刻传问老财，老财申辩道："我是有名的大善人，过去这个寡妇的男人和我相好，他死了，我怜悯他妻子生活贫苦，才时常去照顾，谁知他家恩将仇报，真是善门难开，行好不得好呀！"

艾玉对原告说："这样看来，你是诬告人家了。我也不罚你，你快走吧！"原告无法，只好委屈地回家去了。

艾玉又对老财道："你真是个菩萨心肠、广行好事的大善人，现在请你站在堂前，等我审完了别的案子，再请你吃顿饭。"

老财以为代理县官请吃饭，很有面子，就留下了。

艾玉又审理第二桩案子，是一个姓张的告姓李的欠五十两银子不还。被告姓李的说："是的，我正准备卖房子还他，但房子破烂，没有人买，他又等钱用，真是没有办法呀！"

艾玉想了一阵说："有了！现在有大善人在这里，这事情就好办啦。大善人，请你再行行善，替这个穷人还了银子吧！"

老财无法,只好掏出银子代别人还了账。

第三桩案子是一位老人告儿子忤逆不孝。艾玉问:"你儿子现在哪里?"

老人说:"儿子早就逃跑了。"

衙役也说:"捉拿不到!"

艾玉就说:"这种不孝子弟,应该重责三十大板,可他儿子跑了,打不成;如果不打,不足以教育后人。这样吧,大善人,你再行行善,替这位老人的儿子挨三十大板吧!"

老财赶忙跪下道:"大老爷,别的可以代替,这咋个能代替呀?"

艾玉道:"这也是行善嘛!"说完,就叫衙役把老财按翻在地,狠狠地打了三十大板。

艾玉笑着向老财说:"大善人,你还想行善吗?我这里还有一大堆案子哩!"

老财一边哭一边磕头哀求:"小民不敢了,请大老爷开恩!"

(搜集整理:杨宪典)

　　玉斯哈，东乡族雇工型机智人物，出自艺术虚构。其故事流传于甘肃东乡族自治县东乡族聚居区，以及新疆、甘肃部分回族聚居区。

进面馆

　　有一天，玉斯哈赶着一头骡子，给一个商贩当脚户，来到了繁华的河州。卸完了货以后，他觉得肚子饿了。摸摸褡裢袋，干粮早就吃完了。于是摸出十枚铜钱，来到一家叫蝴蝶楼的肉面馆，想吃一碗肉炒面。

　　恰巧，这家炒面馆的掌柜为人趋炎附势，刻薄成性。见了阔老财东进馆子来，他便亲自迎上前去，极力阿谀奉承，侍候十分周到；而衣衫褴褛的乡下人进了他的馆子，他就让跑堂的伙计高声叫喝：“乡里的阿爸来了，前槽里的拉到后槽里，后槽里的拉到前槽里。”这么一喊，厨师就明白了，便把隔日的剩饭残羹倒在前锅里一煎，胡乱凑合着端给乡下人。

　　玉斯哈还没进馆子，老远就听见堂倌那种尖声怪调的吆喝：“乡里的阿爸来了，前槽里的拉到后槽里，后槽里的拉到前槽里。”

　　玉斯哈猜不透这叫的是啥名堂，就把骡子牵进馆子后院的马槽上拴住，然后径直上了楼，找了个座位，问了饭价，从身上掏出十个铜钱，放到桌子上，等着吃肉炒面。

　　好半天，肉炒面才端上来。玉斯哈狼吞虎咽地吃起来，眼角却扫见旁边桌上一个穿着绸衫子也在吃肉炒面的富汉。

只见富汉那盘肉炒面好不丰盛,既新鲜又喷喷香,掌柜还站在旁边,盐咸醋酸地奉承。再看看自己的这碗肉炒面尽是些糊糊面、汤汤菜,连肉渣渣也不见几粒。玉斯哈心想:同样是十个铜钱,为啥我碗里的肉炒面同那个有钱人的不一样?

正在这时,又有一个乡下人进馆子来了,堂倌照样"前槽后槽"地喊起来。玉斯哈仔细窥看了掌勺厨师的动作,才明白过来了。哦,哦!原来这帮势利鬼在欺负乡下人哩。

玉斯哈觉得不公平,想着想着,计上心来。他放下筷子,装着解手的样子出去了一会儿,又进来坐下,不露声色地吃完了他的肉炒面。付了钱以后,又讨了一杯盖碗茶,便问掌柜的:"大掌柜,我的骡子拴在你家后院的马槽里,我在这里喝茶吃饭,骡子不会丢吧?"

掌柜的本来就讨厌穷汉,现在又听玉斯哈这么一问,有点来火了,说:"真是襟长缠脚,嘴长绕颈,我的后槽里大官家的玉麒麟也拴过几百几十哩,你那一匹臭骡子算个啥,一根毛也丢不了。"

玉斯哈说:"听掌柜的这么一说,我可就放心了。"说完,就等堂倌来沏茶。可那堂倌眼中好像没有玉斯哈,他提着水壶进进出出,老给有钱汉沏茶添水,却不给玉斯哈沏茶;等了大半天,总算给沏上了,又老不添水。掌柜的还西北风刮荆棘——连讽带刺:"今天馆子里来了一头水牛,灌不足呀!"

玉斯哈不加理会,他喝了一阵子,付清了茶钱,便到后槽里牵骡子去了。一会儿,他慌慌张张跑进来问掌柜的:"我的骡子咋不见啦?你把它藏到哪儿去啦?"掌柜的听了莫名其妙说玉斯哈简直是胡闹,这事与他不相干。

"咋没相干？刚才你还说一根毫毛也丢不了,刚过一会儿骡子就不见了,准是你藏到哪个槽里了!"

掌柜的说:"你个土包子,凭啥说我藏了你的骡子?"

玉斯哈说:"我一进馆子,你们就喊叫'前槽的拉到后槽里',你究竟把它藏在哪儿啦?"

掌柜的哪里会承认,两人你撕我扯,一直闹到县衙门,看热闹的人也围来了不少。

县太爷开堂审问,玉斯哈就将进馆子、丢骡子的事述说了一遍。县太爷正想在众人面前显露一下他的廉明公正,便问起掌柜的喊前槽后槽是怎么回事,掌柜的不好明说,支支吾吾,"这个……这……是这么回事……"结结巴巴讲不出个所以然来。

县太爷见状,以为掌柜的是做贼心虚,便抖起威风,叫衙役打了掌柜的三十大板。掌柜的只好招认说,前槽后槽指的是前锅后锅,是他开馆子的一句黑话,专为的给乡下人推销剩饭剩菜,实实没偷人家的牲口。

县太爷哪里肯信？于是又要动刑,真是"黄泥巴抹裤裆——不是屎也成了屎了。"掌柜的害怕再挨打,只好招认骡子是他给藏起来了,县官问他藏到哪里去了,掌柜的胡编说:"藏在后园里了。"

县官差人去寻,骡子果然在后园里的磨房里拴着(其实是玉斯哈乘着出去解手的机会把骡子牵到那儿的)。县官见案子判明,罚了掌柜的二百两元宝入官(实际是入了自己的腰包)。

玉斯哈巧妙机智地把这个趋炎附势、利欲熏心的掌柜的治了一顿。从此以后,这家炒肉面馆里再也听不到"前槽后槽"的吆喝声了。

(搜集整理:马自祥)

阿一旦,纳西族劳动者型机智人物。其原型大约于清代咸丰、同治年间出生在丽江县黄山村一户贫苦农家,因受木土司迫害,曾外出流浪二十余载。他的故事流传于云南丽江一带纳西族聚居区,有口皆碑。

公喜？母喜？

一个冬天的早上,天还没有大亮,阿一旦就到木老爷家去。寒风从雪山上迎面刮来,阿一旦连连打着寒战。

他把衣带勒紧,两只手紧紧地拢在袖筒里,使劲抱住胸口,这样似乎可以暖和一些,但是牙齿不听使唤,连连碰撞着,发出咔咔的响声。

"开门！开……"阿一旦还没叫完第二声,门就开开了,这使他吓了一大跳。

今天的门咋个会开得这么快？阿一旦脑子里很快地闪过一个念头。

"大吉大利,子孙兴旺,大发大旺,长命百岁。"木老爷拦门站着,双手捧着满满的一大铜瓢凉水,嘴里叽里咕噜地嚷叫着,把铜瓢送到阿一旦的嘴边。

阿一旦才明白过来,原来昨晚上太太生了娃娃啦。阿一旦当了"头客"。

照纳西族的规矩,当"头客"的先要喝凉水,给小娃娃免除口舌是非,免灾免难,一辈子享清福。然后就要请"头客"吃白酒、鸡蛋、甜汤圆。

是规矩嘛,阿一旦只好把那一大铜瓢凉水喝完了。

"公喜？母喜？"阿一旦问。

"是个公喜——少爷，唉！"木老爷回答着，口气很不高兴。因为纳西族有一种说法："头客"是决定小孩一辈子的命运的。"头客"是个高人贵客，将来孩子也能成为达官贵人；"头客"是个贫民或者奴仆，将来孩子就要吃苦受罪。今天大少爷的"头客"碰上个长工——阿一旦，木老爷哪能不生气，干脆把规矩也抹掉了，白酒、鸡蛋和汤圆就没有给阿一旦吃。

阿一旦受了这次侮辱，气极了，脑子里盘算着要报复：老子也会给你尝尝喝凉水的味道！

那年腊月底，年关逼近了，木老爷家正忙着准备过年。阿一旦却好几天没来上工，木老爷家搁着许多活路无人做。木老爷很着急，叫人去喊过几次，都不见人来，木老爷只得亲自去喊阿一旦。

"阿一旦！阿一旦！"木老爷一面叫一面推门进来。

"大吉大利！贵人当'头客'！子孙兴旺！大发大旺！"阿一旦高声叫着出来，脸上带着微笑，双手捧了一大瓢满满的凉水，送到木老爷的嘴边。

木老爷从晓事那天起就不喝凉水了，可是这个时候，这个规矩又不好回避，因此，他一时显得十分狼狈，只好勉强喝了一口，就想应付过去。谁知阿一旦连声嚷着"大吉大利！大吉大利……"老是把木瓢凑近他的嘴边，木老爷只好硬着头皮，勉强地喝着。

也叫你尝尝滋味！阿一旦心里暗暗咒骂着，脸上却仍然赔着微笑。

木老爷喝完了凉水，一连打了几个寒噤，又不断地打起嗝来，感到有些不舒服了。

"阿一旦，公喜？母喜？"木老爷以为是阿一旦的老婆生娃娃，假装着几分关心的样子问。

"沾福！沾福！"阿一旦满脸赔笑地答道，"公喜也有，母喜也有，小花也有，四眼也有。"说完就用手指向墙角边。

　　木老爷一看，原来阿一旦家的母狗下了一窝崽，大约四五只，在母狗肚皮下乱钻，唧唧咕咕地叫着吃奶呢。

　　木老爷真气坏了，想扭住阿一旦毒打一顿，但是阿一旦已经溜走了。只有那只母狗，向木老爷带着敌意地龇牙瞪眼。

（搜集整理：赵净修）

指桑骂槐

何瑭，汉族官宦型机智人物。其原型何瑭（1474—1543），字粹夫，号柏斋，怀庆武陟（今属河南省）人。明大臣，曾任翰林院修撰、南京右都御史。晚年告老还乡，人称"何老先儿"。其故事流传于豫北武陟、沁阳、新乡一带。

撵 驴

明朝嘉靖年间，怀庆府河内县（今河南省沁阳县）来了一个县官，他有个怪毛病，喜欢下雨以后，叫手下人用轿抬着，在城内大街上游逛。行人碰到县官出来，都必须低着头，跪在路旁稀泥地里迎送，闹得满城百姓不得安宁。

恰巧何瑭路过这里，他听说后，决定在这儿多住几日，治一治县官的"贱毛病"。

有一天下雨刚停，便有人来向何瑭报告："县官从府前往东去了。"

何瑭听说后，牵着一头小毛驴来到城东门口。他照着驴屁股狠狠拍了一巴掌，小毛驴一惊，迎着县官过来的方向飞奔过去。何瑭在后边紧紧追着。

再说那县官坐在没挂帘的轿里，正洋洋得意地向外观看一街两行跪着的百姓，忽然见对面几十步远有个老头撵来一条毛驴。

他再仔细一瞅，那老头不是别人，却是何瑭，不由得大吃一惊，赶紧下轿，也不管泥大水深，战战兢兢地跪在路当中迎接。

他刚好挡住了小毛驴的去路，那小毛驴把县官踢得四脚朝天，骨碌碌跌到路边的一个大泥坑里,官帽也不知掉到哪里去了……

不一会儿,何瑭上气不接下气地跑到了县官跟前。县官挣扎着从泥坑里爬上来,顾不得整衣寻帽,又跪在路上,结结巴巴地向何瑭问道:"何……何大人,您老人家刚、刚下罢雨就出来,有啥、啥要紧事? 咋恁、恁慌张哩?"

何瑭停住脚,气呼呼地指了指跑得老远的小毛驴,说:"我那条小毛驴真古怪,一下罢雨就到街上乱跑。你看——今儿个又跑出来了,我非要撵上教训教训它不可!"说完,又急急忙忙撵驴去了。

县官本来也不是笨人,听了何瑭的话,不由得面红耳赤。据说,从这以后,他再也不敢在下过雨后出来游逛啦。

(搜集整理:杨寿远)

赛来依·恰堪，维吾尔族劳动者型机智人物。其原型赛来依·恰堪（1816—1905）出生于新疆疏附县乌帕尔的一个贫苦农民家庭。他的一生在南疆与北疆辗转谋生中度过。其故事在新疆喀什地区一带流布，历久不衰。

斜　眼

一天，班旦吾兰特①骑着马，手里提着皮鞭，在路上悠闲地走着。他忽然看见赛来依·恰堪从对面走过来。由于他平时对赛来依·恰堪积下了许多不满，想在此报复一下，就拿着鞭子向赛来依·恰堪的一只眼睛上抽了一鞭。赛来依·恰堪的眼睛差一点被他打瞎了，后来经过医治没有全好，成了斜眼。

没过多久，班旦吾兰特在皇宫里举行宴会，请了许多客人，其中也有赛来依·恰堪。班旦吾兰特为了在大家面前提高一下自己的威信，就想利用这个机会再嘲弄一下赛来依·恰堪。他说："喂！赛来依，听说斜眼人的眼睛能把一个东西看成两个东西，是吗？这是为什么？"

"对，可尊敬的皇帝！"赛来依·恰堪爱搭不理地回答说，"现在我看你就不是两条腿，而是四条腿。"

（搜集：吴其洪　乔家儒；翻译：陈桂兰）

---

①　班旦吾兰特：中亚一带对可汗的尊称。当时喀什噶尔人把英、俄殖民主义者支持的侵略者阿古柏（约1825—1877）称为班旦吾兰特，实则是一种嘲讽。

王八吾,汉族文人型机智人物。其原型王少怀,字十三,号八吾,清末武强(今属河北省)的一个秀才。他天资聪颖,言词敏捷,疾恶如仇,诙谐风趣。其故事在河北武强衡水、深县、饶阳、武邑等地广为流布。

卖 "我"

有一年,武强县衙门里新调来一个知县。

这个狗官敲诈勒索,横征暴敛,无恶不作。他有个古怪刁钻的恶习:专爱吃世间稀罕之物。他经常派衙役们往百姓家去搜寻让他解馋的东西,可把老百姓害苦了。

王八吾决心捉弄捉弄这狗官,给大家出口恶气。

这天,那县官到一个财主家赴宴,酒足饭饱之后坐着轿子悠哉游哉地往回走。

路过十字街时,一人提着竹篮高声叫卖:"卖我喽!卖我喽!肉鲜味美,滋阴补肾,尝上一口,一辈子不算白活哎!"

此人便是王八吾。

那县官正闭目养神,一听这叫卖声,急令落轿。他掀开轿帘,扯着嗓子喊道:"何人卖我?拿来看看!"

王八吾不慌不忙地递上竹篮,掀开上面的盖布。

县官见是一只大王八,不由脱口而出:"这就是我呀?"

(讲述:左士杰;搜集整理:张振峰 李久旺)

王八吾，汉族文人型机智人物。其原型王少怀，字十三，号八吾，清末武强（今属河北省）的一个秀才。他天资聪颖，言词敏捷，疾恶如仇，诙谐风趣。其故事在河北武强衡水、深县、饶阳、武邑等地广为流布。

没人味儿

王八吾很爱讲故事。一次，他到县衙闲坐，县官和一些小吏、差役纷纷要求他讲个故事。

他略一思索，说："好吧，我给你们讲个小故事。有两个蚊子整天在乡下咬人喝血。这天它们飞进了城里县衙门，一看里面的人都胖乎乎的，就商量说：'咱不走了，这里的人比乡下人肥，今儿晚上咱就在这里找食吧。'

"晚上，它们这个屋里看看，那个屋里瞧瞧，都没人。其实它们不知道，衙门里的人都在蚊帐里睡觉呢。它们飞来飞去，终于找着了有人的地方——后院的祭庙。

"其实那几个人都是泥胎，他们咬咬这个，没血，咬咬那个，没肉。于是俩蚊子说：'咱快走吧，这里呆不得，看着衙门里的人都胖乎乎的，其实他们没血没肉没人味儿。'"

县官和小吏、差役们还支棱着耳朵听呢，听到这里，才知道王少怀是转着弯骂他们。

（讲述：焦明亮；搜集整理：李久旺）

旁敲侧击

刘墉，汉族官宦型机智人物。其原型刘墉（1719—1804），字崇如，号石庵，山东诸城人。清乾隆嘉庆时期的大臣、书法家。其故事以智斗权奸和珅、巧讽乾隆皇帝的作品最有特色，在河北、北京、天津、山东、辽宁等地广为流布。

反穿朝服见皇上

从紫禁城的午门到正阳门，这段御道是用石头铺的。年长日久，路面有了损伤，有的石头凹下去一块，有的石头掉了角，坑坑洼洼的很不好走。乾隆传旨，命令九门提督和珅领人去修，限期三天报上所需费用，两个月修整完毕。

和珅接圣旨，非常高兴。他瞅准这是个肥差，是搂钱的好机会。三天后，他打本上报说："石座要全部更换，需从房山县凿下石头运到北京，再铺在御道上，还要把起出的旧石头全部拉出城去扔掉。工程浩大，得用白银十万两。"

万岁恩准后，和珅就派人动工了。他并没有去房山拉新石头，而是把从御道上起出的旧石头翻了个身，派石匠凿了凿，又重新铺在地上。这样，有毛病的一面埋在底下，从上面看就完全像新石头了。不到一个月，御道修完了，实际上只花银子一万两，剩下的和珅全装进了自己的腰包。

乾隆听说和珅提前一个月完了工，非常满意，连连夸奖和珅会办事。他传旨将和珅官升一级，赏银一千两。和珅这小子名利双收，好不欢喜！

和珅贪污的消息传到了刘墉的耳朵里。第二天老早的，刘墉就到了朝房。和珅也来了，主动凑上前跟刘墉打招呼，可刘墉也不理，坐在椅子上闭目养神。他真休息吗？不是，他脑子里在转主意呢。天色大明的时候，从太和殿传来了太监的声音："万岁驾到——"

朝房里的大臣们赶快整整衣冠，鱼贯而出。刘墉没有动。他等大臣们出了朝房，飞快地脱下朝服，把里子向外翻过来，穿在身上，这才紧赶几步，跟在众大臣的后面向太和殿走去。大臣们都在低着头走路，谁也没注意到刘墉这一举动。

乾隆正坐在龙椅上接受大臣们的朝拜，猛然发觉有一个官员的衣服颜色与众不同。乾隆传旨让别的大臣都起身站到两旁，这才认出剩下那个在地上跪着的人是刘墉。他仔细地打量了一下，发现刘墉的朝服是反穿着的，心说：刘墉平时很谨慎，断不会马虎到把衣服穿反的地步。他呀，不定又搞什么鬼了！

按清朝廷的规定，刘墉的打扮叫"御前失仪"，要判重罪。可是，刘墉是太后的干儿子，乾隆不好把他怎么样，因此，乾隆只是用带着责备的口气说："御弟，你怎么把朝服穿反了？可太不应该了。快下去把衣服翻过来穿好，再来见朕。"

刘墉没动窝，说："臣的朝服穿反太不应该，爷家的御道翻着铺，恐怕就更不应该了吧？"

和珅本来看刘墉穿反了朝服，心里很高兴。他以为乾隆绝不会轻易放过刘墉，所以在一边兴灾乐祸呢。突然，听到刘墉嘴里蹦出这几句话，他心里"咯噔"一下，脸刷地变白了，腿肚子也直转筋，暗地里说：要坏事！

乾隆是丈二和尚——摸不着头脑，他问："你说什么？御道翻着铺？这是怎么回事呀？快向朕奏清楚。"

刘墉斜了和珅一眼说:"请万岁问问和大人,便知分晓。"

乾隆转脸问和珅:"怎么回事?"

和珅慌了神儿,"扑通"跪在地上,说话声音都变了:"臣该死。臣没有用新石头铺御道,是把原来的石头翻过来用上了。"

"什么? 你竟敢投机取巧,欺君罔上!"乾隆怒气冲冲,又问道,"你用了多少银子?"

"一万两。"

"剩下的九万两呢?"乾隆的屁股离了宝座,两手扶案,向前探着身子逼问。

"……"和珅干张嘴说不出话,他哪敢讲啊!

刘墉插上话来:"启奏万岁,剩下的九万两让和大人私吞了。"

"啊?"乾隆也惊住了。和珅真是胆大包天,竟敢私吞国家的银子。乾隆本想降旨将和珅斩首,可是话到嘴边没有说出口。在满朝文武中,他最喜欢两个人,一个是刘墉,一个是和珅。这和珅虽然人品不大好,但对乾隆就像狗对主人一样,又会吹拍。真要杀掉他,还有些不忍心。

乾隆沉默了片刻,说道:"和珅任意胡为,罪责重大,朕命你将侵吞的九万两银子全数退回国库。你要重新修建御道,所需费用十万两均由你自家拿出。如再覆前辙,定斩不赦。"

刘墉并不就此罢休,他又追上一句:"万岁上次给他的升赏,如今怎样处置?"

乾隆说:"先免去升官一级,再降职三等,还要收回赏赐的一千两白银。"

和珅此时已经是六神无主。听了万岁的圣旨,他也顾不得从身上割肉疼得慌了,连声答应着:"是,是。"可倒好,银子没到手,还得赔出去;官没升了,反倒往下降,这才是赔了夫人又折兵呢!

乾隆又对刘墉说:"御弟,参奏和珅功劳不小,朕赏你朝服三件。"

"臣谢主隆恩。"刘墉叩头完毕,捧着万岁的赏赐,仍然反穿着朝服,出了太和殿。一路上,他那得意劲儿,可就没的说啦!

（讲述:张文庆;搜集整理:张伯利）

张十伢,汉族劳动者型机智人物。在作品中多以长工、佃农、手艺人的身份出现。其故事流传于湖北通城一带。

堂上作证

李员外夫妇对媳妇百般刻薄。有一天,媳妇顶了婆婆几句,当即遭到两口子一顿毒打,脚被打断。李员外还给媳妇加上了"逆父逆母,好吃懒做"的罪名,上告到县里。

过堂时,张十伢闯进了衙门。县老爷问他做什么?

十伢说:"作证。"

员外夫妇一听,慌了手脚。

县老爷又问:"替谁作证?"

"为员外作证。"

员外夫妇高兴地说:"他是我家的长工,随什么都知道,又爱说直话。老爷就请他作证!"

县老爷问:"这女子是逆父逆母吗?"

十伢说:"老爷,是!"

"她好吃懒做吗?"

"一点也不假。"

李员外说:"是嘛,是嘛,十伢说得对。"

十伢又说:"这女子不仅懒,还特别好吃。一次我从田里收工回来,见她在偷猪食吃呢!"

　　员外的老婆插话:"连猪食都偷了吃,还说别的好东西吗?"

　　县老爷说:"你这糊涂虫,这只能说明你们虐待她嘛! 老东西该打!"

　　　　　　　　　　　　(搜集整理:龙光早　李士豪)

苗坦之,汉族文人型机智人物。其原型苗坦之是清乾隆年间海州的一位穷秀才,一生不得志,常与官府豪门作对,替百姓伸张正义。其故事流传于江苏海州一带。

大堂有个糊涂虫

苗坦之听说郯城县黄记当铺心狠手辣,盘剥百姓,心里气得慌。他径直找老板黄福芹,说:"黄掌柜,山东本是圣人之乡,你叫人家上当,也要让人眼里清楚,心里明白!"

黄福芹说:"苗先生,这是什么话?"

苗坦之说:"你这柜台高了,典当的人看不见你们搞什么鬼,应该扳去一尺!"

黄福芹本是登州人,在山东开了十八爿当铺,腰有万贯银钱。他一听这话,心想,那还得了,一损失,二丢脸,不能干! 就把脸一沉,说:"我就不扳。看你怎置?"

苗坦之把大腿一拍,说:"我要告你!"

黄福芹自恃业大势大,就说:"好! 从郯城、沂州到青州府,我奉陪你! 请便。"

经官动府一次次,都无结果。这一天,双方又来到青州府大堂。这黄福芹鬼得慌,他要拼十八爿当铺争达面子。这些官员吃了黄家的私,还未见到苗坦之一条虱子腿呢,自然庇护黄福芹。这些苗坦之心里也明白。

知府开口了:"苗先生,这又不是你自个儿的事,看你的靴帮儿都跑破了,何苦呢?"

"大人,你莫看我靴帮儿破,我底子可正!为庶民百姓争气,心里踏实!我不像有些当官的不为民撑腰,葫芦偏要说成瓢。金也要,银也要,谁个给钱谁个笑!"

知州听了这话急问:"你说什么?"

"我说蛇钻窟窿蛇知道!"

知府心中打醋:他说话带刺,莫非知道我受贿之事?这才又软和下来,说:"苗先生,有话好讲。"

苗坦之也顺水推舟,说:"好讲,好讲。"说着从腰里掏出一个毛巾小包裹,朝就地一放。

知府看得清楚,沉甸甸的,心中一喜,便说:"那黄福芹的柜台就拆去半尺!"

这黄福芹会耍滑头,急忙从腰里也掏出个小包丢在地上,"不拆!谢大老爷,不拆!"

知府应着黄福芹,又顺口应道:"不拆,不拆吧!"

苗坦之听了,心里说:这个糊涂官真不是个东西。转身摸出个大烟袋,在公案桌下划溜起来。

知州忙问:"苗先生,你要干什么?"

苗坦之淡淡一笑,说:"大老爷,这里有个糊涂虫!"

知州歪着头,问:"是吗?"

苗坦之说:"请大老爷清醒,刚才你连说两个半尺,本是一尺。现在请你当堂说清:'黄家柜台拆去一尺。'"说着指了指地上的布包,又拍了拍胸口,意思是要求平心公断。

知州见了,以为他腰里还有布包呢,就当堂宣布:"黄福芹的柜台从即日起拆去一尺。"

知州退堂,急忙打开毛巾包裹一看,原来是块水晶花石,忙喊住苗坦之,问:"你这是什么意思?"

苗坦之笑着说:"这是我们海州西乡的特产。我在半路上捡到的,取之无大用,弃之又可惜。特包来送给大人配副眼镜,好看清民间疾苦!"

(讲述:苗雨增　苗兴之;搜集整理:朱守和)

郑堂，汉族文人型机智人物。其原型郑堂为明代落魄秀才，正直诙谐，放荡不羁。他的故事流传于福建福州、罗源、闽清一带。

脱联敲权门

福州东街有个吴绅士，仗着父亲在京城里做官，横行乡里，没人不让他三分。郑堂天生硬骨头，偏不买他账，有心要惩治他一下。

正好，吴绅士家修房子，修好后摆阔气，开厢门让人参观。郑堂与四个穷朋友也凑进去看热闹。只见厅堂上挂着一副屏联，联板上写着：

子能承父职，
臣必报君恩。

郑堂眉毛一皱，计上心头，就对四个朋友悄悄交代了几句，然后上前，一把将联板脱下，交给他们挟走。

吴绅士的家人当场把郑堂当贼拿住，扭去见吴绅士。郑堂说："我是秀才，怎么会做贼？"吴绅士说："不会做贼，如何偷走我家联板？"郑堂说："你家挂的联板不忠不孝，我们脱了好去报官。"吴绅士反问："我的联板写的是'子能承父职，臣必报君恩'，怎说是不忠不孝？"郑堂说："你的联，子跨在父之上，臣压在君之头，五伦倒置，还不是不忠不孝？这里不必啰唆,你跟我去学台衙门辩论!"

郑堂一点破,吴绅士方才吃了一惊。当时,五伦颠倒是个大罪,要是朝廷知道了,吴绅士的父亲非要丢掉乌纱帽不可。吴绅士忙向郑堂求饶。郑堂说:"求饶也容易,你拿五百两银子来给我们救穷,我们就把这事包庇下来。"吴绅士嫌多,叫死叫活。郑堂说:"五百两算什么多?你没听说过吧?外省有个人贴了一副对联:马嘶芳草地,人醉杏花天。被人抓住把柄,说是马乃贱畜,压之头顶;天乃至尊,踏之胯下,把天、地、人三才悖乱作地、人、天,犯了悖逆之罪,被诈去二千金方才作罢。你家这副对联属五伦倒置,比三才悖逆罪重十倍!你今日还好碰着我郑堂,只拿你区区五百金,替你消灾致福;要是换个狠心些的,不敲你一万两万,看能便宜过你!"吴绅士没法子,只好乖乖答应。

郑堂就叫人去把四个朋友找回来,吴绅士一看,四人空着手,急忙问:"联板呢?"四人答道:"放学台号房里了,只等郑秀才去呈送。"吴绅士忙求他们去把联板取回来,四人齐声道:"一字入公门,九牛拉不出。学台衙门的人晓得这是不忠不孝的证据,哪能随便就给?要拿回联板,非得一百两银子去打发才行!"

吴绅士心疼银子,只好求郑堂设法。郑堂卖了个人情,说:"一百两倒不需,给他们四十两去打发,就可以取回联板了。"吴绅士只好忍痛又拿出四十两银子交他们去取联板。

四人去了一会儿,就把联板挟回来了。其实,联板根本没送到学台衙门去,只寄在别的人家。四人回来还报了一回功,说他们从中用了多少心力,方才从学台衙门取回联板。吴绅士在一边听着,鸡啄米似的点头道谢。

随后,吴绅士就请郑堂改联句。郑堂说:"半字都不用改,一边只调上调下两个字,就全忠全孝了。"吴绅士忙拿笔给郑堂调。郑堂接笔在手,将末尾二字调放在前边。吴绅士再读时,联语变成:

君恩臣必报,
父职子能承。

吴绅士以手加额,对郑堂称赞一番,又感谢一番。郑堂与朋友捧了五百四十两银子,哈哈笑着,离开了吴绅士的家。

(整理:林如求)

艾苏、艾西是两兄弟,同属傣族劳动者型机智人物,在作品中常以长工、侍从、农夫的身份出现。他们的故事流传于云南各傣族聚居区。

称棉花

有一个波嘎①赶着几匹马,来到艾苏、艾西住的寨子卖棉花,同时也买当地的土特产。

这是冬季,芒果树下的篱笆旁边生着一堆火。虽然天气冷,波嘎的生意还是很好。他规定上午买,下午卖。这几个人走了,那几个人又去。但是,艾西在远处发现波嘎在没有人的时候,拿着铁盘到火上烤一下。

"铁盘也像人一样怕冷哩!"艾西笑着对自己说,并走过去悄悄一瞄。原来铁盘底下粘着一块大蜂蜡。买进的时候,波嘎烤一下,蜂蜡脱在一边;卖的时候,他烤热铁盘,往地面上一放,蜂蜡又粘上了。人们吃了他的亏也不知道。

下午,许多人正在那里买棉花。艾西决定也要买一点。当他走过去的时候,他发现大铁盘底下已经粘着一大坨蜂蜡了。

艾西按照要买的斤数交了钱,波嘎就往大铁盘上堆棉花,然后拉过秤砣来过秤。

---

① 波嘎:傣语,商贩的意思。

艾西不吭声,只是抬脚到火堆上烤一烤,伸进铁盘底下,跷起拇指,把棉花和铁盘向上顶起。

波嘎的秤砣往下掉,他赶快一把抓住,生气地叫起来:"你们看,艾西买棉花伸脚伸到秤盘下往上顶,你们见过这样狡猾、这样想占便宜的人吗?"

人们围过来。艾西的脚还顶在铁盘底下不放,他皱眉咧嘴地说:"这能怪我吗? 天气凉,你的铁盘怕冷,我的脚也怕冷。我烤了一下脚,你的铁盘就把我的脚粘住了。它太奇特了!"

这一下,波嘎的骗人把戏露底了。人们看到秤盘底下那一大坨蜂蜡,全都闹起来。一传十、十传百,村寨里买了棉花、卖了茶叶的人,都要来重新过秤,有的干脆要退钱。波嘎对付不过来,弄得十分狼狈。

(搜集整理:岩温扁 吴 军)

　　达太，佤族劳动者型机智人物，出自艺术虚构。其故事流传于云南沧源、西盟一带佤族聚居区。

沙子着火

　　有个孤儿，父母早死了，只给他留下了一头很壮实的牛。

　　寨子里有一个富人，很想得到孤儿这头牛。有一天，他跑去对孤儿说："孤儿，这头牛是我的骡子生的，借给你家这么久了，现在我要拉回去！"

　　孤儿知道牛不是富人的，骡子也不会生牛，但又说不过富人，就对富人说："这事要请全寨的人来解决，他们说是你的，你就拉去。"

　　这天，全寨的老人、小孩、男人、女人都聚在一个山上，大家议论纷纷，有的说："骡子怎么能够生牛！富人那么凶狠、刻薄，还愿意把牛借给穷人呀？真是骗子！"有的说："怎么达太还不来呀。"

　　过了一会儿，达太来了。

　　富人问达太："你是做什么去了，隔了这么久才来？"

　　达太说："我在路上看见沙子着了火，我赶忙用很多草去扑火，把火扑熄了才来，所以来迟了。"

　　大家听说沙子着了火，感到很奇怪，就悄悄谈论起来。富人听了骂道："沙子怎么会着火，草哪里能够把火压熄？真是笨货！"

达太说:"是的,沙子不会着火,草也压不熄火。那么,骡子怎么能够生牛呢?"

富人再没有话回答了,不得不把牛还给孤儿。

(讲述:赵岩三;搜集:万家明)

引鱼上钩

安世敏，汉族文人型机智人物。其人爱打抱不平、喜恶作剧捉弄人。他的故事流传于川东各地汉族聚居区及部分土家族地区。

巧治菜霸

川东某县城依山傍水，水陆交通都比较方便，加上这个地方气候适中，一年四季都有新鲜蔬菜，每逢赶场天，附近大城市里的小商小贩都到这里来车载船装，生意十分兴隆。四乡的农民，十有七八也以此为生。

哪知道，这门生财之道，被一个外地来的蔡发看中了，他仗着在县衙门当师爷的舅子的势力，开了一个菜行。每到逢场之时，他就控制场口，压级压价，强行收置四乡农民的蔬菜，转手以对本利卖给小商小贩。哪个农民不把菜卖给他，轻则是借故弄你到县衙门去打板子，重则倾家荡产。农民说不完的好话，送不完的人情礼物，到头来还是不得不把菜卖给他。四乡的小商小贩也只好忍气吞声巴结他，讨好他。

短短的几个月，蔡发就大发横财，而四乡的农民却被搞得叫苦连天。他们想要整治他，就推举几个老人，去找安世敏想办法。安世敏对蔡发的所作所为也早有耳闻，因此他二话没说，就一口应承下来。

转眼，又是一个赶场天。蔡发的伙计、爪牙照常坐镇四门，强收农民的蔬菜。不一会儿，就把一个菜行装满了。

蔡发这两天也真有点儿高兴，心想：再过两天，就是县大老爷夫人的生日,只要想办法去送个重礼,得到夫人的另眼相看,今后在县大老爷那里不就好办事了么？这礼物嘛,还不是羊毛出在羊身上!

想到这里,他一时高兴,就叫管家传话下去:"凡是四乡八镇来的小商小贩,今天卖菜一律加价一成,明说是给县大老爷夫人做生之用。"他师出有名,众人敢怒而不敢言,只好该买一百斤的只买九十,该装一车的只装九成。

蔡发算盘一拨,心中暗暗高兴:满打满算送礼之后,自己还能落个百八十块的进项。

正在这时,外面来了一个客人,自称是县老爷的内堂管家,要他们把今天这里到的时鲜蔬菜,各样留几斤给县大老爷送去。蔡发一看这人气度不凡,谈话时傲气逼人,自己先就矮了三分,想到往后仰仗这人的时候多,特意包了五两银子的红封送给这位管家,要他以后多多照应。

果然,这位管家收了银钱之后,态度大变,还透露给他一个惊人的机密:县大老爷最近新讨了一个姨太太,在县城东街找了一个四合小院别居。来人还给他出主意,要他每天借送菜的机会去请安,日后定有好处。

蔡发一听这话,欢喜非同小可,连连央告这位管家,求他引荐,给自己一个认识这位姨太太的机会。

这位管家倒也爽快,马上答应给他引路,找到那座四合小院,用手一指,说:"今天初次见面,看来老兄很讲义气,兄弟我也帮忙帮到底。这送菜传话的手续我就免了,让你老兄单独去觐见。你递过耳朵来——"

蔡发接耳一听,连连点头。等那位管家一走,他急不可耐,提篮时鲜蔬菜,从侧门悄悄拱了进去。

这座小院很安静,他穿过一层内院之后,发现堂上空无一人,只有两个丫环模样的人在墙角远远地站着,指手画脚地在叽叽咕咕说着什么。一看见他,正待发问,他已经撩开竹帘,走进厢房去了。哪晓得进屋抬头一看,便进退不得——原来,县大老爷巴巴实实地跪在一个女人面前。这个女人满面怒容,大腿压二腿坐着,一只手扯着县大老爷一个耳朵说:"你给我说,把那个婊子弄到哪里去了?不说出来,我们今天煞不倒角①!"

县大老爷连连说道:"这……这从哪里说起,是哪个长舌头乱说乱道……夫人,哎哟……"

叫声没落,县大老爷一抬头就看到了刚刚进屋的蔡发,一时间,倒找不出话语来了。只见他满面通红,也顾不得耳朵痛,一挺身站了起来,换了一个面孔:"咳!有什么事呀?"

倒是蔡发见过这些场面,心中虽然暗暗好笑,脸上仍然不露声色,赶快跪下,请安说道:"小民蔡发叩见老爷!"

这县大老爷本想发作,但又觉得蔡发来得正好,免了今日长跪之苦,也就趁此机会各人找个梯子下台,于是一本正经地说道:"有什么事到外面说吧,走,前面带路!"

哪晓得这蔡发跪在地上说道:"老爷在上,小民蔡发听说老爷新得贵人,特备了时鲜蔬菜几种,送给老爷和姨太太尝新,还请老爷和姨太太赏脸收下!"

这话说了之后,只见那个女人扑向县大老爷,又扯又抓,又哭又闹:"好啊,你哄我像哄小娃儿一样。现在,连卖菜的都讨好狐狸精了,叫我

---

① 煞不倒角:没有完的时候。

94

咋个做人啊！今天是有她无我,有我无她,你给我交出人来,万事俱休,如若不然……"说这话时,她又想去扯县大老爷的耳朵,一转眼看到了还跪在地上发抖的蔡发,不由得咬牙说道,"事情坏就坏在你们这些拍马屁、拉皮条的人身上——来人啊!"

话音刚落,就进来两个贴身使女,垂手说道:"夫人,有何吩咐?"

"传老爷的话,马上把这个家伙重责一百大板,赶出县城!"

蔡发一听,三魂吓脱两魂,才晓得烧香走错了庙门:上面坐的哪里是什么姨太太,而是真资格的七品夫人。

他情知不妙,赶快跪向老爷求饶,叩头如捣蒜:"大老爷,小民蔡发实在是有眼无珠,不晓得夫人不是姨太太,姨太太不是夫人啊!"人一急,他说话更加语无伦次,也无疑是火上添油。县大老爷正一肚皮气无处放,一下全泄到了这个送上门的出气包身上。

"蠢才,还要犟嘴! 快把他拉出去,照夫人说的重办!"

蔡发做梦也没想到,他让安世敏这样一整,竟落了个这样的下场。

从此,四乡来城卖菜的农民也少了一重剥削。

(搜集整理:罗良德)

95

巴拉根仓，蒙古族牧民型机智人物，出自艺术虚构。其故事内容丰富多彩，民族特色浓郁，相当诙谐有趣，在大漠南北各地的蒙古族聚居区广为流布，深得民众喜爱。

"黑猫"和"黄猫"

巴拉根仓的媳妇长得很漂亮，虽不算是盖世无双的绝代佳人，却也是个名扬四方的俊秀女子。常言说："花香招蜂蝶，人美惹风波。"巴拉根仓的媳妇只因长得美，还引出了一段故事。

巴拉根仓家的北头，住着一位满脸大胡子的图斯拉格其①；南头，住着一位细长胡子的大喇嘛②。别看图斯拉格其和大喇嘛都是年过半百的老头子了，可是，这两个不要脸的老东西，却对巴拉根仓的媳妇起了坏心。不是今天这个跑来，花言巧语地卖弄风情；就是明天那个溜来，东拉西扯地纠缠不休。巴拉根仓的媳妇被这两个老东西缠得又讨厌又气愤，后来，她索性就把两个老色鬼纠缠的事，告诉了巴拉根仓。

巴拉根仓听罢，便给他老婆出了个惩治他们的好主意："如果肥头黑牤口和偏头黄野种③再来纠缠，你就告诉他们……"如此这般地交代了半

---

① 图斯拉格其：蒙古语，旗王爷的协理。

② 大喇嘛：寺庙里职务最高的喇嘛。

③ "黑牤口"、"黄野种"及"黑猫"、"黄猫"：蒙古人通常把喇嘛教称作"黄教"，而把未当喇嘛的一般男子叫做"哈拉昆"，即俗人的意思。这里所用的"黑""黄"二词，就是指图斯拉格其和大喇嘛二人。

天。第二天早晨,巴拉根仓骑上马大摇大摆地进城去了。

细长胡子的大喇嘛一听说巴拉根仓进了城,就坐不住了,他捻着稀稀拉拉的几根胡子,笑嘻嘻地蹿到巴拉根仓家,又来纠缠巴拉根仓的漂亮媳妇了。巴拉根仓的媳妇按照丈夫告诉的主意,说道:"咳!住庙供佛的喇嘛爷,你简直成了离群的牤牛!好吧,就看你的福气。今儿晚上在我家高粱地里见面吧。等天黑,你先到地南头等着我,我到了地北头像老猫似的叫一声'嘛呜',你就学着猫崽回叫一声'咪哟',如果我不再继续叫,那就是我的丈夫回来了,只怨你自己没福气,你就赶紧溜回去吧!"

细长胡子的大喇嘛连连答应:"是,是。"高兴得什么似的回去了。

没过一会儿,满脸大胡子的图斯拉格其,也摇头晃脑地来逗弄巴拉根仓的漂亮媳妇了。巴拉根仓的媳妇,同样按照丈夫告诉的办法,说道:"咿!坐在高桌上装模作样的诺彦,原来你也是个发了情的野兽哩!好吧,就看你有没有福分了。今儿晚上在我家高粱地里相见吧。待天黑,我到地南头你。你到了地北一头,就学着公猫叫一声'嘛呜',我就像母猫似的回叫一声'咪哟',如果我不再继续叫,那只好怨你命不好,因为我丈夫回来了,请你回家去!"

大胡子图斯拉格其急忙答应:"好,照办。"欢喜得什么似的回家了。

到了晚上,满天乌云,伸手不见掌,眼看就要下雨了。可是,这阴天的黑暗,对于偷偷摸摸干勾当的图斯拉格其和大喇嘛来讲,那可是个再好不过的良机哩!

天刚黑,大喇嘛就噘着他那细长胡子,像一条冬月里起群的公狗,一溜烟往巴拉根仓家的高粱地跑去。

这时,图斯拉格其也扬着他那满脸大胡子,像屎壳郎似的骨碌着,奔向巴拉根仓家的高粱地。

不等这两个死不要脸的老东西赶到巴拉根仓家的高粱地,一阵闷雷一打,"哗、哗……"下起了瓢泼大雨。两个老东西为了达到多日的心愿,不用说下雨,就是下刀子也不回头了。

不一会儿,细长胡子的大喇嘛来到高粱地南头,被雨淋得像一条落水狗,蹲在地头等待巴拉根仓媳妇到来。

这时候,大胡子图斯拉格其也来到高粱地北头,像一条寻死尸的饿狼,用四肢爬着,扯开他那大嗓门学着老公猫哑声粗气地叫了一声"嘛呜!"

蹲在地南头竖着两个耳朵等候的大喇嘛,一听见大猫叫声,高兴得用四肢朝地往北头爬去,亮开他那诵经练就的响亮声调,尖声细气地叫了一声"咪哟!"

图斯拉格其一听到母猫的回声,心想:天神啊!我的心肝哟!今天你可算到我手里了。便兴奋得连叫两声:"嘛呜!""嘛呜!"急忙顺着高粱地垄沟向前爬去。

大喇嘛听到"大猫"的两声叫,心想:佛爷啊!今晚上可把美人送到我怀里了。便欢欢喜喜地连叫两声:"咪哟!""咪哟!"顺着高粱地垄沟,向"大猫"爬去。

两个老色鬼,在那哗哗淌水的垄沟里互相迎面爬着、爬着,刚看见彼此的身影了,就急不可耐地站起来向前冲去,一下子搂住对方,你啃我,咬你,互相亲开嘴了。

哪想到,图斯拉格其的大胡子让大喇嘛啃了一嘴乱毛,大喇嘛的细长胡子也扎进图斯拉格其鼻孔里,直打喷嚏。

"你、你……"

"你、你……"

二人大吃一惊,正要互相责问,"轰隆隆!咣!"一道闪电,照得田野雪亮,这一下,两个老东西彼此都认出来了:

"呸!你怎么跑到这儿来了?"

"啊嚯!你来这儿干什么?"

他俩正要吵闹时,巴拉根仓突然从高粱地里冲了出来,大喝一声:"谁?"

一见来人了,"黑猫"和"黄猫"彼此分开撒腿就逃。

"喂!地里进贼了,捉贼呀!你们往哪儿跑!"巴拉根仓骑着大马,抢起马鞭边追边打,把"黑猫"和"黄猫"打了个痛快,一齐都赶跑了。

(讲述:桑巴拉;记录整理:芒·牧林;翻译:敖若布)

马坦,汉族劳动者型机智人物。在作品中常以长工、农夫、挑夫等身份出现,浪迹于村坊、集市之间。其故事流传于浙江东阳一带。

买　缸

有两个可恶的小偷,欺花大爷年老无力,青天白日,竟当着他的面,扛走了他家的花鱼缸。花大爷气得跺脚捶胸。马坦看了很是同情,他把旱烟袋卷起,往腰里一别,就替花大爷追大鱼缸去了。

他抄近路来到一个山口,吸着烟坐等小偷。两个小偷气喘吁吁地抬着大鱼缸来了,马坦马上迎上去说:"这缸是卖的? 天色不早了,还没有主顾吧?"

"是的。"两个小偷齐声回答。

马坦很高兴地说:"真是来得早不如来得巧,我家老爷新建的花园正要买这样一口大鱼缸,只要漂亮,价钱贵点不要紧。我看这花缸老爷是定会中意的。朋友,你们是交红运啰。"

两个小偷也很高兴,忙问抬到哪里。马坦说:"路是远点,但这也是你们的造化,路费加倍。"

"好,好,你领路!"

于是马坦前面走,小偷后面抬。西北岭上,西南岭下,绕来弯去,弯来绕去,足足走了二十里,来到一个翠竹掩映的小村子,天也已黑了。马坦说:"到了,你们在这里等,我去通报老爷。"

两个小偷气喘吁吁,肚也饥了,腿也酸了,放下大鱼缸,一屁股坐在村口的岔路边草地上,等待着发财。

不一会儿,马坦来了,后面是花大爷,还有十几个后生,拿着木棍,提着绳子。两个小偷情知不妙,一拍屁股摸黑就逃。

原来,马坦知道这两个小偷人生地疏,便七绕八弯,把两个小偷带回花大爷村里来了。

(搜集:胡火木;整理:张卫乔)

萧光际,汉族文人型机智人物。其原型萧光际(1781—1864),
字流芳,号脂香,清道光、咸丰年间广济(今湖北武穴市)人,以在
乡间教书为业。其故事内容丰富,诙谐有趣,在湖北武穴一带流传,
颇受群众喜爱。

石头变银子

萧光际从考棚监考回城,见河岸上有个青年在哭泣。上前相问,才知
道他姓范,黄梅县人,是赶马车的。他昨天帮人拉货到梅川,今早在河边
饮马,准备套车回乡去。忽然,有个穿长袍马褂的人带了两个狗腿子来找
他,不问长七短八,把他打了一顿,还把他那匹心爱的黄骠马牵走了。

"你到县衙去告他一状嘛!"萧光际说。

"贵县人告诉我,那人是有名的恶霸,姐夫在黄州府为官,县太爷奈
何他不得。"

"啊,这样吧,你把马车准备好,在这儿等着,下午我叫他还马给你。"

赶马车的"扑通"跪下,说:"先生能还我千里马,恩同父母。"

萧光际扶起年轻人,说:"你是黄梅人,不能让恶霸坏了广济人的
名誉。"

中午时分,萧光际背着一个大印花包袱,来到北门一家高楼门前,喊
道:"苏员外在家吗?"

一会儿,穿着长袍马褂的苏员外来到门上,说:"萧先生来了,请进,
请进。"

萧光际把那沉甸甸的包袱放在堂屋的桌子上,说:"咳,在几个朋友家借了三百两银子,想把学堂拆了再盖。实在背不动了,暂寄放员外家,不知可否?"

苏员外答道:"行,行,行!"

萧光际看了一眼拴在棚子里的黄骠马,说:"我的脚也走痛了,请员外把那马借我一用,下午归还。"

苏员外心想,你有银子在我这儿押着呢,嘴里说:"萧先生借东西,只要我家里有,尽管拿。"

萧光际骑上马来到梅川河边,赶马车的正在那儿翘首盼望呢。萧光际把马交给他说:"你赶快离开此地。"年轻人对萧光际拜了三拜,套好马车飞也似的跑了。

再说苏员外望着萧光际那一大包银子,心里痒痒的。于是搬进内房打开一看,全是白石山的白石头,顿时明白萧光际是来骗马的,立即带狗腿子们去找萧光际。

只见萧光际在县衙大门旁坐着呢。苏员外揪住萧光际说:"你把我的马骗到哪里去了?"萧光际说:"谁骗你的马,不要诬人清白。"二人争执不下,就上公堂见官。

知县闻声升堂。苏员外把萧光际寄石头骗马的事说了一遍。萧光际说:"父台明察,学生外借三百两银子,朋友有名有姓,县太爷现在就可派人查对,如有半点谎言,可以法论处。我因苏员外是豪富人家,所以放心将银子寄存他家,岂知他见财起不良之心,用石头换掉我的银子,天理人情国法都难容。至于他说我骗他的黄骠马,太爷可以问他,此马何时、何地、从何人之手、花多少钱买的,也可查对;另外,可问左邻右舍,谁见过他家用过黄骠马?"

　　知县见萧光际言之有理,即派人到苏员外家去取印花包袱,果然是一包白石头。苏员外有口难辩。

　　知县道:"人证物证俱在,证明苏员外贪心图谋不义之财,白银三百,退归原主。"

　　苏员外无法,只得拿出三百两银子,萧光际真的给沧浪书院盖房子用了。

（讲述:李大毛）

　　谎张三是汉族和一些少数民族共同创造的劳动者型机智人物,有谎张三、张老三、张扯谎、张三、老谎、黄丈三等大同小异的称呼。他的故事内容丰富,具有不同的地域特色和民族特色,在我国的西南、华中、华东、西北、黑龙江等地广为流布。

挑　盐

　　一天,谎张三帮主人挑了一担盐回家,路上走得又渴又饿,实在有点儿挑不动了。

　　正在这个时候,碰巧遇上了一个骑马的人。

　　谎张三一想,来了主意,走到骑马人面前说:"老爷,你这匹马倒是好,可是不如我家的那匹马好。"

　　骑马人一听,自己的马不如他的马好,很想把它弄到自己手里,就下了马问道:"你的马能卖给我吗?"

　　谎张三摇了摇头。

　　骑马人又说:"那就用我这匹马和你换吧?"

　　谎张三说:"换给你就换给你,你先把你的马让我试一试。"

　　骑马人答应了。

　　谎张三接过马缰绳,一跃上了马,并回头对那骑马人说:"你把我的担子挑上。"说罢,一扬鞭,马飞跃着朝前跑去。

　　马越跑越远,骑马人这才发觉受了骗,盐担子又不敢丢,只得挑上担子在后面沿着马蹄印进了一家院子。

他进去一看,正是自己的马被拴在院子里,他上气不接下气地赶到院子里,甩掉肩上的盐担子,正要发火,谎张三说:"你的马性情这样暴,我一骑上去它就拼命地跑,差一点儿没把我摔死,要不是跑到这里,还不知要跑到哪里去呢! 算了算了,你赶快牵走吧,不换啦!"

　　骑马人没有办法,只好气急败坏地牵上马走了。

(搜集整理:洪映龙)

谎张三接过马缰绳，一跃上了马，并回头对那骑马人说："你把我的
担子挑上。"说罢，一扬鞭，马飞跃着朝前跑去。

搓奎,哈尼族劳动者型机智人物,出自艺术虚构。其故事流传于云南部分哈尼族聚居区。

交 税

头人带着管家到后山上去闲逛,晌午过后肚子饿得叽里咕噜直叫,老远看见搓奎家小屋顶上已冒出炊烟,就流着口水急急忙忙往搓奎家奔。刚跨进门就闻见一股香味,他干咽着唾沫,揭开锣锅一看,见锅里煮着半锅鲤鱼。头人和管家不管三七二十一,卷卷袖口就狼吞虎咽吃起来,边吃边说:"搓奎,山是老爷我的山,水是老爷我的水。今后不论是水里捞的,山上采的,首先要给老爷我交上一份来抵税。"吃完,头人和管家擦擦嘴皮提起屁股就走了。

搓奎没有吭气,用眼瞪着,心想,今日你吃进去,明日定叫你吐出来。

过了几天,刚好是属牛祭祖的日子。头人为了摆阔气,抖威风,请来了附近村寨的土司、招坝里长,桌上摆满了山珍海味,准备痛饮一番。

开餐了,各路老爷正吃得津津有味,搓奎大汗小水地背着一只大箩闯了进来。

"你来干什么?"头人恶狠狠地用筷子指着搓奎问道。

"给老爷送税来了。"

"是些什么?"头人伸长公鸭脖子问。

"都是在老爷山上捡的和老爷水里捕的。"

"对！以后就是要这样，才是我的好百姓。这次送些什么东西来啊！快拿出来给老爷我看看。"

搓奎慢条斯理地从背箩里拿出一包鲜嫩的香菇，头人一看，笑呵呵地满口夸奖搓奎是好百姓。

搓奎又拿出一条活蹦乱跳的大鲤鱼，头人更是高兴得嘴都合不拢，叫管家一齐拿去下锅。

搓奎拿了香菇和鲜鱼后，背起背箩就走。头人斜眼一看，背箩里还剩下一大包用笋叶壳包得严严实实的什么东西，就连声逼问道："还有什么？"

"老爷，该给的都给了，这一包是我今早在路上捡的，就留给我吧。"搓奎装作苦苦哀求的样子。

"不行，既是在我的地盘上捡的，统统都得归我，今天我家客人多，正等着做下酒菜呢。"头人向管家一挥手，管家一把抢过搓奎的背箩，哗啦倒了个底朝天，立时满屋子臭气冲天，原来是一包臭狗屎，熏得客人心翻肚绞，哇哇嘎嘎地把刚吃进去的山珍海味连同黄胆苦水，全吐了出来。过了半天，头人才翻着白脸伸着长脖子，"你……你……你"又气又难受，结果一句话都说不出来。

（搜集整理：钱存广）

金贵，水族雇工型机智人物，出自艺术虚构。其故事流传于贵州三都、独山、荔波、都匀及广西南丹一带，在水族民众中影响颇大。

七星鱼变老蛇

金贵一边给土司放牛，一边去水塘里摸七星鱼，不一会儿就摸了一大串。土司过来看见了，分外眼红，紧跟在后边去看。金贵越摸越起劲，他伸手进一个石洞，摸到一条肉乎乎的圆形东西，晓得是一条大老蛇。于是轻轻抽回手臂，慢慢地用块石头掩住洞口，装着十分高兴的样子，大步跨上塘埂，提起那串鱼就往家跑。

金贵的一举一动，土司看得清清楚楚，见金贵跑了，就大声地问："金贵，你不看牛，还跑哪里去？"

"那石洞里有条大鱼，这根篾条穿不起，我回家去要个竹篓来装。"金贵头也不回边说边跑。

贪心的土司信以为真，急忙挽了裤脚，卷起袖子，下塘去搬开洞口石头，伸手进洞里摸。他摸到一条老蛇身上，以为是大鱼，就使劲地抓住。老蛇受不住，回过头狠狠地咬住土司的手。只听到"哎喂——"的喊叫声，土司就痛倒在水塘里。

金贵回来，见一身泥水滴答、捂着手臂的土司，装着吃惊的样子问："你怎么摔倒啦，老爷？"

"你放老蛇在洞里让我去摸,你不得好死!"

"老爷,我的鱼洞你偷偷去摸了,还反倒怪我。我摸撞着鱼,你摸碰到蛇。七星鱼变老蛇,那只有怪你的运气啦!"

(搜集整理:潘朝霖)

阿一旦,纳西族劳动者型机智人物。其原型大约于清代咸丰、同治年间出生在丽江县黄山村一户贫苦农家,因受木土司迫害,曾外出流浪二十余载。他的故事流传于云南丽江一带纳西族聚居区,有口皆碑。

打 猎

青黄不接的春三月,木老爷家的好多佃户断了粮,有的找蕨菜充饥,有的上山打野味度日,阿一旦看着心里难过。

一天,有两个佃户捉来一只长尾巴雏鸡和一只灰兔,想到木老爷家换点苞谷。阿一旦对他们说:"莫去了,木家顶多换给四五碗苞谷,还不够你两家人吃一顿饱饭,把雏鸡拿给我,我去想个法子来。"

阿一旦抱着羽毛斑斓的雏鸡,笑嘻嘻地来到木老爷面前。木老爷闲着没事,看见长尾巴雏鸡好漂亮,就伸手来摸:"你从哪里捉来的?"

"拿网下的。这几天,山上好打猎,我一去就下着这只雏鸡。看它多漂亮,唧!"阿一旦一边逗雏鸡,一边乐呵呵地笑。

木老爷被活蹦乱跳的雏鸡逗引得眉开眼笑:"阿一旦,你把雏鸡换给我。你要钱,给你五文;你要米,给你两碗。"

阿一旦一本正经地说:"哎呀,不晓得木老爷要,我已经答应换给别人了,人家给我五升米。要是您要,明天我领您再去下一只吧。"

木老爷的猎瘾上来了:"能下得着吗?"

"怎么下不着?山上的野味都是山神管的,只要诚心敬山神,什么时

112

候去都下得着。"阿一旦说着伸出劈柴时被刺戳破出血的手指,"您看,昨天我咬破手指,恭恭敬敬地在山神庙的灯碗里滴了三滴血,今天就下到这只漂亮的雄鸡,换了五升米,太划得来了。"

木老爷听了有些为难:"打猎还要咬破手指头呀?"

阿一旦连忙摇手:"我们佃户穷,滴几滴血算是最诚心了。像您这样的富贵人家嘛,拿个一两吊钱、五六升米,供在山神庙,就是最诚心了。而这点供品,对您木老爷来说,也只是身上拔根小毛毛,值不得什么。"

木老爷动了心:"就照你说的办,今天就去张网。要是下不着,我可不饶你呀。"

阿一旦拍拍胸脯:"这个当然。我先把雄鸡交割给换米的那家,马上就来。"

阿一旦急忙出去,把雄鸡还给两个伙伴,跟他俩讲了几句话,兜个圈子,回到木老爷跟前:"走吧!"

木老爷叫阿一旦背着五升米,自己揣了一吊钱,先来到山神庙,把钱和米供在神坛上,又到庙后树林里张起网。

第二天清早,木老爷叫阿一旦一起去看网。两人来到山神庙,昨天供的米和钱不在了。阿一旦高兴地叫起来:"山神收了供品了,网里一定有猎物了。"木老爷跟着阿一旦跑到树林里,看见网里只下着一只灰兔,不大乐意:"怎么没有下着雄鸡?"

阿一旦说:"一定是山神嫌供品少了。下次要是供上两吊钱一斗米,一定下得着一只漂亮的雄鸡。"

木老爷拿起灰兔:"要是下不着,我可不饶你!"

阿一旦拍拍脑壳:"我拿我的头担保。"

第二次,木老爷叫阿一旦背一斗米,自己带两吊钱,先到山神庙供好,又去树林里张了网。

　　次日一早,木老爷又来喊阿一旦去看网。两人先到山神庙,见供品不在了,阿一旦高兴地叫起来:"山神收了供品了,这回一定下着漂亮的雉鸡了。"木老爷跟着阿一旦跑到树林里,只见网里有一只活蹦乱跳的长尾巴雉鸡。

　　阿一旦对木老爷说:"怎么样? 我说的没有错吧?"

　　木老爷不禁眉开眼笑:"嗯,这回子你没有骗我。"

　　阿一旦算了算:原来顶多能换五碗苞谷的灰兔和雉鸡,现在已经换到一斗五升米和三吊钱了,乐得不禁也跟着木老爷笑了起来。

(搜集整理:杨世光)

阿匹打洛，普米族劳动者型机智人物，出自艺术虚构。其故事流传于云南兰坪、宁蒗、维西等地普米族聚居区。

弯枪打斑鸠

拉布头人家的房对面，有一条很长的埂子，埂子上每天歇着斑鸠。拉布头人天天拿着长枪去打斑鸠，可就是只听枪响，不见物落。

这天，那埂子上又歇着九个斑鸠。阿匹打洛提着一支弯弯扭扭的长枪走过来。拉布头人着急了，忙跑去拉着说："你那弯枪不行，还是我去打。"

阿匹打洛笑笑说："尊贵的头人，你从来没打过斑鸠，今天我打给你看，九个斑鸠一枪打！"

拉布头人一听，头顶亮光了，他还没听说过一枪能打九个斑鸠的，他今天要看看。阿匹打洛弯着腰，提着枪走到埂子边，一声枪响，九个斑鸠全飞了。拉布头人大骂道："什么九个斑鸠一枪打，你连斑鸠的屁都闻不到！"

话音刚落，阿匹打洛已跑去埂子上捡斑鸠。不一会儿，手里就提着一串斑鸠朝拉布头人走来。拉布看得花了眼，阿匹打洛果真是提着九个斑鸠的。他又一一查看，斑鸠身上还是血淋淋的。九个斑鸠一枪打，不假。

"尊贵的头人，怎么样？"

拉布头人终于相信了,他摆弄着阿匹打洛的弯弯枪,终于说:"把你这枪换给我吧。"

阿匹打洛笑着摇头说:"我这枪原来和你的一个样,也是一个斑鸠打不着。后来我想,要是把枪扳弯,顺着弯埂子去打斑鸠,准打得着。我就跑回家,把枪往木楞房的缝里一卡一扳,就扳成这个样。再拿去打,第一枪就打着七个,今天是第二枪。"

拉布头人听得好开心。等阿匹打洛走后,他也把枪插在木楞房的空隙里,使劲一扳,枪筒扳弯了。

第二天,斑鸠又歇在埂子上。拉布头人满心欢喜,他装好枪药,大狗一样趴到埂子上,然后去扣扳机。轰的一声,火药在枪筒里爆炸了。拉布头人斑鸠没打着,手指头却飞了好几个。原来那弯弯枪打九个斑鸠的事,全是阿匹打洛事先设计的。

(搜集整理:凉 兵 文 友)

游伯佬，汉族农夫型机智人物，出自艺术虚构。其故事大都反映旧时湖南中部农村、城镇生活，富有幽默感和泥土气息，在湖南新邵、邵阳、新化、怀化一带流布。

赚开城门

一天，游伯佬赶到宝庆城边，天已黑了，抬头一看，城门关了，好些人进不了城。大家对那守门人说尽了好话，守门人硬是不开门。

游伯佬灵机一动，想了个主意，大声说："喊个屁？我们在城门框上睡一晚算了。"

有人疑惑地问："那怎么睡？"

游伯佬对那人眨眼说："把这根扁担搁起，大家睡在这扁担上吧。"不一会儿便鼾声大作。

那个守门人十分稀罕，心想：这真是奇事，三寸宽的扁担怎么能睡觉？这时，守门人又听见城门外的人争吵起来了，游伯佬说："哪个？莫乱翻身，莫把我挤下扁担去了。"

另一个说："唉呀，我还只睡得扁担床的一小边呀。"

那个守门人听了，更觉得奇怪，忍不住打开城门来看个究竟，门一开，大家乘机一冲，就都进了城了。

(搜集整理：刘　军)

117

请君入彀

张沙则，彝族农夫型机智人物，出自艺术虚构。其故事流传于云南楚雄彝族自治州一带。

打 官 司

张沙则长大成人了。他又聪明又有智谋，谁都敢斗。

一天，有个财主诬告沙则偷了他家的东西。沙则不服，便和财主上武定县城打官司去了。财主背着一床绣花缎子被子走路，人又长得肥胖，爬起山来气喘吁吁的，走了不多一会儿，就累得满头大汗。而沙则，走起山路来两脚生风，一下子把财主丢在后面好大一截。当财主追赶上他时，他在路旁大树下睡了好一阵觉了。

财主累得"扑通"一声瘫倒在地上。沙则对他说："老爷，你走累了，来，我给你背着被子吧！"

财主一听，心想：沙则，你也怕起我来啰，你给我背被子，讨好我，我也不会饶了你。他这样想，就把被子递给了沙则背着，两个又上路了。

这一下子，财主很得意，他走在前面边走边"剥罗剥罗"地吸着水烟。沙则却有意落在财主的后面吃着草烟。趁财主不注意，他就用烟火把财主的新被子烧了一个洞。

他们紧走慢赶，走到武定县城时天快黑了。财主假惺惺地对沙则说："走，沙则，跟我到朋友家歇吧！"

沙则满不在乎地回答说："不啰,我自己有住处。"说着,转头就要走。

财主就说："那你还给我被子吧!"

沙则装作惊奇的样子问："谁见着你的被子啦?"

"你……你这个死傈傈骗我的被子!"财主破口骂开了。

于是,沙则和财主在街子上大吵起来。他们这一吵,街上看热闹的人越来越多。可到底谁拿了谁的被子呢?大家都不知道。

这时,人群中有个人喊道："莫吵了! 我看这样,你们两个各人说说自己的被子上有什么记号。"

财主大叫着："我的被子是新的,没有一点烂的地方。"

沙则不慌不忙地说："我的被子烧了个洞,是我晚上吃烟不小心烧的,不信大家看看!"说着,就把被子打开了。

众人一看,果然被子上有一个洞。大家都指责财主说："你家富成那个样子,还想骗人家的被子!"

财主被搞得目瞪口呆,半天说不出一句话来。

沙则见看热闹的人走了,又把被子还给了财主,问道："你还想跟我打官司吗?"

财主不搭话,只是连连摇头。

公颇，壮族仆役型机智人物，出自艺术虚构。其故事流传于广西红水河上游一带的壮族聚居区。

"鬼"食鸭子

土司家的附近有一个公塘，是灌溉全垌①田的，村里的人给一个老头子管着，他在塘里养了很多的鱼。

土司老爷很想霸占这个公塘，第一步是赶走这个老头子。于是和师爷想了一个办法：每天把土司家养的一群鸭子赶到塘里去。这样塘里的鱼便给鸭子食完了，老头子叫苦连天。

公颇知道了这件事，很为老头子愤愤不平，便给他想了一个办法。

赶圩（赶集）的日子，公颇买回很多麻线和钓钩。他把麻线弄成两三尺左右，每条麻线的一头都绑好钓钩，捉来很多小青蛙做饵；另一头系上一块石头或砖头，把它放到倾斜的塘边或塘中露出水面的大石头上。

早晨，土司家把鸭子赶下塘去。鸭子一到塘里，见到青蛙就吞下肚去，钓钩也跟着到了肚里，一走动，便牵动了石头或砖头，石头或砖头一掉到塘里，便把鸭子也拉着沉到水底去了。

塘里一下子不见了许多鸭子，养鸭的人不知何故，便去告诉土司。土

---

① 垌（dòng 动）：方言，田地的意思。这里"全垌田"，指全村寨的田地。

司和师爷也觉得奇怪。

"老爷,我知道内中缘故。"公颇说。

"快点讲来。"

"讲句不吉利的话,那塘里有鬼。"

"胡说,你见过吗?"

"老爷不信,今晚我陪你去看。"公颇很认真地说。

"好吧,有鬼我倒想看一下。"土司说。

"不过……"公颇故意拉长一下声音,"我怕鬼勾魂。"

"有这回事?我不信。"

"那晚上就去吧!"

公颇马上去找老头子,叫他在天刚黑时找些萤火虫来,又把很多钓钩绑到麻线上,用些蚯蚓做饵。这一回不绑石头,却绑上浮标,每个浮标的后尾都钉上萤火虫,便放下水塘去。

晚上,公颇带土司和师爷来到塘边,见到满塘都漂着火光,很奇怪。突然,塘里的鱼食饵了,触动浮标,浮标一动,火光也动了。饵给拉下去,浮标和萤火虫也给拉下水里,火光就消失了。一时间,满塘的萤火虫忽明忽灭,渐渐少下去。

"老爷,这不是鬼火吗?"公颇小声说。

"啊!"土司老爷有点害怕起来。

"老爷,那边一个鬼爬上岸来了!"公颇胡乱指向黑暗的地方,吓得土司拉起师爷就跑。

"老爷,鬼拉住我的腿了!"公颇故意喊起来,土司和师爷跑得更厉害了。

"老爷,鬼把我拉下水了,救命呀!"公颇又叫起来,便往塘里一跳,这时土司老爷跑得连命也不顾了,哪里还顾得上救命。

　　公颇在塘里摸着了当天沉到塘底的鸭子,一只只地送给孤老头子:"老爷爷,这鸭子你食吧,这回塘会安静了。"

(搜集整理:蓝鸿恩)

123

史阙疑，汉族文人型机智人物。其原型史阙疑为清乾隆末年韩城的一个贡生，甘当布衣。其故事流传于陕西韩城、合阳、大荔等地。

花中有轿

奸商石换金，贩粮时常掺沙土，贩油时常掺面汤，甚至还拐卖妇女。因此，乡里人都十分憎恨他。

初冬的一天，石换金下乡收棉花，大家都不愿意和他打交道。他跑了一天，一斤也没买到。在村头他遇见史阙疑，便笑容可掬地说："史先生，听说你家今年棉花又大丰收了，卖给我些吧。价格好商量，我石换金决不亏你。"

史阙疑迟疑了一下，说："好，卖给你就卖给你。"于是把石换金引到家中。史阙疑打开西房门锁，石换金一看，半屋白格生生的上等好棉，简直高兴得发狂了。但他毕竟是个老奸巨猾的投机商，善于应酬，他强抑住自己的感情，淡淡地说："花色一般，花色一般。"

史阙疑说："你哪里知道，这只是二分地里的收成。"石换金立刻奉承道："你老婆真是名不虚传的务棉能手，二分地收这么多。"

史阙疑又笑着指了指棉花："这里面有轿。"

韩城方言，"轿"、"窍"同音。石换金理解错了，忙说："肯定有窍，肯定有窍，不然怎么会有这么多。"

史阙疑看了看天气:"天色不早了,你快过秤吧!"

石换金眨了眨眼,满心欢喜地说:"史先生呀,咱们虽然不是同村,但相距不足十里,乡亲之间有话好说。你看,天色晚了,过秤太麻烦,咱就估计一下算了,反正我不亏你。"

史阙疑说:"那不行,还是过秤好,不然,你认为自己吃了亏要反悔的。"石换金立即接住话头:"宁让我吃亏,不让你吃亏。"

两人又争执了一番,史阙疑便无可奈何地说:"好吧,就依你。"

二人估了个数,说定了价。石换金怕史阙疑反悔,又找来保人,要立字据。立字据时,史阙疑坚持要写上"花中有轿"。愚蠢的石换金斗大的字识不了几个,还没明白过来,暗笑:好一个书呆子,种棉花有窍没窍,和这次买卖有什么关系!想到这里,他十分自得,再没讲什么了。

不一会儿,石换金赶了车来,先交了钱,就去装棉花。谁知装不多时,里面竟露出顶轿子。

石换金大怒,质问史阙疑为什么哄他,史阙疑不紧不慢地说:"咱俩当面锣对面鼓说定了的,有保人,有字据,怎么能说是哄你,不然,咱去打官司。"

他们二人争执不下,一会儿,保人来了,还聚集了许多看热闹的人。因为石换金名声太坏,人们都为史阙疑的行动感到痛快,都替史阙疑说话。

因为字据上写得明白,石换金自知理亏,又看到众怒难犯,虽然暗暗叫苦,也只好落个肚子痛。

(讲述:杜永生;搜集整理:张天恩　常元龙)

苗坦之，汉族文人型机智人物。其原型苗坦之是清乾隆年间海州的一位穷秀才，一生不得志，常与官府豪门作对，替百姓伸张正义。其故事流传于江苏海州一带。

杀　驴

说是从乾隆四十六年起，海州地方连着三年大旱。旱的呢，老百姓不得种，不得收，只得各地方去逃荒要饭。官家那些钱粮还照原数摊派，苛捐杂税一点也不少。州里那些当官的，不问老百姓死活，不开眼，就晓得一天到晚催粮要钱。

这天，海州衙门来个催粮的判官姓胡，叫胡判官。他骑个小毛驴，颠逛颠逛地到了双店。他晓得苗坦之家在这里，就派人去找他。苗坦之一来，胡判官就说了："苗先生，我们都是老朋友了，你这里有什么好吃的，弄点来招待招待我们吧！"

苗坦之心里说：你也想得出来，嘴上还赔笑，说："听说顶好吃的，'天上莫过龙肉，地上莫过驴肉！'可上哪儿弄呢？"

胡判官说："苗先生你是个能人，去弄点个吧！"

苗坦之半天才吭声："你们这些人啊，行州过县的也怪辛苦的了，吃点什么这还不好说吗？行呢！"胡判官把小毛驴朝家天井一放，关照说给喂喂，拍拍屁股就找人催钱粮去了。

等胡判官一走，苗坦之就把当街的吴二坏找来了。吴二坏是个杀猪师傅,他来就那么一刀,把个小毛驴给宰了,剥剥弄弄,当晚就吃了。

胡判官喝着桃林酒,嚼着驴肉,吱儿喷的透浸,不住说:"苗先生会办事!"苗坦之问了:"胡大人啊,这个驴肉味道怎样啊?"

胡判官说:"好,好! 这马陵道上的驴肉真香!"

苗坦之问:"胡大人,这比你们州城里的驴肉怎样?"

胡判官摆手,说:"海州城里的啊,不及你这地方的好吃!"

第二天早,胡判官要回去,来牵驴了。苗坦之说:"胡大人,驴不是杀给你吃了吗? 这不,还剩这点驴肉,请理好袍子兜回去,过个馋瘾吧!"

胡判官一听,气得直朝天上跳,活喊:"苗坦之咧,苗二赖子! 你做的什么事? 怎杀了我的驴! 你叫我怎么回去? 你说!"

苗坦之说:"胡大人,这灾荒你都知道,你都看到了。这地方老百姓十家有六七家出去逃荒要饭卖儿卖女,剩些在家的也是老弱病残,连锅都揭不开,还上哪儿弄驴儿杀给你吃? 我看你是个'爱民如子'的清官,好歹借你的香火供你这尊佛吧!"

胡判官还叽歪的不让,苗坦之说:"胡大人哎,你得谢谢我才是哩!"

"我还谢你什么?"

苗坦之说:"你海州城的骚驴牵到这儿,得了马陵道的灵气,亏这吴师傅的灵刀,肉才肯香哩!"

胡判官气得活哼,吴二坏在旁帮腔:"你胡大人啊,我弯腰给你杀驴,累得活喘,还没朝你要屠宰银呢! 留个交情,下回再来啊!"

胡判官气得直跺脚,"你双店子一个苗二赖子,一个吴二坏,真能糟蹋人!"过后他再也不敢来双店了。

(讲述:宋怀飞)

127

剀狗六爹，汉族文人型机智人物。其原型麦为仪，字凤来，清乾隆年间贡生，终生未仕。其故事诙谐风趣，在广东吴川、化州、湛江、高州一带流布。

半截春联

大年三十，送旧迎新，家家户户都贴春联。可是，剀狗六爹写的春联却与众不同，又风雅又吉利，人人都称赞。同村的一个财主曾多次请六爹写春联，六爹却不买他的账。财主没办法，只好等六爹把春联贴出来后，派人把它抄过来，照写贴在自己门前。

这一年除夕，六爹家门前的春联迟迟没贴出来，直到太阳下山了，财主派去的人才急急忙忙地赶回来说："贴出来了，是这样写的：上联'福无双至'，下联'祸不单行'。"财主一听，不对呀，这春联不太吉利，新年贴出来，还得了，他不相信六爹会写这样的春联，一定是派去的人看错了，便亲自跑到六爹门前看了又看，红纸黑字，并没有错。他想，六爹写的春联从来不会错，他为什么写这样的对子呢？一定有什么道理，于是，他赶忙跑回家里，也写了这么一副春联，在门口两边端端正正地贴了出来。

年初一清早，村里人见财主家贴着这么一副春联，无不捧腹大笑。财主见情况不妙，又连忙跑到六爹门前看看，天呀，原来那副春联还有半截，上联是"福无双至今年至"，下联是"祸不单行旧岁行"。

（搜集整理：李春风　钟景明）

明聪,汉族劳动者型机智人物,在故事里面常以帮工的身份出现,以捉弄凶狠盘剥穷人的财主为快事。他的故事质朴诙谐,流传在湖北应山一带。

一字笑的"智壶"

贪婪的知县老爷听说明聪有一个取名"一字笑"的"智壶",很是眼红。传说这个"智壶"里装满了聪明和智慧。

这一天,知县派人把明聪叫来,威吓地说:"明聪,有人告发你常常摆弄'智壶',不走正路专行邪道,本县要把'智壶'没收归公。"

"县太爷,小人不敢违命,只是有个小小的请求。"

知县以为明聪在讲价钱,不耐烦地说:"我赏你银子十两,行了吧?"

明聪摇了摇头。

"金子十两?"

明聪又摇了摇头。

"提拔你到县衙来当差?"

明聪还是摇了摇头,回答:"我什么都不要,只是一条,这'智壶'的名字叫'一字笑',不是凡物,非得县太爷亲手去拿才成。不能有笑声,一笑就要跑。"

"好啦,我照你的办。"知县想不到事情居然这么顺心。

明聪把知县引到一条狭窄的深巷子里,说:"智壶能显神,肉眼不能看它。"于是找了块破布片,把知县双眼蒙住了。明聪在附近捡了几块西瓜皮,放在巷道上,然后示意知县往前走,去取"智壶"。

知县两眼被蒙着,深一脚浅一脚地往巷子深处走去。忽然明聪在背后一声猛呼:"跳!"知县以为遇着了坎子,慌忙两脚一并往前蹦去,"哧"的一声,不偏不歪踩在西瓜皮上,仰面朝天摔倒在地上。看热闹的人哄堂大笑起来。

知县被摔得头昏脑胀,好半天才从地上爬起来,他一把扯掉了蒙眼的破布片。

"县太爷,完啦,'智壶'跑了。都怪你,你这一跳,没跳好,把大伙逗笑啦,把'智壶'吓跑啦!"明聪说完,钻进了人堆里。

(讲述:叶　鸣;搜集整理:赖　静)

庞振坤,汉族文人型机智人物。其原型庞振坤为清乾隆贡生,曾出任知县,后致仕返乡教书。他的故事流传于河南南阳盆地各县及豫鄂交界的光化等地。

智擒九盗

有一年东山里出了强盗,九个人结伙,打家劫舍,拦路劫抢,奸掳烧杀,无所不为,闹得方圆的百姓不能安身。本县的县官虽有爱民之心,怎奈没有人能去抵挡,只好贴出了榜文,召人捉拿强盗。榜文贴出了几天也没人揭榜。

这一天,庞振坤路过此地,看了榜文后心里暗暗骂道:这伙强盗真是可恶,我得生法儿把他们除了!为这事儿他就在此地住下了。他一边打听强盗们出没行盗的细情,一边想着捉拿的办法。等他摸清了底细,想好了捉拿的计策,就去把榜文揭了。

到了县衙,县官亲自迎接,排宴款待。席宴上县官说:"那伙强盗嚣张得很,你此番去捉拿他们,需要备些什么东西?"

庞振坤说:"别的不要什么,只要五十两黄金、百两白银、九条麻包、九根绳子、九根木杠、十八个随从和一个小铁锤交付与我,我自有安排。"县官一一照办了。

第二天,他叫那十八个随从两人拿一根木杠,暗暗埋伏起来,交代他们:"没得我的暗号,不许露面。"安排停当后,他一人带着金银,别上小

131

锤,背起麻包绳子进山去了。走没多远,他四下一望没见动静,就在一棵大树下埋了三十两金子;又走了一截,在一座坟边又埋了百两银子,埋毕了就直往匪窝走去。

他正往前走,忽听一声:"哒! 站住。"一下从四面蹿出九条大汉,把他围在当中心。一个大汉说:"此路我们开,此树我们栽,要打此山过,留下买路财!"一见他们个个杀气腾腾,庞振坤哈哈大笑起来。

这一笑把那九个强盗笑愣住了。大汉说:"还不快将银钱拿来,你笑什么?"

庞振坤不紧不慢地说:"我笑你们哥儿几个太笨了,你们指望拦路劫几个钱,行人走都不从这儿走,你们劫谁去? 方圆这几个村庄叫你们抢空了,你们还抢啥? 再说你们像老鼠样钻在这深山里,吃住都不方便,说不定哪一日皇上派来人马把你们剿了呢! 你们看我,我学得一门好法术,天天还不缺钱花。"说着掏出那剩下的二十两黄金,"你们不是要钱吗?"他把金子往地上一甩,"拿去花吧!"

这九个强盗一听这位口气这大,又把这么多金子拿出来,他们更是发愣。有个矮子说:"他是在耻笑咱兄弟们,把他杀了算了!"

那大汉把他拦住了,转脸对庞振坤说:"你不要在这儿胡吹,有啥本事就在这儿给我弟兄们亮出来看看,若是高明,我弟兄愿拜你为师,若是糊弄我们,你可休想活命!"那几个也应和着:"对对! 快亮出来让弟兄们见识见识。"

庞振坤说:"既然众位要看,那我就献献丑了。"说罢他抖开一条麻包,自己钻了进去,将一根绳子和小铁锤递给大汉说道,"请你把口袋给我扎紧,再用小锤在我头上轻敲三下,我马上就要做梦,一梦就梦见哪儿有金子,哪儿有银子。"大汉就照他的话先把袋口扎紧,又用小锤在他头上敲了三下,霎时,就听见庞振坤在麻包里鼾声大响。

这九个强盗你望望我,我瞅瞅你,瞪着两眼盯住麻包。过了不大一会儿,鼾声停了,庞正坤在麻包里叫把口解开,出了麻包,他高兴地说:"各位! 你们是身在宝山不识宝哇! 我刚梦见你们这下面一座坟边就有白银。"

强盗们不信,叫庞振坤领他们去看,庞振坤就领他们来到坟前,叫他们动手挖,不一会儿就把银子挖出来了。

强盗们有些半信半疑,叫他再梦一遍,庞振坤照样又梦了一次,不用说,那大树下的黄金又被挖了出来。

这几个强盗可服气了,忙请庞振坤把他们收下当徒弟,庞振坤当然就答应了。这伙人都想亲自试一试,庞振坤把九条麻袋都抖开,叫他们都钻进去,一个一个把口扎起来,他边扎边交代:"要想梦灵,就得心诚,谁的心不诚,谁就学不到真本事。"

九个人都在麻包里说:"请师父放心!"

庞振坤就把口袋扎得紧紧的,拿起小锤照着他们的头狠狠地一人几家伙。有的哼一声,有的连哼都没哼,就叫庞振坤打晕死过去了。接着,他就发出暗号,那埋伏的十八个随从跑过来,两人抬一个,把九个大麻包抬回县衙去了。

(搜集:蒋德成;整理:张英芳)

徐苟三,汉族劳动者型机智人物。其原型徐苟三,出身贫苦,以打长工、短工为生。他的故事颇为诙谐风趣,在湖北京山、天门、仙桃一带广泛流传。

计惩伍阎王

老话说:"秧好一半谷,妻好一半福。"乡亲们都说徐苟三走了好运,娶了个好妻子。这话一点不假,苟三娘子虽说是尼姑出身,可是人生得像天仙不说,做起活来,薅草割麦、纺纱织布、挑花绣云是样样在行。

这事传到东湾财主伍阎王的耳朵里,蚂蟥听不得水响,这天清早,他就溜到徐苟三的家里来了。苟三娘子正在屋里纺棉纱,见来了客,忙站起身来打招呼,端板凳递茶。

伍阎王见苟三娘子果真好看,浑身的骨头都酥了,两只老鼠眼睛不住在她身上转来转去。苟三娘子见他一个劲儿地瞄自己,就说:"我们当家的下田去了,你家是谁呀?"

伍阎王一听徐苟三不在家,暗暗高兴。他说:"是东湾伍财主,徐苟三欠我三斗五升高粱。"

苟三娘子忙说:"你家坐一会儿,我去叫他回来。"

伍阎王一看她要出门,忙说:"莫叫莫叫,我还要送样东西给你呢。"说完掏出一根银簪子,往苟三娘子面前递去。

苟三娘子一见,心中明白了八九分,知道这个伍阎王没安好心,接过簪子说:"多谢你家费心,你坐会儿,我去厨房里打几个鸡蛋你家吃。"说罢不等伍阎王开口,一转身走了。

伍阎王一见鱼儿上钩,喜得不得了。哪知苟三娘子出了后门,一口气跑到田里给徐苟三说了。徐苟三听完,在妻子耳边说了几句话,让她先回屋去。

过了一会儿,苟三娘子端了一碗荷包鸡蛋,走进堂屋,伍阎王一见,双手去接过碗后,顺手拉起了苟三娘子的胳膊。

苟三娘子突然一声惊叫:"快放手,当家的回来了。"

伍阎王一听,果然是徐苟三哼着山歌走来了,心里一惊,就要从大门出去。

苟三娘子说:"他是从大门进的,碰见了不大好。"

伍阎王一听忙要走后门,苟三娘子说:"你家从大门进,后门出,人家见了会疑心的。"

伍阎王又退了回来,急得团团转。苟三娘子指着屋角的一只大黄桶说:"这里头是空的,你家受点委屈,进去躲一下,等他出了门你家再出来。"

伍阎王一听有理,揭起盖子就钻了进去。苟三娘子马上将黄桶盖了个严严实实。

刚一盖好,徐苟三进来了。他对妻子眨眨眼,苟三娘子端起桌上鸡蛋递到他的手里,笑着说:"我刚打的,趁热快吃。"

徐苟三会意地说:"娘子放心,看我慢慢收拾它。"

伍阎王困在黄桶里,声不敢出,气不敢喘,闷得头昏脑胀,汗巴水淋。苟三娘子说:"东湾伍老爷来过,说欠他三斗五升高粱。"

徐苟三骂道:"这个老黄魂,高粱种还刚刚播下去他就上门讨债,见鬼!"说罢一拳头擂在黄桶盖上,把个伍阎王震得眼睛火花直冒。

徐苟三又说:"这口黄桶反正没得什么东西装,推出去抵债算了。"于是一脚将桶蹬倒在地。

伍阎王在里面一头撞在桶盖上,额上马上起了一个血包,没等他叫出声,身子像陀螺直滚起来。原来徐苟三和妻子把桶滚出了大门,一直向东湾滚去。

七滚八滚,伍阎王浑身都快滚散架了,连喊救命,徐苟三只当没听见,一直滚到了伍阎王家的大门口,才住了手脚,喊伍阎王的老婆出来看桶。

伍阎王的老婆听说徐苟三推着黄桶来抵债,生怕吃了亏,跑出门一看说:"谁要这烂桶,滚回去,滚回去。"

伍阎王一听,赶紧挣扎着从黄桶里伸出头来,骂老婆:"滚你娘的蛋,再滚一趟,老子还有命吗?"

(搜集整理:魏成斌)

装傻卖呆

阿凡提，全称"纳斯尔丁·阿凡提"，亦称"霍加·纳斯尔"，中国维吾尔、哈萨克、柯尔克孜、塔吉克、乌孜别克族著名的机智人物。其中以维吾尔族地区流传最广，家喻户晓，尽人皆知。

给大阿訇理发

阿凡提当理发匠，大阿訇来剃头，总是不给钱。阿凡提很生气，想狠狠整他一下。有一天，大阿訇又来理发了。阿凡提先给他剃光了头，在给他刮脸的时候，问道："阿訇，您要眉毛吗？"

"当然要！这还用问！"阿訇说。

"好，您要我就给您！"阿凡提说着，飕飕几刀，就把阿訇的两道眉毛刮下来，递到他手里。大阿訇气得说不出话——谁叫他自己说过"要"呢。

"阿訇，胡子要吗？"阿凡提又问。"不要，不要！"大阿訇连忙说。

"好，您不要就不要。"阿凡提说着，又飕飕几刀，就把大阿訇的胡子刮下来，甩在地上。

大阿訇对镜子一看，自己的脑袋和脸都被刮得精光，简直就像个光溜溜的鸡蛋。这一下他可气坏了，就大骂起来。

"得啦，得啦，您还生我的气吗？"阿凡提说，"这不都是遵照您的吩咐做的吗？要是能依我的话，不要说眉毛胡子，连您的头发，我本来也不愿意剃哩！"

(翻译：赵世杰)

　　"好，您不要就不要。"阿凡提说着，又飕飕几刀，就把大阿訇的胡子刮下来，甩在地上。

　　大阿訇对镜子一看，自己的脑袋和脸都被刮得精光，简直就像个光溜溜的鸡蛋。

错尔木呷,彝族奴隶型机智人物。他是个没有人身自由的家内奴隶,十分聪明机智。当奴隶主欺凌、虐待娃子们时,他常想办法与奴隶主作对,替大伙出气。他的故事流传在四川大凉山彝族聚居区。

出　征

有一次,错尔木呷的奴隶主出兵去打冤家,给了木呷一支长矛,叫他去打仗。

他故意把长矛横扛着,在队伍中冲来撞去。

众人说:"错尔木呷,矛怎么能这样拿? 顺着点吧!"

木呷装着不懂,几下就把矛杆碰断了。奴隶主生气,说他不会打仗,就叫他在自己身旁背糌粑。

木呷背了一羊皮口袋糌粑,一边走一边抓来吃,又一路倒着。

到了中午,奴隶主命令他说:"错尔木呷,拿糌粑来吃!"

他把空羊皮口袋拿给奴隶主。奴隶主说:"口袋里的糌粑哪里去了?"

错尔木呷回答说:"口袋是漏的,糌粑都在路上漏完了。"

奴隶主十分生气,但也没有办法,只好命令他再回去背糌粑来。

错尔木呷趁此机会急忙离开这个遍地血腥的战场,赶紧往回跑。跑回奴隶主管辖的地界,那里有一座常年没人住的倒塌了的破房子,木呷在打仗前早就看见了。他立刻用火把那房子点燃,然后又跑回来向奴隶主报告说:"打冤家的对方已经打进奴隶主的地界内来了。"

奴隶主打了一阵,一点便宜没占着,反打死了自己许多人,正打得难解难分。听了木呷的报告,又远远看见了自己地界内升起的火光,害怕他家受到损失,就急忙撤兵退了回来。

奴隶主这次打冤家打败了,死了许多人。错尔木呷凭着他的聪明机智,不仅保全了自己的生命,也保全了别的许多被奴隶主逼着去打冤家的人的性命。

(搜集整理:萧崇素)

公颇，壮族仆役型机智人物，出自艺术虚构。其故事流传于广西红水河上游一带的壮族聚居区。

老爷怕风

土司老爷很想去巡视一下自己的辖区，为的是想增加租子。出巡之前，师爷告诉他："平坝地方田地肥，收成好，山沟岽场①田地瘦，不是受旱就挨山洪淹。"因此，土司立定主意在平坝地方加租。

这回走的时候，土司指定公颇做轿夫，土司姨太太觉得公颇是很戆直的人，特别关照公颇："老爷身子单薄，容易伤风感冒，所以轿子要停在背风的地方，轿帘到有风的地方就放下。"

"遵命。"公颇毕恭毕敬地回答。

公颇抬着轿子，到平坝地方，便放下轿帘，到山沟岽场才打开轿帘，所以土司巡的地方只能看到山沟和岽场，平地却看不到。土司便问公颇："你怎么老一下子又下帘，一下子又开帘，搞的什么鬼名堂？"

"老爷！"公颇很恭敬地回答，"姨太太说老爷怕风，奴婢每到有风的地方就放下轿帘，到没有风的地方才敢打开。"

土司老爷想想也有道理。

---

① 岽（lòng 弄）场：石山间的小片平地。

轿子又抬到平坝地方了,土司尿急,叫声"住轿",公颇连忙掉转轿头往山沟跑,到了山沟才停下轿。

土司有点恼火,发作起来:"你搞什么鬼名堂?"

"老爷,姨太太交代过,轿子要停在背风的地方。"

"我尿都急死人了。"

"老爷,尿急不死人。"公颇理直气壮地说,"如果在当风的地方停轿,你遭了凉,我担待不起!"

土司老爷想想也有道理。

可是,桂西这个地方就是这样:凡是没有山的平坝,风都特别大;只有山沟和嵩场有高山挡住,风才小些。所以土司这次巡视只能看到山沟嵩场,没有看到平坝,租子当然也就加不成了。

(搜集整理:蓝鸿恩)

143

甲金，又称阿金，布依族雇工型机智人物，出自艺术虚构。其故事内容丰富，短小活泼，大多以智斗土司、财主为题材，在贵州各布依族聚居区广泛流传，深受民众喜爱。

买橘子

九月重阳那天，老财要请客，把长工甲金叫到面前吩咐说："你快去给我买一百个橘子来。记住，今天的客人高贵，你一定要选最好最甜的，酸的一个也不要。"

甲金答应一声"是"，在老财的三老婆那里拿了钱就走了。

甲金在集上买了一百个又红又大的橘子，回到半路，见穷人们正在田里忙着为老财割谷子，他就坐在路边歇气，叫大家来吃橘子。

穷人们说："我们吃了，你拿哪样去交割呀？"

甲金说："你们一个橘子吃一半，留一半就行了。"

天快黑了，甲金挑着橘子，闪悠闪悠地回到老财家。老财见了，大声吼道："你咋个到现在才回来？客人们早已等得不耐烦了！"

甲金说："你不是叫我选最好的吗？害得我上街选到下街，下街选到上街，好容易才选了这一百个橘子，所以现在才赶回来。"

老财听了，一时说不出哪样话，又吼道："还不快把橘子跟我挑到客堂去！"甲金又一闪一闪地把橘子送进了客堂。

老财弯下腰拣橘子敬他的贵客，一看，个个橘子全都只剩了半边。

老财火冒三丈,吼道:"甲金,你这是搞哪样鬼名堂呀!"

甲金一边用衣襟揩着汗,一边不慌不忙地说:"你不是叫我选最甜的,酸的不要吗？我的眼睛又看不出酸甜来,所以只好一个一个地尝了再买。害得我上街尝到下街,下街尝到上街,尝了一天,好容易才尝出这一百个甜的来。"

老财听了,哭也不是,笑也不是,气得眼睛一鼓一鼓的。

(搜集整理:汜　河)

赵成,白族长工型机智人物。他的故事流传于云南鹤庆、丽江一带。

再不说不吉利的话了

人们传说,赵成说话很俏皮,别看他平时不言不语,只要他一开口,好似冲了埂子撞了坝的河水一般。秃头赵贡爷也是个说话很刻毒的财主,他很想看看赵成到底有多少"脓血"。

一天,赵贡爷家竖柱子,赵成也来帮忙。赵贡爷走上前去,拉住赵成说:"赵成,今天你别干活了,陪我说白话,若说得投机,有大酒大肉招待。"

赵成装着很忙的样子,随口答道:"贡爷,竖柱子没有我怎么行? 若我陪您闲玩,到午时木匠误了上梁吉时,新房子被火烧了,您又要责怪我看的日子不是黄道,而是黑道了。"

一句话,说得赵贡爷哑口无言。这时,赵贡爷的婆娘在旁边听见了,走过来责备赵成:"赵成,你说话怎么这样缺德? 说多了缺德话不得好死!"

赵成不生气,接口答道:"太太,您说我不得好死,您一定会得好死,说不定您今天就会被新房木柱砸死呢! 砸死了真算得是好死了。木匠现成,木料也现成,好给您做棺材。还有酒席也是现成的,送丧不必再办二次席了。"

赵贡爷听着忍不住了,骂道:"赵成,快干活去,不准你在喜庆头上说不吉利的话。"

赵成眨眨眼睛,很风趣地说:"贡爷,您不是叫我别干活,陪您说白话吗? 好,我不再说不吉利的话了,若再说,叫赵氏门宗死绝种啰!"

(搜集整理:章虹宇)

马坦，汉族劳动者型机智人物。在作品中常以长工、农夫、挑夫等身份出现，浪迹于村坊、集市之间。其故事流传于浙江东阳一带。

巧退婚

马坦的堂妹马玉兰，心灵手巧，聪明贤慧，是个百里挑一的好姑娘，十八岁那年经媒人撮合，许配给远村的一家富户。

媒人媒人，两面瞒人。定亲后不久，马玉兰打听到那个男人是个游手好闲的懒汉，哭得死去活来。这事该怎么办？当时的风俗只有男家退婚的理，没有女方退婚的份。提出退婚吧，男家绝不肯轻易罢休，事情闹大了，赔上一笔数目不少的礼款不算，还得弄坏自家的名声。难啊！

婶娘和玉兰来跟马坦商量，马坦拍着胸脯说："婶婶，玉兰，你们请放心，这事包给我好了，准让你们满意。"

第二天，马坦急匆匆地赶了半天路，找到那男家。那男人不在，亲家公、亲家母热情地把他迎进门。听说新大舅来，左邻右舍的男女老少都来观看。

马坦一个招呼也不打，一屁股坐在交椅上，眼朝着天看，还大声地喝道："看什么？我又没多个鼻子多双眼，有什么好看的！"

马坦的这一举动，把众人弄得"哗"的一声笑开了，都说这新大舅是条没有家教、不懂礼节的"牛"。在堂上陪坐的亲家公肚子里也生起三分不高兴。

过了一会儿，亲家母端上两碗鸡蛋汤，马坦、亲家公各一碗。马坦也不推辞，端起自己的一碗狼吞虎咽地倒进肚子去，见亲家公尚未动手，便把另一碗也移到自己面前，三口两口又把它吃掉了。完后又把那两只空碗舔了又舔，连连说道："好吃好吃，我最喜欢吃鸡蛋汤，可惜只两碗，还没吃饱。"

围看的左邻右舍一个个捧腹大笑，笑出了眼泪笑弯了腰。亲家公肚里有了七分不高兴。

马坦见了，故意装出满不在乎的样子说："这有什么可笑的，如果我妹妹来，她能一连吃下七碗鸡蛋汤，那你们得笑咽了气。"说罢抹抹嘴巴，跷起二郎腿，依依呀呀地唱起粗野的小曲来。

众人都笑倒在地了，亲家公肚里已有十分不高兴。

"阿哥是条粗野的牛，妹妹会是识礼人？倒霉倒霉，跟这样的人家结亲，咱们还有脸见人？"等马坦一走，亲家公夫妻俩便嘀咕开了。一嘀咕两嘀咕，便叫来了当初做主的媒人，主动把这门婚事给退掉了。

（搜集：陶　然；整理：周明耀）

贱三爷，汉族劳动者型机智人物。其名字由"贱三业"（剃头、修脚、擦背）演化而来。他的故事反映了旧时湖北城镇、乡村的社会生活和风土民情，幽默诙谐，流传于武汉一带，广为人知。

十坛金银

有个知县做了几年官，捞了不少金银珠宝。知县把金银珠宝严严实实地封在十个大坛子里，外面都贴上了一个"酒"字，要贱三爷把它们送回老家去。

知县说："家父一生爱酒，本大人没有么事孝敬，只封得十坛水酒祝贺家父生日。只因路途遥远，沿途盗贼众多，烦你护送回乡。"贱三爷满口答应，押着这十个大坛子上了路。

这一天，贱三爷来到一个地方，只见全镇死气沉沉，萧条冷落。他细细一打听，才知道，这个镇被知县的苛捐杂税硬是整垮了，人们都只有出外讨饭、流浪。他很生气，想帮助帮助他们。到了晚上，他把镇上的几个年高德重的老人请到自己住的客店里，才说："我是贱三爷。"

人们一听是贱三爷，是又惊又喜。

贱三爷说："这十坛'水酒'我送把你们，你们要悄悄地把里面的'水酒'分送把乡亲们，不能露一点风声。"

老人们看着坛子发呆。

贱三爷飞起一脚，将一个坛子踢破，里面的金银撒了一地："你们再晓得这是么样的'水酒'了吧!"

老人们晓得了事情的经过,又为贱三爷担心,怕他不好交差。

贱三爷说:"不怕。我只拿一百两银子就够了。"

老人们欢天喜地地去分送银子,这个小镇又恢复了往日的生气。

贱三爷不久就回到了汉阳县,向知县交差。

知县问:"你把酒送到家了?"

贱三爷说:"送到家啦!比那酒好得多!"

县太爷一惊:"么事好得多啦?"

贱三爷说:"我在半路上碰到一个酒商,他看中了那十坛酒。我就趁机会要了个大价钱,十两银子一坛卖给他啦,共卖了一百两银子,送到你爹手里,他喜得眼睛都眯成了一条缝呢!"

县太爷听完,眼都发了直,一屁股坐到椅子上气昏了。他那十坛"水酒",要值几万两银子,只卖一百两银子,你说他不气吗?

(搜集整理:沈远义)

耿演，汉族小吏型机智人物。其原型耿演为清代县衙班头。他的故事流传于河南浚县一带。

当养老女婿

过去，有个年近花甲的王财主，家财万贯，可平时些孬，因跟前没儿，只有一女，他想招个"养老女婿"，指望他招呼家里家外的一摊活儿，并且说："招的养老女婿先试仨月，不中的话，就另选。"

耿演一听说这个事儿，心里说：你这个孬种，这回我非治治你不中。耿演就主动上门甘心情愿当养老女婿。王财主还请人立下了字据。

耿演一被招到王财主家，便成天头门不出，二门不踩，见天吃罢饭不是在屋里闭目养神，就是看书解闷。

快仨月了，王财主忍不住一点儿了，一天，他板着脸对耿演说："婿儿，人真大岁数了，招你来就是想指望你哩，可你年轻轻的每天坐吃等喝，啥也不干，这可不是长久之计呀！"

耿演一听急了，说："你说咧啥？啥，不是长久之计？养老女婿，养老女婿，就是你把女婿养活到老为止，你拿来咱当初立的字据再瞧瞧，上面到底写的啥？是'养老女婿'呀，还是'养老丈人'？"

王财主一听，气咧干张嘴没话说，他随手干把字据拿来，当场撕毁，赶走了耿演这个"养老女婿"。

（讲述：唐有顺；整理：张守树）

偷梁换柱

刘墉，汉族官宦型机智人物。其原型刘墉（1719—1804），字崇如，号石庵，山东诸城人。清乾隆嘉庆时期的大臣、书法家。其故事以智斗权奸和珅、巧讽乾隆皇帝的作品最有特色，在河北、北京、天津、山东、辽宁等地广为流布。

以砖换银

一天，刘墉坐在后花园石台上犯愁：只为黄河泛滥，百姓流离失所，就是把自己多年积攒下来的一点钱全拿去赈灾也管不了大事。本应奏明皇上，向灾区放些赈粮，怎奈国库空虚，没有这份力量。怎么办呢？刘墉眼珠转了几转，有了办法：中堂和珅，这些年搜刮民脂民膏，在满朝文武中堪称首富，如果让他拿出些银两该有多好！可是，此人爱财如命，必须略施巧计才能治他！

第二天，刘墉上朝向皇上奏本，要辞职回乡。和珅听了这话，心想：黄河泛滥，国库空虚，你想一走了之，哼，没那么便宜！想到此，向刘墉拱手说道："刘大人，这一行路途遥远，应多派官兵护送。"

刘墉说："何以见得？"

和珅哈哈大笑："刘大人为官数十载，官囊一定非常富足，而今到处匪患甚严，理应多加小心。"

刘墉微微一笑，答道："万岁在上，小臣的确有些积蓄，为安全起见，有劳和大人关照。"

两人一唱一和，和珅自以为得计，乾隆也都听在心里。次日，和珅前来送行,见刘墉府前有四十八头骡子,驮了重重的口袋,口袋上还都贴了封条。心想:平素你骂我搜刮民脂,金山银海,今天我倒要揭揭你的底,让你鸡飞蛋打。想到这,命军兵看住这些财产,自己快步来到金殿,把刚才看见的情景,添油加醋地说了一遍。乾隆听罢,传旨叫刘墉上殿问话。

刘墉接到圣旨,心里十分高兴,赶紧上殿。乾隆一挥手,卫士们一拥而上要把刘墉捆起来。刘墉心里早已明白,但故作惊讶地说道:"我主万岁,这是何意?"

乾隆道:"你贪赃枉法,犯了欺君之罪,快快从实招来。"

刘墉听了这话笑着说道:"这个呀,不瞒万岁,小臣近些年在府外做了些买卖,略获小利,若说贪赃枉法,那真是冤枉!"

乾隆听罢,传旨派人出朝查访,把刘墉暂且放回。

和珅听说刘墉上朝被绑,直奔那些骡驮子走去,到了近前,伸手一摸硬邦邦的,心想,这回可该我在皇上面前露露脸啦。他得意洋洋地伸手把封条扯下来,解开绳子一看,傻眼了,为啥?竟是些砖头瓦块!他又把别的驮子打开一看,哪里有什么金银财宝!

和珅正在发呆的时候,刘墉走了过来,大声道:"好你和珅,趁我上朝之时,把我的东西给换了,我跟你打不完的官司!"

和珅心里明白过来,知道自己中了计,真是哑巴吃黄连——有苦说不出。他被刘墉拉扯着上了金殿。刘墉道:"我主万岁,和大人趁我上朝之时,把我那些银两拿去,换了些砖头瓦块。"

和珅听到这儿,禁不住大声嚷道:"万岁,驮子里确实是砖头瓦块,小臣只是看看,并未……"

刘墉笑道:"万岁您想,我家济南府别的没有,砖头瓦块多得是。我长途运它有何用项？万岁，如不相信，到和府翻一翻，一切就会明白。"

和珅一听，吓得脑袋沁出了汗珠。

他心想：刘墉啊，刘墉！你这不是要我的命吗？我府里那么多的金银财宝被翻出来，皇上怪罪下来，那就犯有贪赃枉法之罪，脑袋就得搬家。如数还吧，一驮子最少也有一千五百两，算起来就是七万二千两，真是割心拉肝呀！没办法，还是脑袋要紧，只好认账了。

两个人的官司打清了，乾隆对刘墉说："爱卿，回去准备上路吧！"

刘墉说："现在黄河泛滥，赈济灾民是当务之急，小臣不走了！"

乾隆听了非常高兴，但又叹口气，道："如今国库空虚，赈款从何来啊！"

刘墉道："用这七万余两，解一下燃眉之急吧。"过了些天，刘墉就前往黄河两岸放赈去了。

(整理：王荣民)

　　和珅正在发呆的时候,刘墉走了过来,大声道:"好你和珅,趁我上朝之时,把我的东西给换了,我跟你打不完的官司!"

刘之治，汉族文人型机智人物。其原型刘之治，是清末寿州（今安徽寿县）的一个文人，因不满朝廷腐败，反对八股科举，从未应试。其故事流传于寿县一带。

盗县印

新任寿县的简知县，一到任，就把刘之治找去，说："刘之治，听说你一肚子一二三，眼眨眨就来点子。那好，三天内，你把我县印盗去，我就服帖。做不到，我就把你赶出寿春①。"

刘之治说："大人，小人本无多大本领，尤其不会偷，不知大人初上任，就听谁嚼了舌根。"

知县说："我不管，高低就这么办了。"

刘之治万般无奈，叹口气说："大人，一定要这样做，就叫打赌，说是偷盗，我万万不干。"

"好呗，打赌就打赌吧！"

刘之治走后，简知县忙吩咐在厅堂放上一张大方桌，把县印放方桌中央，让十个衙役轮班看着，一班两人；夜晚则高挑明烛，照得厅堂亮如白昼。简知县得意地想：你就是杨香武②再世，恐怕也难盗了。这下，可搞

---

① 寿春：寿县古称寿春。
② 杨香武：武侠小说中的神偷。

你个下马威。

第一天，无事；第二天，事无；最后一天哩，衙役们也松了一口气，心想：这一天一夜过去，明天就能看到刘之治受惩，以后就少受他的闲气了。

傍晚时，两个汉子抬了一笸面粉，来到堂上，在印桌旁停下，一个人向衙役说："这面粉是老爷太太叫送的。"一个人拿起桌上的印包说："这包的啥玩艺儿？"

衙役一见，猛喝道："放下！"

那人吓得手一颤抖，县印掉到面笸里去了。

衙役又厉声喊道："还不快拿出来。"

那人赶忙从面笸里把印拿出来，吹吹粉屑，放到原处。然后抬起面笸，按衙役指的路走了。

这一夜，又平安无事。第三天一早，简知县便喜滋滋地升堂，正要派衙役传刘之治，刘之治也已来到堂下。

简知县说："刘之治，我的官印还在，你还有什么话说？"

刘之治说："堂上摆的那个是假的。"

简知县解开印包一看，只是个黄泥做的印坯，不禁大惊失色。原来，昨晚印包落到面笸时，刘之治已把它"掉包"了。简知县连忙走下公案，向刘之治拱手道："先生果然有见识，本领高，请海涵。"

刘之治哈哈一笑，从荷包里掏出真印还他，说："往后，还请父母官少出些馊点子。不然的话，你吃不了兜着走。"

(搜集整理：黎邦农　王恩素)

阿古登巴（意为"滑稽叔叔"），又称"阿古顿巴"（意为
"导师叔叔"），"登巴俄勇"（意为"滑稽舅舅"），藏族劳
动者型机智人物，出自艺术虚构。其故事内容丰富，富有浓郁的
民族特色，在西藏、四川、云南、青海、甘肃藏族聚居区广泛流
传，深受民众喜爱，家喻户晓。

佛爷偷糌粑

阿古登巴家里的糌粑吃光了。他邻居是一户财主，家里的糌粑堆得
像山一样高，可是一点也不肯借给阿古登巴。因为阿古登巴太穷了，财主
怕不但捞不到利息，就连老本也要不回来。于是，阿古登巴就想了一个对
付财主的好办法。

一天夜里，阿古登巴燃起一堆树叶，火光熊熊，把财主家的院子也给
照亮了。财主不知道怎么回事儿，便走到阿古登巴家里问道："深更半
夜，你点火做什么？"

阿古登巴回答道："听说拉萨的糌粑很贵，我想炒几克①青稞，磨几袋
糌粑到拉萨做一次生意。"

财主听他这么一说，动心了，就对阿古登巴说："很好，我和你一块儿
去吧！"

第二天，财主装了两口袋糌粑，用牦牛驮着，阿古登巴没有糌粑，装了
两口袋树叶，用毛驴驮着。财主在前面赶着牦牛，阿古登巴在后面赶着毛

① 克：藏语容量单位，一克相当于二十八斤。

驴,一同向拉萨走去。

　　走到半路,天黑了,阿古登巴和财主住在一座小庙里。夜间,财主睡得很甜。阿古登巴悄悄爬起,把自己口袋里的树叶倒出来喂了毛驴,把财主口袋里的糌粑装进自己的口袋,又把财主的两条空口袋放在佛像的两只手上,抓了一把糌粑抹在佛像嘴边,自己才躺下来睡觉。

　　天亮以后,财主起来发现糌粑口袋没有了,就叫阿古登巴一起去找。最后,在经堂里佛像面前找到了两条空空的糌粑口袋。阿古登巴说:"世间上人们好久不敬佛爷了,大概是佛爷饿得没办法,才把你的糌粑给吃光了吧!"

　　财主拿着空糌粑袋,呆呆地对阿古登巴说:"你自己去好了,我要回去啦。"

　　阿古登巴说:"你既然要回去,那我一个人也不想去拉萨了。"

(讲述:洛　旦;记译:耿予方)

阿方，又称"老谎"、"反江山"等，苗族劳动者型机智人物，出自艺术虚构。其故事具有较强的地方风情和民族特色，在贵州、湖南等地的苗族聚居区家喻户晓，深受民众喜爱。

享懒福

有一个好吃懒做的人，经常靠偷偷摸摸鬼混日子，还死皮赖脸地说："我是有懒福的人，缺东少西，自有天送神给。"阿方劝了三次，他都不改。

有天傍晚，懒人背着背笼出门了。阿方也背个背笼跟在后面撵上山去。懒人发现阿方跟着他，就坐在歇凉坳上不走了。

阿方对他说："伙计，我们一路上山去打柴，要不天就黑下来了，你拿哪样让老婆煮饭。"

懒人说："我懒人有懒福，自有柴进屋。"说完，背靠着大枫树，闭起眼睛打呼噜。

阿方不声不响地走了，顺手把懒人的背笼藏到刺蓬里。

过了一会儿，懒人睁眼一看，天已黑尽了。他挽起衣袖，打算把别人晾在坡上的干柴背一背笼回去，不料，背笼不见了，他便沿着砍柴路去找。

走不多远，找到一个装满干松枝的背笼，喜欢得心里开了九朵花。他连喊了三声阿方，听不到回声，以为阿方会情人去了，就背起背笼往山下跑。

他妻子正等柴烧火炒菜，一边给他接背笼，一边埋怨说："偷一背笼柴火去了大半天,真没出息。"

懒人听了正要发火,一眼看见阿方的老庚①进屋来了,就故意大声说:"少开玩笑!我是懒人享懒福,自有干柴进背笼,随要随时背进屋。"

他边说边倒柴火,刚拿出一把把柴,就被吓得倒退了五尺,一屁股跌坐在灰堆上。

原来,阿方坐在背笼中,他不慌不忙地说:"伙计,我搭你享一次懒福,难为你背了几里路。"

阿方的老庚是出名的大嗓门,哈哈大笑,惊动了左邻右舍,大家都围拢来看热闹,羞得懒人和他的婆娘脚板心都痒了。从此,他再也不敢讲享懒福的话,再也不偷鸡摸狗了。

(搜集整理:龙文玉 杨昌鑫)

---

① 老庚:指同年同月同日生的结交朋友,是湖南、湖北、四川等省某些地区的名词。

汪头三，壮族农夫型机智人物，出自艺术虚构。他的故事流传于广西龙胜一带的壮族聚居区。

养豢郎猪

县官想吃猪肉，可是九村十八寨都买不到。他把土司喊来商量。土司告诉他，龙胜人养猪，都是自己杀来自己吃的，从没人卖肉。要想吃猪肉，只有一个办法：买小猪仔来放给穷人养豢郎——就是喂大了，半对半开，杀了分肉。

县官觉得这太合算了，就贴告示出去：凡是没有钱买猪仔养猪的，可以到衙门来捉猪仔回去养豢郎。杀大猪时，二一添作五。

告示贴出去好久，还没有人来衙门捉猪仔。——是嘛，这种重利盘剥，谁个肯受！

一天，汪头三来了，他说愿意跟县官养豢郎猪。县官问：“喂多久能成大肥猪？”

汪头三说：“上百斤要喂一年，上两百斤要喂一年半，上三百斤要喂两年。若是喂到三年，少讲总有五百多斤。”

县官算了一算，觉得越喂久越合算，就说：“那就喂三年吧。”汪头三捉了猪仔回家去了。

汪头三的家里人，手勤脚快，养猪像吹火筒吹的一样，不到一年，猪仔就长成百七八了。汪头三把猪杀吃了,又买一只猪仔来喂着。

第二年,猪仔又有百七八了。汪头三又把猪杀吃了,另买一只猪仔来喂着。

第三年,猪仔又长成大猪了。汪头三还是把猪杀吃了,再买一只猪仔来喂。这只猪仔,跟从县衙里捉来的一模一样:一样的大小,一样的毛色。

县官掐着指头算了算:三年挂零了,可还不见汪头三请去分猪肉,他就坐上八人大轿亲自到汪头三家去察看。

县官到了汪头三家,说:"汪头三,那头猪有五百几了?"

汪头三唉声叹气地说:"县老爷,你讲我背时不背时,你那只猪仔,捉回来后,一直不吃潲,光吃泥巴,哪能长膘啰。喂三年了,还是现样。全靠我招呼得好,要不,早死了。"

县官不信:"哪有这种怪事!"

汪头三说:"县老爷不信,亲自看我去喂就明白了。"

汪头三暗暗叫女人把潲煮得滚开,倒进盆里,在上面洒一层茶油,把热气封死。汪头三提着潲盆走向猪栏,县官紧紧跟在后边,目不转睛地看动静。

猪仔见汪头三来到栏边,贪馋地把鼻子嘴巴伸进盆里,一翻一拱,潲烫得要死,它"呶呶"叫着,甩着耳朵把鼻子挨着泥土擦来擦去。

汪头三对县官说:"你看你看,多好的潲它不吃,偏吃泥巴。这只猪我实在不想养了。"

县官火冒三丈,一棒棒就把猪仔打死,叫手下人提着,自顾上轿走了。

（讲述:陆友凡）

双倌，汉族劳动者型机智人物。在作品中多以长工身份出现，有时也以佃农、杂工等身份出现。其故事流传于江苏无锡一带。

巧断奇案

从前，在无锡太湖边上有个叫张三的人，他从小就不学好样，偷东西成了他的看家本领。大家恨透了他，都叫他贼骨头张三。

一日，邻村有人办喜事，贼骨头张三挤进人堆里一看，哈，女方嫁妆特别多，有金银珠宝，也有贵重首饰。他当日晚上便随着闹新房的人进了新房。过去有个风俗："三朝无大小，太公可来在新床上豁虎跳。"因此新房里人头挤挤，笑声不绝。贼骨头张三见一时无法下手，就贼眼一转，趁人多嘈杂时光，像老鼠那样往床底下一钻，准备夜深人静以后再动手。

半夜三更了，闹新房的人才慢慢散去。那新娘辛苦了一天却毫无倦意，十分健谈，竟把家里的一切都向新郎和盘托出：她的小名、爱好，妹妹的脾气、情人等等，一连讲了三个通宵。

贼骨头张三钻在床底下，白天不敢出来，夜里又不能下手，吃又吃不到，睡又睡不好，一直熬到第四天，实在吃不消了，只好硬硬头皮从床底下爬出来，伸了伸麻木了的双腿，就想夺门而走。

可是刚出房门，就让迎面走来的新郎官抓住了。新郎官说他是贼，动手就打。贼骨头张三一口咬定是新娘约他来的，又把从床底下听到的学说了一遍。这样一来,新娘就是跳到黄河也洗不清了。蛮好的新婚夫妇,突然掀起了大波大浪。

于是族长把贼骨头张三送进县衙,县官一连审了三日,贼骨头张三一口咬定是新娘约他去的。县老爷见问不出米和糠来,就以"清官难断家务事"作推托,当堂开释了贼骨头张三。

贼骨头张三好不喜欢,大摇大摆地走下堂去。可是他刚踏出门槛,就被匆匆赶来的双倌拦住了:"张三,你说是新娘约你去新房的,你可敢在老爷面前对质?"

张三见半路上杀出个"程咬金"来,心里吃了一惊,只得硬着头皮说:"啥人说不敢?"

"好,"双倌说,"我们去见县老爷。"

县老爷本想退堂,见双倌又拉着被他放走的人走上堂来,心里先是不快,就高声地问:"为啥私闯公堂?"

双倌不慌不忙地说:"刚才放走的人,嚷着要来你面前跟新娘子对质,这不是你老爷本要做的事吗?"

好厉害的双倌,一句话说得县老爷十分尴尬,"嗯嗯"了几声后,才说:"现在新娘子在啥地方?"

"在衙门外。"

"好!"县老爷装模作样地传令,"把新娘子押上堂来!"

新娘子上得堂来,县老爷不管三七二十一,手指贼骨头张三问新娘:"是你约他到新房里去的吗?"

贼骨头张三不等新娘回话,就抢着说:"还赖啥? 那日,你还叫我躲到床底下哩!"

县老爷感到好奇,还想问下去。双馆却在一旁说:"贼骨头张三已经不打自招了,还问啥?"接着便指着"新娘"说,"你晓得她是啥人？她是我老婆小西施呀!"

原来双馆为了弄清事情真相,便让小西施假扮新娘到公堂上对质。

县老爷猛地把惊堂木一拍,喝道:"来人啊,把恶贼拉下去痛打五十大板!"

在重刑面前,贼骨头张三只得如实招供出自己的全部罪行。

(讲述:朱阿盘　陈理言)

乐贤，汉族讼师型机智人物。其原型乐贤为清末镇海县（今属浙江省）的一个讼师，以足智多谋，敢于和官府、洋人、财主作对，替平民百姓打抱不平著称。其故事在镇海、舟山一带流布。

计赚洋人

清朝道光末年。一天，两条满载货物的帆船从宁波沿甬江顺流而下，傍晚时，来到镇海海关附近，那帆船忽左忽右，躲躲闪闪，似乎想闯过海关出海。这情景，早被海关上的洋人发现，他们立即登上汽船，开足马力，扑了上去，大声吆喝帆船停下接受检查。

一会儿，汽船靠上帆船，洋人检查员和一群水警跳了过去，看船中堆满了一只只满鼓鼓的麻袋，喝问道："什么货？装到哪里去？"

这时，船舱中走出一位年纪五十开外的客商，着长袍马褂，拱手答道："这是布匹，运往上海。"

洋人检查员将手一伸："可有税单？可曾报关？"那客商慌了，支支吾吾地答不上来。

洋人的脸一沉，顺手打开顶面的几只麻袋检查，嗬，里面都是花花绿绿的绫罗绸缎、布匹棉纱，就训道："好大胆！两船货物，一不纳税，二不报关，违禁走私，统统给我扣了！"一声令下，水警们立即押着帆船驶向海关码头。

到了海关，那客商苦苦哀求，说船上货物全是总店拨给分店的，请高抬贵手,予以放行。磨了好半天,洋人总算答应按货价罚税银五百两,待交清罚款后再还货放行。客商忍气吞声,只好照办,但又说身边没带这许多银两,要回家去取,明天前来交讫。洋人应允了,可又告诉他,拖延一天,加罚五十两,十天不交,全船充公。临走,那客商要求海关出具暂押两船货物的凭据一纸。这时已过半夜,洋人急于要睡,就下船草草清点了麻袋件数,写了张暂押凭据给他。

第二天中午,客商如期来交过罚款,洋人就领他来船上交割被扣的货物,客商抱拳说道:"洋人先生,船上货物被扣一夜,今蒙发还,还请当众打开看过,免得你我两下有涉"。

洋人点头同意,吩咐水警们一齐动手,将麻袋打开一一交割。谁知这一拆嘛,可就拆出麻烦来了——顶面一排麻袋里仍然是原封未动,而其下所有的麻袋里竟全是纸片纸屑哩!

洋人正在惊疑,那客商脸色一变,指着他厉声责问:"好呀,堂堂海关,竟敢在光天化日之下,做出这等丑事!将我的两船绸缎绫罗、棉纱布匹都换成了废纸碎屑,而仅仅在上面遮盖些原来货物,真是可耻之极!"一下子,把在场众人直弄得目瞪口呆。

洋人的绿眼珠一转,气咻咻地声辩道:"我堂堂海关,怎会看上你那点儿货物?一定是你事有预谋,讹诈海关!"

客商并不回言,拉住洋人,走近麻袋,抓起一把纸片,掼在甲板上,高声说道:"洋人先生,你仔细看看吧!"

洋人定睛一看,坏了!这些纸片纸屑全是自己海关上的用纸呀!有的印有海关名号,有的盖有海关印戳,有的还留着海关的章记哪!

客商趁势怒斥道:"洋大人,看清了吧?别装什么蒜了,快快还我的货物!"

洋人哪里肯还?于是,双方纷争不休,相持不下,只好上诉到官厅要求裁决。县、府的官儿们都怕得罪洋人,迟迟不敢审理此案。

但是,海关洋人敲诈、盗取国人财物的公案很快就传开了。大家都极其愤怒,纷纷联名上书向官府请命,要求秉公办理,不失国体。宁波大府慑于民愤,不得已与洋人几经交涉,总算审理了案。其判文中说:"……纸片纸屑全系海关内部之物,外人岂能获得?客商所诉属实,人证物证俱全,为此,当判海关洋人赔还客商所损九十袋货物,按时值折银叁千两正……"洋人没法,只好乖乖照赔。

消息传出,万民空巷,奔走相告。

讲到这里,大家一定会问,这究竟是怎么回事?

原来,那个客商,并非别人,正是鼎鼎大名的镇海小港乐贤先生。他目睹清廷腐败,把个好端端的中国弄得一塌糊涂。宁波又被辟为五口通商的港口之一,海关主权拱手让给洋人,国货过境,都要受其管束节制,百般刁难,我国无权过问,人们无不恨之入骨,但又无可奈何。乐贤决定好好教训他们一下,就想出了一条妙计——关照在海关里做帮佣的一个中国人,把海关洋人每天办公后弃下的各种废纸屑全偷偷地收拾起来交给他,几年后居然积聚了近百麻袋。于是,他就扮成商人,演出了上面这段戏。洋人哪知是计,上了大当,却好似打落门牙肚里咽——说不出。

这件事不胫而走,一时传为美谈,人们都说乐贤先生这一"扛"敲得好,为中国人出了口秽气哩!

(搜集整理:虞尔旦)

171

阿勒达尔·阔赛,又译作"阿勒达尔·科萨"、"阿尔达尔·考萨"、"阿勒的尔·库沙"等,哈萨克族劳动者型机智人物,出自艺术虚构。其名字意为"没有胡须的善骗者"。其故事流传于新疆、青海一带哈萨克族聚居区。

到财主家里做客

那时候,有一个非常吝啬的财主,名叫拜尔买斯巴依。他的牛羊多得数不清,他的财宝多得没处放。可是,他像一只"铁公鸡"——一毛不拔,别人和他交往,不但占不到他半个小钱的便宜,还少不了要吃点亏。因此,人们在表示自己肚子饿的时候,往往说这样一句反话:"我的肚子饱得像在拜尔买斯巴依家做客一样!"

一天,阿勒达尔·阔赛想到拜尔买斯巴依家里去做客。人们听到了,都笑着说:"阔赛,小心着,别把你的肚子撑破啦!"

"走着瞧吧!"阔赛挤挤眼睛说,"我反正不会饿着肚子回来的。"

阔赛骑上自己的白鼻梁马,朝着拜尔买斯巴依家走去。他愉快地唱着歌,想着要逗一逗这个吝啬的财主。当他来到拜尔买斯巴依的帐篷前面的时候,便轻轻地下了马,踮着脚尖走近帐篷,从帐篷缝儿里向里一看,见拜尔买斯巴依正蹲在火炉旁边切马肠子,他的老婆在揉面,姑娘在拔鸡毛,仆人在烤羊头。

阔赛咳嗽了一声,笑着走进帐篷去。一听见咳嗽声,主人忙忙乱乱,就把正在干的活儿都收拾了。

拜尔买斯巴依让阔赛坐下,便假装殷勤地闲扯起来:"亲爱的客人!你到我家来,我感到很高兴。可有什么新鲜事儿谈谈吗?"

　　"世界上的新鲜事儿可多啦!"阔赛微笑着答道,"让我讲亲眼见到的呢,还是讲听到的呢?"

　　"听到的也许不真实,还是讲讲看到的吧。"拜尔买斯巴依说。

　　"好,让我讲讲今天最后看到的新鲜事儿吧!在我走向你们这儿的路上,遇到了一条蛮大蛮大的蛇。这条蛇,它足有你座下的马肠子那么粗;我用像你仆人烤炙的羊头那么大一块石头,打了它一下;它就像你老婆背后的面团一样缩成一堆! ——亲爱的主人!我若说了一句谎,就让我像你姑娘裙子下边的鸡儿一样,被开剥肚子!"

　　"呵,真是新鲜事儿!"拜尔买斯巴依摇了摇头说。他实在不乐意招待这个客人,但是,既然自己正在准备的食物,全让阔赛瞧见而又说出来了,按照哈萨克的习惯,也就只好拿出来叫他吃了。

　　阔赛美美吃了财主一顿。财主心里很不高兴,便和老婆悄悄商量:等到半夜里,想法把阔赛的马杀了。可是,阔赛早就随时留心着财主的行动,他们偷偷商量的时候,全叫阔赛听到了。天一黑,阔赛先暗暗走到外边去,把自己的马的白鼻梁用泥涂掉,又用白粉给财主的马画了个白鼻梁,然后,回到帐篷里安安稳稳睡去了。

　　半夜里,拜尔买斯巴依摇醒了阔赛,大惊小怪地说:"喂,客人!你的马得了重病,正在索索发抖,怎么办呢?"

　　阔赛起也不起来,随口回答说:"宰了它吧,好让我们吃肉!"拜尔买斯巴依心里说:这合该你倒霉,可怪不着我呵!便在黑地里找着白鼻梁马杀了,剥了皮,打发老婆把马肉煮了一大锅。当肉煮熟了的时候,阔赛起了床,大块吃着熟肉,大碗喝着肥汤,又美美饱餐了一顿。

第二天,拜尔买斯巴依知道了杀死的是自己的马,又气又羞,有苦说不出,只好呆瞪着两眼,瞅着阔赛大摇大摆地骑着马回家去了。

(翻译整理:郝关中)

假戏真做

阿古登巴（意为"滑稽叔叔"），又称"阿古顿巴"（意为"导师叔叔"），"登巴俄勇"（意为"滑稽舅舅"），藏族劳动者型机智人物，出自艺术虚构。其故事内容丰富，富有浓郁的民族特色，在西藏、四川、云南、青海、甘肃藏族聚居区广泛流传，深受民众喜爱，家喻户晓。

杀神牛

一天，登巴俄勇路过一个寨子，看见两个疲弱的人在地里做活，累得气都快断了，也不休息一下；太阳当顶了，也不熬茶捏糌粑。他感到奇怪，经问明后才知道，这两人是地主的奴隶。地主有规矩，奴隶每天只准吃一顿糌粑，要做牦牛一样多的活。登巴俄勇很生气，就在这个寨子住下了。

傍晚，登巴俄勇悄悄地从地主的牛群里牵走一头牛，在牛耳上串了两条经布，就到地主家去借宿，声称是某大土官的管家，给寺院送神牛的。地主有些怀疑，但见牛耳朵上有经布，只好殷勤地接待他。临睡时，登巴俄勇郑重地对地主说："请你找个可靠的地方，把神牛安放好，要有个一差二错，千百两银子也赔不起啊！"最后还说，只要能使神牛安全过夜，愿出三十两银子作借宿费。

地主一听三十两银子，笑得脸上的肥肉直抖，很有把握地说："你放心，我这屋子，老鼠也钻不进来的。"地主说完，掌着酥油灯，同登巴俄勇一道，小心翼翼地把神牛牵进一间空屋里。

半夜，人都睡熟了。登巴俄勇爬起来，用毛绳把神牛勒死，剁成几块，丢一只牛腿在奴隶睡的牛圈里，并且在那两个奴隶的嘴上手上涂满牛血，然后又安然睡了。

第二天，天还没有大亮，登巴俄勇就跑到牛尸旁边，大喊大叫起来："不得了啦！神牛被人杀了！"地主被吵醒了，赶出来一看，立刻惊呆了。

登巴俄勇一把抓住地主："你说老鼠都钻不进来，大土官的神牛怎么被杀了呢？"一面说一面拉地主循血迹找去，找到牛圈里，一眼便看见那只牛腿和嘴上手上糊满牛血的奴隶。他暴跳如雷："好呀！你敢支使你的奴隶杀神牛吃！走，我们去见大土官去！"

地主气得红眼儿直翻，大骂奴隶道："好大的胆子！你们竟敢杀土官的神牛，你们要造反了！"忙又转身对登巴俄勇赔笑说，"看在菩萨面上，我赔你三头牛好了。"

登巴俄勇说："三头？三百头也不行！"地主无法，狠狠地说："那我不管了，谁杀牛谁抵命。凶手在这里，要宰要杀由你。"

登巴俄勇说："你不管谁管？"地主说："野牛闯下的祸事，老虎是没有责任的。"

两人争了一阵，议定地主赔十头牛，并把那两个奴隶交给登巴俄勇处置。登巴俄勇装作勉强答应的样子，又大骂一通，才带着两个奴隶，牵着牛走了。

他们走出寨子，登巴俄勇才对那两个奴隶说："这十头牛，你们一人分五头。快走吧，趁早离开这里。"两个奴隶早已吓呆了，弄不清楚是怎么一回事。

登巴俄勇又说："从今天起，你们就不是奴隶了，是自由的人了。"两人才恍然大悟，谢过登巴俄勇，然后各自牵着牛，远走他方去了。

（搜集：双耀汝　涵占禾）

　　登巴俄勇一把抓住地主:"你说老鼠都钻不进来,大土官的神牛怎么被杀了呢?"

聂局桑布,藏族劳动者型机智人物,出自艺术虚构。他的故事,锋芒主要指向独霸乃东地区的世袭大领主——乃东王,流传于西藏山南地区及拉萨地区。

巧抗酥油差

早先,乃东①地方跟别的地方一样,在名目繁多的差役中,有一项酥油差。这酥油差的负担可受不了,百姓家里养的奶牛挤下奶打出来的酥油,差不多全给乃东王②搞去了。

这时候,聂局桑布想了一个主意。一天,乃东王正在屋顶平台上散步,聂局桑布在做靴子。一只小驴子跑去吃母驴的奶,聂局桑布故意大声地喊:"喂,平错,你这鬼东西,溜到哪儿去玩了!让你看好小驴子,别叫他去吃奶。小驴子把奶吃完了,咱们拿什么去给乃东王上酥油差啊!"

他大声对孩子叫唤,当然被乃东王听见了。乃东王气呼呼地让人把聂局桑布叫来问道:"聂局桑布,你这坏家伙,原来一直是把驴奶做的酥油给我吃吗?"

聂局桑布惶恐地回答:"是的,我们实在缴不上牛奶酥油给您,请您

---

① 地名:乃东,在今西藏山南乃东县境内。

② 乃东王:藏语中的"杰布",现在一般译为"国王"或"王",但在藏族习惯中,对某一地区的世袭大领主也都称做"杰布"。在历史上的"万户",也称"杰布"。这儿的乃东王,即指乃东地方的世袭领主。

原谅!"

乃东王吼道:"难道你不晓得吃了驴奶酥油会变傻子吗?"

"知道的,"聂局桑布嗫嚅地说,"但是没有办法啊!"

乃东王气得挥手:"你这穷鬼,快到仓库里把你们缴的驴奶酥油都扔出来! 见鬼!"

聂局桑布出门叫了一些穷朋友来站在仓库门口,他自己进去把一包一包的酥油往外扔,嘴里还喃喃地唱道:

> 驴奶酥油放不长,
> 时间一长就变黄,
> 扔出仓,
> 扔出仓!

就这样,聂局桑布把仓里上好的牛奶制成的黄酥油,都扔出来分给穷朋友吃了。

从那以后,乃东地方免了酥油差。

(讲述:滚曲方仁 罗桑多吉;记译:王 尧)

180

阿凡提，全称"纳斯尔丁·阿凡提"，亦称"霍加·纳斯尔"，中国维吾尔、哈萨克、柯尔克孜、塔吉克、乌孜别克族著名的机智人物。其中以维吾尔族地区流传最广，家喻户晓，尽人皆知。

锅生儿

纳斯尔丁在最吝啬的一位巴依家里借了一口大锅。人们都感到奇怪，巴依为什么对纳斯尔丁这样大方？其实，巴依对纳斯尔丁也一样吝啬，他是像放账一样租给纳斯尔丁的。

过了些时候，纳斯尔丁来见巴依，高兴地说："给巴依报喜！给巴依报喜！"巴依说："喜从何来？"纳斯尔丁说："巴依的大锅生了儿子，岂不是一喜。"巴依说："胡说八道！大锅怎么能生儿子呢？"纳斯尔丁说："巴依不信，你看这是什么？"纳斯尔丁说着解开一条毛口袋，果然从口袋里掏出一口小铁锅来。

尽管纳斯尔丁摆出满脸认真的神气，巴依从心眼里还是不信，可是这傻瓜既然做出了傻事，要不顺手捞他一把，岂不也成了傻瓜！巴依想到这里，不由故作惊喜地说："唔！我的大锅果然生儿子了！"纳斯尔丁说："巴依，你说这不是大喜吗？"巴依说："当然是大喜！当然是大喜呀！"纳斯尔丁一面小心翼翼地把小铁锅递给巴依，一面说："多漂亮的一个儿子啊！"巴依说："是啊，是啊，小家伙真有点像它的妈妈呢。"巴依反复地玩赏着小铁锅，嘴里发出啧啧的赞美声。

纳斯尔丁等巴依收起了小铁锅,便向巴依告别,巴依叮咛道:"以后要好好地照应我的大铁锅,让它多生几个这样的儿子。"纳斯尔丁说声"好吧。"便回家去了。

　　又过了些时候,纳斯尔丁来见巴依,悲伤地说:"给巴依报丧! 给巴依报丧!"巴依说:"丧从何来?"纳斯尔丁说:"巴依的大锅死去了!"巴依说:"胡说! 大锅怎么会死呢?"纳斯尔丁说:"大锅既然能生儿子,怎么就不能死呢?"巴依听了猛醒过来,才明白纳斯尔丁送小锅的用意,原来傻瓜不是纳斯尔丁,倒是他自己。

　　巴依不甘心把大锅送给纳斯尔丁,说:"好吧,既然我的大锅死了,请你把尸首送来吧。"纳斯尔丁说:"我已经埋葬了。"巴依说:"埋在哪里?"纳斯尔丁说:"埋在铁匠的熔炉里。"巴依听了,再也没心思装模作样了,就直截了当地说:"别再骗人! 你想骗取我的大铁锅吗?"纳斯尔丁说:"是你先骗了我的小铁锅!"……

　　二人争吵起来,巴依怕惊动了四邻五舍,有损自己的声望,便向纳斯尔丁让步了。他表示只要纳斯尔丁不再提小锅的事,情愿把大铁锅送给纳斯尔丁。

　　巴依心想:纳斯尔丁这该高兴了。谁知纳斯尔丁拒绝了他,一直吵来了许多人,才拂袖而去。

　　原来纳斯尔丁布置这场把戏,并不是为了捞一口大铁锅,只是想借此向吝啬的巴依开心取笑而已。

(搜集:王玉胡)

阿方，又称"老谎"、"反江山"等，苗族劳动者型机智人物，出自艺术虚构。其故事具有较强的地方风情和民族特色，在贵州、湖南等地的苗族聚居区家喻户晓，深受民众喜爱。

买鱼种

一天，阿方来到黄果寨，听说穷苦苗家们都养不起鱼，是因为龙员外霸占了鱼苗场，心里很不平，就想出一个办法要帮助穷人们养上鱼。他把办法悄悄地给大家一讲，穷苦苗家们都高兴极了。

正说着，龙员外带着五个挑鱼苗的长工，一路高声叫唤："卖鱼种！卖鱼种！一升米一碗——"阿方听到叫唤声，喜上眉梢，忙叫穷苦苗家们躲回家去，他自己满脸笑容迎上去，恭恭敬敬地对龙员外说："啊，员外老爷，我等你们半天哩！"

"啊，你要买种？""不，不，不是我买。我田无丘，地无块，你的鱼种价喊得老高八高，买得起？我是帮守备老爷买。"

"噢，好吧，那我们就同你到守备老爷家去。"龙员外说。

"守备老爷叫我在这里等你们来。"阿方转身指着穷人的田，说，"这些田，全是守备老爷家的，你们一丘田给我放一碗，就是了。"

龙员外说："那么，你也得一碗碗地量，记个数好算价钱哟。"

阿方笑笑说："不必了，你们这五挑鱼我全给守备老爷买了，估个大数，每挑就算一百碗好不好？"

龙员外听了,心头大喜,其实一挑不过五六十碗,作一百碗算,五挑鱼秧苗就要换整整五石大米,当然划得来。不过,仔细一想,又觉得不踏实,便试探地问:"守备老爷一下子能拿出五石米来不?"

"拿得出,拿得出。"阿方答道,"你员外真讲外行话,守备老爷家的钱米,百十里外,哪个不知,谁人不晓? 莫说五挑,再有五挑也不成问题!"

听阿方这样一讲,龙员外就说:"好,好,那你指点吧,哪块田是守备老爷家的,你讲,我们就放。"阿方见龙员外同意了,就故意说:"做生意就应该这样干脆嘛。"说着就这丘那块地指着穷人的田,叫快放鱼秧苗。

这样,阿方指一丘,放一丘,龙员外带着长工跟着阿方跑了整整一个下午,一个个跑得筋疲力尽。最后还剩下一碗鱼苗,龙员外问:"田都放了,这一碗放哪里去?"

"还剩一碗要放到那边坡上去!"阿方指着一片黑压压的茶山说,"那茶林里还有一丘大田。这样吧,你们先进寨去,到守备老爷家去抽烟喝水等我,我把这碗鱼苗放了就来。"

龙员外信以为真,带着那几个长工就往守备家走去。而阿方呢? 他哪里是去放鱼苗,而是使的"金蝉脱壳"计,跑回他的流金寨去了。

后来,黄果寨的穷人告诉阿方,那天下午,龙员外带着五个人到守备家算账,守备搞不清是哪头发的火,认为是龙员外公开敲他的钉锤;而龙员外则认为守备仗势欺人,叫人买了他的五挑鱼种还不认账。于是,他俩吵起来了,越吵越讲不清楚,后来,硬是打了起来。因为守备人多,把龙员外打得头破血流。龙员外更加气愤不过,花了许多钱,告到知县那里去。经过知县细细一盘问,他俩才知原来是上了阿方的当。

(搜集整理:龙岳洲)

张沙则，彝族农夫型机智人物，出自艺术虚构。其故事流传于云南楚雄彝族自治州一带。

捉 沙 则

州官、土司恨透了张沙则，派了两个差人去捉他。差人来到沙则住的村子，见一个头戴黄毡帽、身穿麻布衣的老头，正在搭桥。

差人气势汹汹地问道："喂！老头，你可晓得张沙则在家吗？"

老头一看就知道是州府派来的弯差。于是他慢腾腾地说："在家，他刚从城里回来！"接着又说，"要捉沙则吗？你们还不知道沙则的名声，哼！这个人不好惹哩！你俩要小心点儿。"

两个差役原本对沙则就怕着三分，听了老头的话，更加害怕了，只得再向老头请教："老叔！州官派我们来捉沙则，请你帮个忙吧！"

"这倒可以，今天我要把这座桥搭起，得请二位公事大哥，也来帮帮忙吧。"

两个差人连连点头，自然十分高兴。

天黑了，老头把两个差人领到家里，说："公事大哥，我去看看沙则还在家没有？"说罢，老头到屋外走了一圈，又回到家里来，对差人说，"沙则现在已经出去了，二位就在我家歇上一宿吧！"

第二天，老头又对差人说："公事大哥，你们跑路扎实辛苦，我煮点肉,请你们二位吃。"于是他砍了一大块肉放在锅里,对差人说,"我再去看看沙则回来了没有?"老头走出大门一会儿,又折回来说,"不要乱走啊,公事大哥,村子里的狗恶得很哩!"

老头走后,两个差人闻着香喷喷的猪肉,扎实喜欢。

接着屋外粗声粗气地喊道:"公事大哥! 沙则还是没有回来。"

两个差人叹了一口冷气。

老头家中的人劝他们说:"公事大哥,沙则没回来,也不能老等,以后再来捉吧!"接着说,"饭熟了,吃早饭吧!"可是甑子一端走,怎么肉不见了? 两个弯差,亲眼看着煮的肉忽然不见,心中更加怀疑、恐惧,不知其中原因。

老头回来了,两个差人忙把锅中煮的肉突然不见的情况战战兢兢地说了一遍。

老头听了以后,叹了一口长气,说:"唉! 我们彝族有句古话:'锅里不见祭神肉,出门大哥走为福'。公事大哥,我劝你们走吧! 不然你们俩要吃亏哩!"

其实猪肉是张沙则用细麻线拴在甑底上,一端甑子,肉自然不见了。

两个差人只得回去,对州官老爷说:"沙则逃走了。"

沙则哪里逃走了? 戴黄毡帽那个老头就是张沙则了。

(讲述:张寿云　张兆富　张正景)

金善达，一译作金先达，朝鲜族著名机智人物。他的故事在我国东北朝鲜族聚居地区和韩国、朝鲜各地广为流布，颇受群众喜爱。

巧献碎玉

金善达头戴纱帽，手挥折扇，骑着马儿周游天下。这一天，金善达来到了盛产玉石的地方。他路过一座小桥，忽然看见一个小伙子，捶着地正在号啕大哭。

金善达下了马，上前问道："小伙子，你在哭啥呀？"

小伙子擦了擦眼泪，捧出一捧碎玉石对金善达说："先生，我可闯下大祸啦！我家主人奉国王的命令，让我在三日之内把一块宝玉送去。可是，事儿要是不顺心呀，就连车道沟儿里都能淹死人。这不，我刚走到这块儿，该死的石头绊了我一脚，把这块宝石给摔碎了。宝玉没有送到，我回去是要掉脑袋的，我家里还有阿爸基、阿妈妮，我死了他们可咋活呀？唉！回去死还不如现在就去死。"说着，小伙子起身就要去跳河。

金善达一把拉住小伙子说："呃！男子汉大丈夫犯不上因为这么点小事儿去死。长着个脑袋瓜子，总能想出办法来的。你把碎玉给我，我替你去献给国王。"

小伙子一听这话，比见了亲哈阿爸基还高兴，当时就问他："您就是金善达先生吧？"

金善达答应了一声"是的",翻身上马,手摇折扇,唱着阿里郎打铃,乐悠悠地向王宫走去。金善达一边走,一边寻思:我金善达游遍了天下,可还没见过当朝国王长得啥模样呢,今儿非得到王宫里好好观观景。

马儿"哒哒哒"地一溜小跑,不知不觉来到了王宫门前。金善达翻身下了马,把马儿往一棵大树下一拴,大摇大摆地朝王宫里面闯。

那看门的当然不能让进,长枪一挺,把金善达给挡住了:"哪来的这个臭乞丐,竟敢随便往王宫里闯,还不赶快给我滚!"

金善达挥着折扇,慢声慢语地说:"谁不知道这儿是王宫啊?别人能进,为什么我就不能进?我要见你们的国王!"说完又大摇大摆地往里闯。

这下子看守们可来气了:"你这狗崽子疯了是怎么着?你要找死啊?"看守们边骂边去拽金善达。

这当儿,金善达假装被拉倒了,一屁股栽歪在地上,麻溜儿把怀里的碎玉扔在地上,顿时捶着地号啕大哭起来。他一边哭一边说:"我是奉主人之命,来给国王送宝玉的。这回可倒好,你们把宝玉都给碰碎了,怎么献给国王?你们赔我的宝玉!"说着揪住看守,连踢带打闹了起来。

看守们一听,可吓懵了。把进贡给国王的宝玉给打碎了,国王若是怪罪下来,那可不是一件小事。这帮看守顿时像闯了大祸一样,互相之间好一顿埋怨。末了,又嬉皮笑脸地向金善达求情,求他在国王面前给说句好话。

这么一来,金善达更神气了,他拾起碎玉喝道:"还不赶快禀报大王!"

一个看守忙三跌四地跑了进去,不一会儿工夫又"噔噔噔"地跑出

188

来,把金善达领到了国王面前。

金善达给国王献上碎玉,边哭边说:"尊敬的大王,我奉了我家主人之命,前来给大王献玉,没成想,您那几个把大门的看守,说什么也不让我进,连拽带打的,把这块宝玉都打碎了,我回去怎么向主人交差呀?"

国王听了,当时就发起怒来,大声喝道:"来人呐!"

"有!"文武两班①齐声应道。

"去把那几个看守给我重打四十棍杖!"

国王的话音一落,就听大门口传来"噼里啪啦"的声音,把看守打得死去活来,一口一个"阿妈妮"地叫唤着。金善达听了,心里不用提有多痛快了。

打完了看守,国王又命令手下的人摆上一桌筵席,客客气气地对金善达说:"你一路上辛苦了,多吃点儿,多喝点儿。宝玉被摔碎了,这不能怪你,回去跟你们主人说一声,以后再送一块来就是了。"

金善达连连点头应是。这会儿,金善达的肚子也饿了,再说,他这辈子还是头一回吃上国王摆下的筵席。他便一盅接一盅地喝酒,一口接一口地吃山珍海味,酒喝足了,饭也吃了,他把嘴唇一抹,大摇大摆地走出了王宫。

(讲述:金德顺;搜集整理:裴永镇)

---

① 两班:即官府里的文武两班官员。旧时朝鲜社会分两班和贱民两个阶层,两班往往泛指封建贵族阶层。

耿演，汉族小吏型机智人物。其原型耿演为清代县衙班头。他的故事流传于河南浚县一带。

拜年惩恶

旧社会兴拜年。新年头一天一大早，家家孩子们要给长辈磕个头，长辈给孩子们几个"压岁钱"。这种习惯社会上也很盛行，比如城镇生意行里，伙计们要给掌柜的拜年，掌柜的照例也得给伙计压岁钱。

浚县县衙有个班头，名叫耿演。此人为人正直，机智多谋，替穷人办过不少好事；又因他在县衙当差，是三班衙役的一个头头，所以城里那些富豪大商对他也都恭维着些，不愿得罪。一年初一五更，耿演一时高兴，想串几家大商号，借拜年弄几个零钱花花，便走出了县衙。

浚县南大街有个大药房，掌柜的姓夏，卖药又看病，生意很兴隆。耿演先来到这家，进大门走到上房前一看，屋里明灯蜡烛，门却关着。隔门缝一瞧，见夏掌柜正双膝扎跪，在焚香祷告："神灵保佑，去年让我发了大财。愿今年上神赐福，让天下人多多生病，药铺生意更加兴隆！"耿演一听暗暗骂道：这个老财迷！大年初一不求上神保佑风调雨顺，天下太平，却咒人多生病，他好发财，不是个好东西！耿演也不叫门拜年了，扭头就走。

耿演来到东大街一家姓曾的棺材店里。到上房屋门口一看，屋里又是明灯蜡烛,门却关着,他留住了脚步。真巧,曾掌柜也在神案前跪着焚香祷告:"苍天有眼,去年人间多难,周济我发财不小。愿今年死人更多,店里生意更好,财路更广!"耿演听罢心中好恼:他妈的!药铺先生想让人多病,棺材铺掌柜想让人多死,这俩家伙,都是狼心狗肺。老天有灵,这些话都让应到他们自己身上。想到这里,他忽然心头一亮,又有了主意。好!我要让他们先出出丑亮亮相。

耿演"啪啪"把门一拍,门"吱"地开了。曾掌柜一见是耿演来了,忙迎着说:"呀!耿老班长起得早啊!屋里坐!屋里坐!"耿演说:"我来给掌柜的拜年哪!"曾掌柜说:"不敢当!不敢当!一来就有啦!"耿演说:"曾掌柜,我来拜年是个事,还有个大事跟你商量啊!""老班长,有啥事你就说吧!"

耿演说:"哎呀!人有旦夕祸福啊!夜里南大街药房的老太太死了。大年初一咋好殡埋哩?夏掌柜想买口棺材,把他娘先盛殓起来,等年节过去再办丧事。他怕你年节不做买卖,特意求我过来找你商量。看在我的老脸上,你就破破规矩,答应卖给他一口吧!"曾掌柜一听可乐啦,心里话,刚才祷告罢神灵,天不明买卖就送上了门,今年一定发大财。他开口对耿演说:"好!好!看你的面子,我卖给他一口。要是别人来说,我真不卖。不过,不要等天明来,趁黑抬走算啦!"耿演说:"一言为定。我马上让夏掌柜来看货。"

耿演转身来到南大街药房,见了夏掌柜,相互客气一番之后,耿演说:"夏掌柜,我一来拜年,二来求你帮忙啊!""老班长,有啥事你尽管说。""哎!天有不测风云。夜里棺材店的老掌柜突然病啦,上吐下泻,昏迷不醒。曾掌柜生怕老人躲不过这几天,把他熬煎坏啦。有心请你去瞧瞧,又怕你年关不肯出门看病。无奈托我来向你求情，还不知你肯不肯赏光。"听见这些话，夏掌柜心里十分得意，巴不得再有几个人请他看病，抓他的药吃，便对耿演说："老班长，你们都太过细啦，啥年哩月哩？病不能拣时候害，医不能拣时候治嘛！俗话说，见死不救一场大罪呀！去，我一定去！"耿演说："那好！就请快去吧！曾掌柜在等着哩！"

　　夏掌柜满心欢喜地来到棺材店门口，见曾掌柜正在等候，心想：一定是他爹病情严重，得赶快进去瞧瞧，开上几剂贵药，趁机捞他一把。他生怕一步到迟，病人咽了气，把生意打塌了，所以，见面话也不多说，慌慌张张进了大门。曾掌柜见夏掌柜如此慌张，心想一定是急着挑选棺材，连忙把夏掌柜领到放棺材的库房里，一进门便指指点点介绍说："夏掌柜，你看：这是楸木货，那是柏木货，二三四的、四五六的，最好的是四独①，咱这里都有，你随便挑吧！""啊！"夏掌柜上去抓住曾掌柜的胳膊，"你胡说啥呀？"曾掌柜说："不是说您娘死啦，要买口棺材嘛！""放屁！"夏掌柜火冒三丈，"明明说是你爹病啦，要死不得活，请我来家里瞧病，你咋说俺娘死啦？""啊！"曾掌柜也火了："你放屁！明明是你娘死了，你托人说情，让卖给你一口棺材，你咋胡说俺爹病啦？"……两个人你一句我一句，越吵越气，骂得狗血喷头，不可开交。

　　一街两行的百姓听见棺材铺里吵吵闹闹，不知发生了啥事，都跑来观看。他们见街坊邻居都来了，嗓门更高，都想让众人听听，判对方没理。曾掌柜说："大家伙听着，今早天还不明，他央瞅老班长跟我商量，说是他

---

　　① 二三四、四五六是指棺材的厚度，即底、墙、顶分别为二、三寸和四、五、六寸。四独，指棺材的底、墙、顶由四块整板做成。

192

娘死啦,要买口棺材。我看在耿老班长面上,也不顾初一十五吉利不吉利,答应让他来拣。他来了不拣棺材,说是给俺爹瞧病的。大年初一给我来这一套,你们看他可恶不可恶!"

曾掌柜话音一落,夏掌柜开腔了:"乡亲们! 别听他胡说八道! 是他今早托耿老班长找我,说他爹大病在身,怕拖不过年关。我看着耿老班长的情面,不能不来。谁知一来,他就领我挑棺材,说是俺娘死啦。新年佳节,这样糟蹋人,看他安的啥心哪!"

就在这时,耿演来到众人面前,说:"大家听我说说。今儿个五更天,这俩财迷一爬起来便烧香祷告:一个要人多病,一个要人多死。这些话都教应到他们自己身上!"接着便把事情经过叙说了一遍。

大伙儿一听,气得咬牙切齿,都骂他俩没有良心,一齐拥上来,要拉住他们揍上一顿。

夏掌柜和曾掌柜见事不妙,撒腿跑了。

(讲述:郑中如;搜集整理:张楚北)

徐家三爹，汉族劳动者型机智人物。其原型为清嘉庆年间当阳县河溶人。他足智多谋，被誉为"智多星"、"智口袋"。其故事流传于湖北当阳一带。

智擒金拐子

有一次，结巴子王歪嘴对徐家三爹说："徐、徐家三爹，你能把金拐子捉到，我就拜你为干、干爹！"

金拐子是个什么人呢？是沙市有名的强盗，被他偷盗的人不在少数，可谁都怕他，拿他没办法。

一天，飘着雪、下着雨，徐家三爹打着一把半边月的破伞，挎着一个紧口布袋，包里装得鼓囊囊的，在沙市街上小心翼翼地走着。他生怕雨雪打湿了布包里鼓囊囊的东西，把它紧紧地抱在怀里，用半边月的破伞将怀中的包裹遮得严严的，自己却裸露着让雨淋雪打，一根长长的叶子烟杆斜插在背后，像是背的一杆猎枪。人称夜猫子眼睛的金拐子，一下子就瞟住了这个乡下来的人，看他那神态，断定这布袋里鼓囊囊的东西一定是什么宝贝，便死死地盯住了。

抱着鼓囊囊布袋的徐家三爹，穿过大街小巷，来到一家金货店里。穿着一件毛皮大衣的金拐子也紧盯着那个鼓囊囊的包裹，跟踪来到那家金货店里，装着买东西的样子，东瞄瞄，西瞧瞧，其实他的贼眼一直没有离开过那个紧口布袋。

徐家三爹见这个家伙盯上了紧口布袋,先是把那个布袋放在地下,连忙又放在柜台上,之后又立即从柜台上拿下来仍然紧紧地抱在自己的怀中。他招来店老板,非常神秘地对着耳根说了几句悄悄话。那个店老板将两个指头这么一晃,徐家三爹摇了摇头;店老板又比做一个八字,徐家三爹又摇了摇头;店老板再把食指一勾,比做一个九字,徐家三爹还是不干,就抱着那个鼓囊囊的紧口布袋走了。

通过刚才的一番观察,金拐子更加确信这鼓囊囊的东西一定是金银财宝了,他下决心要把它搞到手,于是又跟踪而去。

接着,徐家三爹走进一家饭铺,一手抱着那个鼓囊囊的布袋,一手在荷包里摸钱,摸上摸下,摸来摸去,一个铜板也没有摸着,只得双手抱着那个紧口布袋坐在板凳上歇息。金拐子见有机可乘,便凑上来和徐家三爹说起话来。

金拐子问:"大爹,你贵姓呀?"

徐家三爹见金拐子和自己挤在一条板凳上,连忙让了让,双手把那个紧口布袋抱得更紧了,回答说:"我姓徐,小字辈的都叫我徐家三爹。"

"哟,我姨妈的老表的丈人的侄儿子也姓徐,看来我们两个还是亲戚哩!"金拐子油嘴滑舌地说,"来,今天我请客!"徐家三爹还在推辞,跑堂的就把菜呀酒的送到桌子上来了。

金拐子看看时机已到,就说:"徐家三爹,今天雨夹雪,天气寒,我俩喝它个七八一十五杯,嘿嘿,来,酒逢知己千杯少嘛!"

徐家三爹慷慨激昂地说:"我徐家三爹本来是滴酒不沾的,今天你这样讲情意,来,陪你干几杯!"

就这样,你一杯,我一杯,三杯美酒落肚,徐家三爹就装着喝得酩酊大醉的样子,伏在桌子上昏昏入睡了。常言道:酒醉心明,何况徐家三爹根本没醉,他将金拐子的皮毛大衣的衣角坐着,双手仍然抱着那个紧口布袋。金拐子伸手摸了摸那个鼓囊囊的布袋,里面一个个东西圆溜溜、四方方、硬邦邦的,断定它不是金砖就是元宝,心里暗自高兴。

金拐子轻手轻脚地从徐家三爹手中拿起那个布包,正要起身溜之大吉,哪知徐家三爹的屁股把他的皮毛大衣死死地压住了。金拐子想,一件皮毛大衣换一口袋贵重的东西,当然是划得来的事,便使了个金蝉脱壳之计,脱了大衣,抱起那个鼓囊囊的口袋,拔腿就跑了。

徐家三爹呢,他不慌不忙地点燃叶子烟,一边吸烟,一边哼起"洋洋悠"来:"包袱一个伞一把,走遍天涯都不怕,遇到好人说好话,遇到恶人我不怕,我专在草里寻蛇打。"

金拐子得了财喜,穿街走巷,躲到沙市码头边一个茅厕里,打开紧口布袋看:原来尽是些砖块和石头。天呀,上了一个乡巴佬的当啦!

偷摸拐骗门门俱全的金拐子第一次吃这样的闷亏,很不服气,乒里咣啷地把砖块、石头往江里一倒,气势汹汹地找徐家三爹算账来了。金拐子以为徐家三爹得了皮毛大衣早就溜走了,哪知他穿着那件皮大衣停停当当地坐在饭铺里,津津有味地吸着叶子烟。

金拐子一进门,劈头就说:"喂,姓徐的老头,把大衣给我!"

徐家三爹蹦起来说:"什么? 把大衣给你? 大衣明明是我的,怎么要给你!"

"你不还给我,我就来脱!"金拐子边说边挽袖子。

"你要抢我的大衣,老子就一烟杆敲死你!"

这件大衣究竟是谁的呢? 看热闹的人越来越多,金拐子一口咬定是他的,徐家三爹寸步不让说是他的,争得不可开交,只得拉拉扯扯地到沙市法庭上来了。

法官把桌子一拍:"你们一不要吵,二不要闹,一个一个地说。你们都说这件大衣是自己的,有什么证据?"

金拐子抢着说:"我的皮大衣,面子是黑的,里子是白的,皮毛是豹子皮。"

"有什么记号呢?"法官追问道。

金拐子答不上来。

徐家三爹接过来说:"我的大衣也是黑面子,白里子,豹子皮,一烟杆搭一(烟杆)脑壳子长,里子的边角还烧了一个洞。"

法官将皮毛大衣翻过来一看,果真有个洞,又接过徐家三爹的烟杆一量,果真是那么长。

事证确凿,不可抵赖。法官把令牌一拍:"来人哪,跟我把金拐子捆起来!"

金拐子趴在地上抱住法官的腿子申诉说:"法官,我说实话,这件大衣的的确确是我的,不过是我偷的钱做的!法官,法官!这个大布口袋才是姓徐的哩!他装着石头假充金银财宝到处招摇撞骗。"

徐家三爹胸有成竹地说:"法官先生,我的东西都写有我的名字,或者做有记号,请法官先生里里外外察看清楚。"

法官将口袋翻过一看,口袋里面写着"金记"两个字。法官又把令牌一拍:"金拐子!你血口喷人,好不老实,理应罪加一等。上!把他脚镣手铐,送进牢狱,监禁起来!"

"是!"

自从在沙市捉住了金拐子,徐家三爹就更加远近闻名了。从此,结巴子王歪嘴就拜徐家三爹为徐家干爹了!

(讲述:简隆云;搜集整理:鲍传华)

曹秀生，即曹瘦脸儿，汉族公师型机智人物。清代通州如皋掘港（今属江苏如东县）人。他为人正直，机捷多智，精通《清律例》，常为贫苦百姓申冤。其故事以打官司的居多，在江苏如东、如皋一带广泛流传。

化　缘

有个县官到掘港治水，听说国清寺里的和尚有钱，于是他看了看地形后说："这河从土山池往东挖，一直线地挖到东海边。"国清寺的和尚一听，这不是把寺也挖掉了吗？到衙门里一打听，果真是的。当家和尚的心上着了火，这个海边古刹，是唐朝建的，也有千呀八百年的了，急忙求县官方便方便，把河道改一改。

县官原不想这样挖，只是想敲竹杠的，他说："不朝东直挖，便是从国清寺西边一段路往北，在国清寺后边一段路往东，尔后，在国清寺东边一段路往南，再在这河头上往东。这往北向东朝南，一转河道就变长了，这个开销哪块来？你们寺里给钱，我就这样挖；你不给钱，我就从土山池往东挖，一直挖到东海边。"和尚问："不知要多少钱？"县官说："照挖河的土方算，至少要三千两银子。"和尚心想，我哪有这许多呢？他恳求县官宽限几天，找施主去商议。众施主一听，一个个眉毛打结，想不出办法，只好唉声叹气，一晃三五天过去了，分文还没着落。

当家和尚想，我怎么不去找曹瘦脸儿？请他发个善心，做个好事。当家和尚找到曹瘦脸儿，把个县官要开河挖土，碰到国清寺的事一五一十地告诉了他。曹瘦脸儿一听说："有法子，你去求县官宽限你三年，出去化缘不就行了。"和尚说："不行，看来县官那里一个月也难通融。"曹瘦脸儿说："那就恳求他限期一个半月。"和尚说："一个半月哪来三千两银子？"曹瘦脸儿说："做和尚的，就是化缘。"和尚说："三千两银子没有三年二年是化不到的。""那你就求求县官给你一个半月，你再加他五百两银子，总共三千五百两。""曹施主，三千两还赚多，巴不得少一点，你还要加？""当家师，我姓曹的包了你这三千五百两，到期没钱，我去领罪，至于银子哪里来？等县官准了，我再说。"

当家和尚找到县官说："父母官如能宽期一个半月，贫僧愿另加五百两。"县官一听，心上高兴得！再有一个半月，就是三千五百两银子进账了。和尚问曹瘦脸儿："这钱哪块来？"他说："出家人跳出三界外，不在五行中，四大皆空，还是化缘。"和尚说："这个缘怎么化法？"曹瘦脸儿说："不化千家万家，只化施主一家，叫县官的头搬家。"和尚一听连忙双手合十说："阿弥陀佛，罪过，出家人慈悲为本。"曹瘦脸儿说："你慈悲他不慈悲。我叫你到皇帝那里去化缘！"和尚一听吓了一跳："阿弥陀佛，小僧不敢。"

这个和尚想，这才糟呢！皇上那儿岂是渔村海角的和尚能去的，那是普陀山、五台山大丛林的高僧去的，没奈何，向着曹瘦脸儿"嗵"一声，双膝跪下，双手合十："请曹施主大发慈悲，保存千年古寺。"曹瘦脸儿一看，横下一条心说：罢，我来个小杀头！什么叫"小杀头"？清朝人有辫子，把辫子剪掉就叫小杀头。曹瘦脸儿说："大和尚请起，为了家乡古迹传给后代，我帮你去化缘。"和尚一听奇了："你怎么好帮我去化缘呢？你是在家人，又不是和尚。"曹瘦脸儿说："我出家，你收我做徒弟，事成后，再还俗。"

过了天，曹瘦脸儿到国清寺出家，剃掉辫子削发为僧。这个消息很快传开了，人们弄不懂他为什么要出家？有人问他，他说："看破红尘，身入空门，一了百清。"于是头戴僧帽，身穿僧衣，脚穿僧鞋，颈项上挂着一串佛珠儿，背上背了佛像，胸前挂着个大木鱼，出了国清寺便一步一个头磕下去，出了掘港就不磕头了。

一个月还不到，他就到了京城，朝午朝门外一坐，把个木鱼儿笃笃笃地敲起来。皇门官一看这个和尚瘦肌把骨的，两个眉毛五六寸长，有点儿仙风道骨的样子。其实这眉毛是假的，到京城里装上去的。叫他走，他不走，皇门官说："你这个和尚怎么不知好丑，这是什么地方，还来化缘？"曹瘦脸儿说："阿弥陀佛，和尚云游化四方，不问帝王和将相，随缘乐助佛自明，功德无量绵绵长。"皇门官一听，叫手下人给他十两银子。

他银子收了，人不走，还坐在那里敲木鱼。皇门官说："你敲什么？"他说："化缘！"皇门官说："不是给了吗？"他不理睬，嘴里说："木鱼声声响京华，贫僧化缘走天涯，三千世界难如愿，一心只化帝王家。"皇门官一听，说："怎样？你要向皇帝化缘？哪有这个道理？"曹瘦脸儿说："释迦牟尼我佛祖，原是王子把众渡，五台门上太祖坐，当今天子解我苦。"皇门官一听，这和尚倒有道行。如来佛王子，不错。我清太祖顺治皇帝，到五台山出家，也不错，康熙皇帝到那里访过多少次。当今万岁也是敬佛的，这和尚竟说，当今天子能够解脱他的苦难。皇门官心想，这个和尚恐怕有点来历，只好把此事奏明皇上。

皇帝一听，叫他把这个和尚带到金銮宝殿。曹瘦脸儿见了皇帝，双手合十，皇帝一看这个瘦肌把骨的，眉毛那么长，像个罗汉转世，不是鱼肉和尚,便问他为什么到京城化缘?曹瘦脸儿说:"圣上与贫僧有缘,所以能见龙颜。愿当今皇上万岁,万万岁!"说着朝下一跪,"我主仁慈,愿我佛保佑,风调雨顺,五谷丰登,国泰民安,万方来朝。"

皇帝挨曹瘦脸儿的这些好话一说,心上欢喜得痒痒的,就是没法子去抓。便问:"和尚在哪座名山宝刹?"曹瘦脸儿说:"圣上容贫僧奏明:贫僧出家国清寺,千年古寺书上记,当年唐王征东日,行宫曾经驻那里,要问此寺在何处?如皋向东百廿里。"皇帝说:"原是一座古寺,是要重塑佛像,还是寺院重修?"曹瘦脸儿说:"世代相传,施主乐助,虽历千载,片瓦不坏。"

皇帝说:"那你来此,化的什么缘?"曹瘦脸儿说:"现任如皋知县,到掘港治水挖河,说此庙正在河线上,必须拆去。贫僧及地方众百姓,恳求绕道,保存古寺,县官要小寺出银三千五百两,并限期一个半月,到期无银,拆去古寺。台寺众僧计议,拆去古寺实在可惜,要有如此银两,只有帝王之家。我皇上好善乐施,故此贫僧斗胆前来干扰圣安。罪该万死,望我皇上赐贫僧一死。"

这皇帝挨曹瘦脸儿一引,上了他的钩,便大怒道:"哪有这样的赃官,竟然到和尚头上刮毛。足见此人可恶。传旨,革职斩首。"曹瘦脸儿连忙说:"万岁慈悲,贫僧前来,无非借圣恩保存千年古寺,别无他求,若圣上因此杀了县官,实乃贫僧一大罪过,有道是救人一命,胜造七级浮屠,大慈大悲,救苦救难活菩萨。"皇帝说:"死罪饶了,活罪难免,罚他边疆充军!"曹瘦脸儿怕圣旨下去慢了要拆庙,便说:"距限期还有十天。"皇帝说:"这个圣旨日夜兼行,风雨无阻,十天之内送到。"

没几天,圣旨到了如皋,知县香案接旨。一听:"查如皋知县某某,贪赃枉法,借挖河之机,妄图勒索国清寺三千五百两纹银,依律当斩首示众。兹因该寺僧人虚真求情,免其一死,现革职,发往边疆充军,永不录用。"县官一听,汗珠儿像黄豆儿样地滴下来。嘴里念道:"谢圣恩。"县官要走的时候问:"这个虚真和尚我怎么不认识?"有人告诉他是曹瘦脸儿,县官说:"我也要谢谢他,帮我向皇上说情,要不然我要身首分离了。"这时曹瘦脸儿还没回来,县官已去充军了。

曹瘦脸儿回到掘港,国清寺的和尚对他感激得不得了。他说:"保了你们的庙,我的头成了光芋头,这头发没有三年是长不出来的,往后如何到得人前呢?"当家和尚说:"不要紧,不要紧,装个假辫子戴个西瓜皮儿就是了。"

(搜集整理:赵志毅)

韩老大和五娘子为夫妻二人，汉族劳动者型机智人物，出自艺术虚构。在作品中，他俩主要以农夫、农妇的身份出现。其故事流传于冀东唐山、丰南、丰润、滦县一带。

夫妻定妙计

韩老大的媳妇五娘子，勤俭、贤惠、聪明，长得又漂亮，是这一带出了名的。与韩老大住一个村的老财主是个见了美女就流涎水的好色之徒，光小老婆儿就讨了好几个。后来他见韩老大的媳妇五娘子长得好看，心里像有蚂蚁爬，怪痒痒的。

一天，他趁韩老大不在家，就悄悄地闯进韩老大的家里，嬉皮笑脸地对五娘子动手动脚，满嘴的胡说八道。五娘子见老财主纠缠不放，就装着十分亲热的样子说："这么着吧，我知道你的意思，不过今天可不中，当家的快回来了，让他碰见，还不把你的狗腿打断喽！他明天出远门，你一早再来。"老财主听后，心里美滋滋的，眉飞色舞地出了屋门。"哎，明天一早，可别忘啦！"五娘子叮咛了一句。"一定，一定！"老财主的脸上堆满了笑。

韩老大回来后，五娘子把这事告诉了他，气得他两眼直冒火。接着，两口子便合计了一条妙计，非好好教训教训这个老财主不可。

第二天一大早，韩老大就出门了。他前脚走，老财主后脚就进了韩家。老财主要动手调戏五娘子，忽听院门外有咳嗽声，五娘子慌忙"哎呀"了一声,说:"坏啦,坏啦! 韩老大又回来啦!"老财主一听,吓得不知如何是好,在屋子里直转圈子。

"快,快,快到套间屋去! 你去推磨磨面。当家的要是问我,我就说小驴儿拉磨磨面呢。"老财主一头钻进套间屋,"咕隆咕隆"地推起石磨来。

韩老大走进院子,五娘子迎过去,故意大声地说:"当家的,你咋又回来啦?"

"嘻,我忘了带烟袋。哎,我不是让你推磨磨面吗? 咋套间里咕隆咕隆地响呢?"韩老大也大声说,是故意让老财主听的。

老财主在套间屋里听得清清楚楚的,当下吓得心也慌了,脸也白了,磨也忘了推了,只顾支棱着耳朵听院内的动静。这时传来五娘子的声音:"当家的,你也不想想,让我一个妇道人家推磨,多累呀! 再说那么多麦子,得磨到啥时候? 所以我借了头毛驴磨面。"

韩老大"哦"了一声,忽然发觉了啥,又说:"咦,你听! 磨咋不响了? 你借的一定是头懒驴,只要人不在跟前,它就懒得走,让我狠狠地抽它两鞭子去!"说完,装着朝套间屋走。

老财主一听,吓得两条腿像断了筋,一软,"扑通"坐在地上,脑袋"咚"地撞在磨盘上,磕得他直咧嘴。当听到五娘子说:"当家的,这头驴很听话,不用鞭子打,我一吆喝,它就乖乖地走。驾!"老财主果然咬着牙站了起来,推得磨"咕隆咕隆"地响。韩老大和五娘子捂着嘴都乐了。

韩老大装着在院子里找烟袋。五娘子来到套间屋,只见老财主推着磨,累得满头大汗,直喘粗气。他刚要停下说啥,五娘子向他做了个手势,意思是说:"韩老大还没走哩,别吱声,就老老实实地推吧!"老财主无奈,照旧推着磨。五娘子用簸箕装了麦子,倒进磨斗里。

"家里的!我的烟袋找到了,我把烟口袋放在哪儿了,啊?"韩老大在院子里喊着。

五娘子一边回答:"你的烟口袋儿,我哪知道放哪儿了,好好找找吧!"一边走出套间屋。接着,韩老大夫妻俩故意把屋里屋外的家什弄得叮当响,还不住地说:"放到哪儿去了呢?"老财主在套间屋里,一边推着磨,一边听着,韩老大夫妻俩就像真的在找烟口袋似的。

就这样,韩老大在家里"找"了一上午烟口袋儿,老财主在套间屋里推了半天磨。快响午时,韩老大故作惊喜的样子,叫起来:"找到了,找到了!原来放在这儿啦!看我这记性。唉,白白搭了半天工!"随后说,"眼看响午了,你做饭,我去卸驴。"

老财主听了这话,浑身筛起糠来。忽听五娘子说:"当家的,你让我做饭,缸里还没有水呐!"

"那我先去挑水。"韩老大挑起水桶,把水桶弄得叮当响。

老财主在套间屋里听水桶的响声越来越小了,知道韩老大走远了,慌忙钻出套间屋,像一只老鼠,撒腿就往外跑。五娘子望着老财主的狼狈相,"扑哧"笑了。

韩老大挑水回来,问:"磨咋不响了,驴卸啦?"

五娘子笑着说:"这驴不用人卸,也不用人送,自己就卸了套,跑回家去了。"

韩老大夫妻俩都笑出了声,笑得真开心呀!

再说老财主累得满头大汗,往家里跑的时候又着了风,回到家就病倒在炕上了,病得还不轻哩,差点见了阎王,养了一个多月,才有点好转。这天,他在街上转悠,正巧碰上五娘子。他装着没看见,想低头走过去,可五娘子却先开了口:"哟,你的病好了! 咋不到我家去串门儿呀?"

老财主不敢用眼看五娘子,耷拉着脑袋,没好气地说:"你们家大概又没面吃了吧!"

(讲述:王凤兰;搜集整理:白　泉　青　山)

解士美，汉族农夫型机智人物。据传实有其人，为清末人氏。他的故事流传于山西襄汾一带。

借手巧砸百把壶

古城镇有个关老板，开着一个杂货铺。因为他做买卖光坑人，不是缺斤短两，就是以次充优，所以人们都咒他是"小心眼子坏骨头，死了撂到庙后头"。

这天，杂货铺来了个买主，眼窝老盯着一把坏了嘴的茶壶。关老板一见，歪子嘴①就谝开啦："我这壶叫'没牙壶'，专从景德进下的。这种壶不光能泡茶，又能熬药，还能灌酒煮鸡蛋，所以又叫'杂用壶'，可惜没人识货，看来你这个慧眼识得无价宝。是不是买一把？"

那买主说："我正奇怪为啥没嘴哩，原来还有这么多用处？今天算我有运气。"说着，手插到兜里，弄得钱"哗哗"直响。

关老板一听，嘀！这主人不精悍，钱倒海哩！得想法捞他一把。他马上把话头一变，说："咱可预先声明：我这铺出货可有个规矩，叫做'出双不出单'，要卖起码是两把，单买一把可不干！"

那买主却说："我这人买货也有个讲究，叫做'买整不买零'，要买至

---

① 歪子嘴：指嘴能说会道。

少得一百,不够一百我不要!"

关老板心中暗喜,忙说:"咱可是'君子一言,白布染蓝',说话得算数!"

买主道:"'人前一句话,神前一炉香',谁还当儿戏?"

"要现钱过手!"

"绝不赊欠!"

"见钱交货!"

"取货点钱!"

"叭!"两下里把手一拍,买卖就算成交了。

买卖虽然成交了,关老板心里可还嘀咕着呐,因为他还有件事没来得及办哩! 他对那买主说:"我的货还在分号里,后响取吧?"

那买主也说:"我的骡驮子还没拉来,当然能行。"说罢,就急匆匆地走了。

关老板眼看着那买主走远了,急忙把伙计们叫来,如此这般交代了一番。伙计们这个搬壶,那个拿锤,"叮叮咣咣"一阵子,一百把好壶就全没嘴啦。

关老板把要办的事情办完啦,就放心地坐在栏柜前等着那买主来驮货。可是左等右等,日头都和西山亲嘴啦,就是不见那买主来。他有些心慌了,就走出铺外,站在街前,南瞅北瞄,扭得脖子发酸头发晕,还不见个骡子毛。

直到这时,利欲熏心的关老板才意识到,要想等那买主来,看来是"一锤打在棉堆上——没响(想)"的事啦!

至于那买主是谁,他不是别人,正是解士美。

(讲述:关炳才　陈文恒)

209

阿朱尼，哈尼族农夫型机智人物，出自艺术虚构。他的故事流传于云南勐海一带。

地神作怪

山官车罗信山神、地神、家神、寨神、风神、雨神。野鸡飞进寨，大风把树枝吹断了，山官车罗都要和白莫①张罗祭神。阿朱尼因此常常用"神作怪"来作弄山官。

一次，山官车罗砍了一大块山地，请阿朱尼和另外两个农民一起去挖。

这天，天气又闷又热，阿朱尼和那两个农民挖了一阵之后，便累得再也不想动了。那两个农民没精打采地说："现在要能躺在树阴下睡一觉，该有多好!"

阿朱尼停住手，笑了笑说："想睡就睡吧，睡饱了再说。"说着便朝地边的一棵大树走去。

"不行啊，阿朱尼! 要是被山官知道了，不挨打也准得扣工钱。"那两个农民担心地说。

"不用怕。"阿朱尼笑着说，"山官来喊时，你俩好好躺在地上，照我说

---

① 白莫：迷信职业者。

的话说就行了。我保你俩不会吃亏,说不定下半天都得闲呢!"阿朱尼把那两个农民拉到树脚下,三个人一起在树阴下躺下睡了。过不多一会儿,树下便传出了呼噜、呼噜的鼾声。

不知过了多久,阿朱尼被一阵喊叫声惊醒过来。他睁眼一看,山官车罗正好站在自己的面前。"快起来干活!"山官愤怒地吼道。

"老爷,我们不能起来呀。"阿朱尼躺在地上揉着眼睛说,"我们躺在这棵树下全都是为了你呀!不然我们谁愿躺在这鬼地方睡觉呢!老爷,你家砍这块地时,一定没祭地神。刚才地神作怪,罚我们三人躺在这里不许动。如果我们不听地神的话,地神就要你的命。不信你去问他们两人,他们也听到了的。"

"你们真听到了?"车罗转身去问那两个农民。

两人忍住笑,齐声说:"听到了,老爷。"

"啊,那该怎么办呢?"车罗问阿朱尼。

"快祭神呀,老爷。"阿朱尼说,"那个白胡子地神说要用一对公鸡来祭。祭神的鸡,主人还不能吃呢!"

"那么,你们好生躺着,谁也别起来。"车罗着急地说,"我这就回家去杀一对公鸡来祭地神。"

车罗走了一阵,阿朱尼和他的两个朋友放平身子舒舒服服地躺在地上休息。太阳快落山时,车罗和他的儿子把煮熟的一对鸡拿到地里来祭了一番地神。祭过神之后,阿朱尼和他的两个朋友才从地上翻爬起来,他们三人忍住笑把那一对鸡的肉分着吃了。

阿朱尼问车罗:"老爷,地明天还挖不?"

"不挖了。"车罗有气无力地说,"再挖,山神又会作怪呢。我们另找块地去种吧!"

他们离开那块地时,车罗心里急得不行。阿朱尼和他的朋友,则在后边暗暗发笑呢。

(搜集整理:杨胜能)

　　阿勒达尔·阔赛，又译作"阿勒达尔·科萨"、"阿尔达尔·考萨"、"阿勒的尔·库沙"等，哈萨克族劳动者型机智人物，出自艺术虚构。其名字意为"没有胡须的善骗者"。其故事流传于新疆、青海一带哈萨克族聚居区。

高利贷商人的四十头犍牛

　　阿勒达尔到远处去赶集，路上遇到一个商人赶着四十头肥壮的犍牛。

　　"祝你们的犍牛出手快！"阿勒达尔向商人们打着招呼。

　　"难出手的货物我还没卖过。"商人说。

　　"别误会，我是说祝你赚大钱嘛！"

　　"我卖多卖少都净赚。四年前，一帮穷光蛋用还没有生下来的牛犊赊了我们一匹布、一撮茶叶、两颗马钱子、一勺儿纳斯烟——受累的人都是我赚钱的好主儿——他们哪里知道四年以后牛犊要变大犍牛呢？你看，在城里只够一天花销的一点儿钱，一赊给这帮穷光蛋就变成了四十只大犍牛。"商人说着，咯咯笑了起来。

　　"咳，也真是！胡大总是偏心眼，一照应谁就老照应。你看，这不是又叫你遇上了我吗？……我也是个空着双手进城的穷人，这些牛我替你赶进城吧，只求你给我的孩子们买些杏子，给我买一顶小帽儿。"阿勒达尔说。

　　"我还正在琢磨：这么一个可怜虫，胡大怎么就不照应呢？好吧，就照你说的，我给你一袋杏子，再给你买一顶漂亮的小帽！怎么样，我说傻瓜？"

"成！"阿勒达尔装作挺老实的样子。

"就这样吧。我们还要在路上找个有漂亮女人的店休息三四天，也让马歇歇。你拣草多的地方，让牛一边吃一边慢慢往城里赶。到了城外的苇湖边就停下来，叫牛吃饱了再进城。"

"嗯。"

阿勒达尔嘴说要赶牛去吃草，把牛从大路上赶上捷路，棒打石砸；第二天一早就进了城，雇了几个屠夫，把四十头牛全宰了，卖了肉和皮，只留下牛尾巴。阿勒达尔把牛尾巴插到湖中漂浮着的乱苇子上，任它漂去，回头在湖边搭个小窝棚，躺进去睡大觉。

过了几天商人来了，不见牛的影子，急忙沿着湖边找，看到一个小窝棚，进去一看，阿勒达尔躺在里头。

"嗨，放牛的，牛呢？"

"掌柜的，放心吧，你的牛正在长膘呢！自打到了湖边，多了好多，这些牲口有了玩的啦，可高兴呐！"

"怎么会多了呢？"

"苇湖里头哇，尽是水牛，三三两两地上岸吃草。你的牛来了以后，跟它们混熟了，白天跟着水牛下水吃水草，傍晚出来玩。你没见那边的牛尾巴吗？那就是它们在跟水牛玩呢！胡大说：'我照应了谁，就老照应。'这话可真是一点不假。这一回也不叫你花费纳斯烟和马钱子就白送给你这么多牛。到明年你的犍牛准有二百头……"

"哎呀，你瞎诌些什么呢？你说，我的牛都在水底下吗？"

"当然啰！一块儿放牧的牲畜可是水火不顾的，水牛一下水，你的犍牛便拦也拦不住！一个个瞪着一对红眼睛'扑通扑通'直往下跳。你看，那不是牛尾巴吗？你要不信，把马给我，叫我再牵上一匹，马蹄哒哒一响，再到那边一吆喝，一会儿这边就尽是牛了。"

"去吧！把马骑上，快点给我赶过来！"

阿勒达尔骑上一匹马，牵着一匹马，沿着湖大声吆喝着飞奔而去，越跑越远。商人和他的伙伴在湖边傻等。

天快黑了，对面吹来的风终于把插着四十个牛尾巴的乱苇子吹了过来，吹到了岸边，那牛尾已经一块一块地掉毛了。

商人捡起牛尾，骂道："咱们骗来了这么多牛，这回却碰上了阿勒达尔，又叫他把咱们骗了。走，咱们进城到汗跟前告他去，得出出这口气！"

商人和他的伙伴连马也丢了，只好悻悻地一步步地朝城里走去。

(翻译整理：师忠孝　魏泉鸣)

计叔，京族劳动者型机智人物，出自艺术虚构。他在作品中常以渔民和帮工的身份出现。其故事流传于广西防城县京家三岛一带。

鸭　仙

一年秋天，县衙传令，要三岛的百姓按人头算，每人送一只鸭给县官做生日。如有不送者，不论老少，罚打一百大板。

岛上养鸭的人并不多，大家纷纷来找计叔诉苦。计叔想了一阵子，如此这般地跟大家耳语了一番，大家高兴地笑着走了。

这天天还没有亮，计叔就装扮成一个老态龙钟的老人，穿了一件长袍，戴了顶道士帽，手拿一把拂尘，来到了白龙滩边的林子里。

天亮时，县里催鸭的衙役来到了村上，大家异口同声地对差役说："你们来要鸭，到白龙滩去找那个鸭仙吧！"

众差役来到白龙滩，果见有个"老仙人"手执拂尘，嘴里念念有词。没等差役说话，他把拂尘一甩，便开口说道："县官要百家鸭祝寿，本仙人远道腾云到这里，特为三岛百姓献鸭。"

众差役恭恭敬敬地问道："请问仙家，鸭在何处？""老仙人"把拂尘向远处滩边一指："都在对面滩上。"众差役往前一看，果然有一大群鸭在那里凫水嬉戏。差役头目问："够数吗？"

"老仙人"道："三岛百姓男女老少有多少人，这群鸭就有多少只，半只不少。"

众差役叫"老仙人"把鸭群赶来,"老仙人"合掌道:"本仙专事养鸭,从不亲手赶鸭。如果要愚仙赶鸭,该交黄金三百两。"

头目听了,只好命令众差役挽裤卷袖,下滩涉水,赶鸭去了。计叔暗笑,急急脱了长袍,挂在一棵树上,帽子就搁在树顶,悄悄地溜回家去了。

众差役不知道这些鸭都是野水鸭,他们还未走近,群鸭就都钻到海藻丛里,连半只鸭的影子都不见了。他们十分气恼,回过头来找那"老仙人",见"老仙人"仍然站在那里,于是边走边吵嚷:"鸭仙啊鸭仙,你亲自去赶一趟吧,你的鸭怎么都跑光啦?"

众差役见"老仙人"不言不语,气恼地冲上前去。他们冲到"老仙人"跟前,不禁吃了一惊,异口同声道:"啊!仙人变成棵树啦!"

众差役束手无策,进村里去找计叔。计叔躺在床上,故意问道:"你们还没回去吗?"头目说:"鸭仙变了棵树,他的鸭都跑光啦!"

计叔惊问:"什么? 你们一定惹怒了鸭仙啰,这怎么得了啊! 你们可知道这鸭仙是谁吗?"

众差役茫然地摇了摇头,计叔煞有介事地说:"这鸭仙是县官老爷的五代圣祖,因为怜悯我们三岛百姓太穷,有意下凡送鸭的。如今你们无礼,赶跑了他的鸭,这怎么了得啊! 不成,我要亲自去禀告县官老爷,让他发落你们!"一边说着一边爬起来穿衣着鞋。

众差役吓得跪下哀求。计叔说:"事到如今,不去告也不成了,要不,我们三岛的男女老幼,都要白挨板子啦!"众差役见计叔一定告他们的状,怕挨板子,吓得不敢回县衙,各自逃了。

(讲述:苏锡权;搜集整理:苏世强 符达升)

瞒天过海

陈细怪,汉族文人型机智人物。其原型陈仰瞻是清咸丰举人,以教书为生。其父有"大怪"之称,他卓有父风,故得名"细怪",并誉为"滑稽之雄"。他的故事流传于鄂东以及相邻的江西、安徽地区。

智截蕲竹簟

江西码头①有个征税官,仗着是县太爷的大舅子,经常在码头敲诈勒索客商。有一次,蕲州有个篾匠带着一床蕲竹簟在码头路过,被征税官一眼瞄到了,他拿出五吊钱强打蛮要地买这床蕲竹簟。

这征税官在码头是一霸,买东要西,从来是说一不二。他见篾匠死不松口,就把眼一瞪,吼道:"你是敬酒不吃吃罚酒!给你五吊钱是我对你的抬举,就是不给钱,我说要你也不能不给!"说完把手一挥,身后七八个喽啰一拥而上,就把蕲竹簟抢走了。

陈细怪当时也在码头。他挤进人堆中,把这蕲竹簟看了看后,摇了摇头说:"这床簟子,丢在大路上我也不捡,还要在这里你争我抢!"

征税官笑陈细怪外行,说:"你晓得这是么样货吗?"

"这是蕲州地方宝物之一、曾给明太祖进过贡的蕲竹篾簟。"陈细怪说,"当年韩愈还愿意把整个家当卖了来买一床蕲竹簟②哩。"

---

① 码头:江西瑞昌县一个地名,与湖北广济县(今武穴市)隔江相望。
② 蕲竹:与蕲艾、蕲蛇、蕲龟一起,合称蕲州四宝。蕲竹簟,韩愈曾写诗赞为:"青蝇倒翅蚤虱避,肃肃疑有清飙吹。"并且有"有卖只欲倾家资"之说。

"既是宝物，你为何说丢在路上也不捡？"

陈细怪一边往人群外挤，一边摇头说："拳头往外打，指头往里勾，我不说。"

征税官见陈细怪吞吞吐吐，更是半夜吃细鱼——分不清头脑，一把拉住陈细怪说："你这人有话两头不说，当中一句，簝子到底怎么回事？不讲清楚就休想走脱码头！"

"好吧，我就说。"陈细怪点着篾匠的鼻子尖说，"张老四呀，莫怪我不义。上次我贩菜油掺了些酸菜水，你到油行报了，搞落我二十多两银子。"说到这里，陈细怪猛地从征税官喽啰手里拉出蕲竹簝，边抖边说，"这簝子是张大员外花一百零八担田课换来给儿子结婚用的，结果拜堂只三天，儿子就得绞肠痧见了阎王。后来，张员外又作三百两银子卖给蕲州当铺，没想到一个贩绸缎的客商睡了一夜，也死得硬邦邦的。如今你想发洋财，从当铺拿来卖高价，亏你良心上过得去！"

征税官原要这簝子，正是准备给儿子结婚用的。听陈细怪这么一说，半信半疑，指着簝子问："这簝子转了几个人，可为啥还是崭新的呢？"

"哎哟，不然么样称得开是宝物呢？这蕲竹簝不仅爽汗、驱蚊蝇，而且不管用多长时间，只要开水泡一泡，就色泽如新。"陈细怪停了一会儿，又说，"反正我话说明了，要不要随你哩。"

征税官哪里还真的敢要，只得带着喽啰走了。

（讲述：韩明贵；搜集整理：韩进林）

阿凡提，全称"纳斯尔丁·阿凡提"，亦称"霍加·纳斯尔"，中国维吾尔、哈萨克、柯尔克孜、塔吉克、乌孜别克族著名的机智人物。其中以维吾尔族地区流传最广，家喻户晓，尽人皆知。

种金子

阿凡提借来几两金子，骑着毛驴到野外，就坐在黄沙滩上细细地筛起金子来。不一会儿，国王打猎从这儿经过，看见他的举动很奇怪，便问道："喂，阿凡提，你这是干什么呐？"

"陛下，是您呀！我正忙着哩，这不是在种金子嘛！"

国王听了更加诧异，又问道："快告诉我，聪明的阿凡提，这金子种了怎样呢？"

"您怎么不明白呢？"阿凡提说，"现在把金子种下去，到居曼日①就可以来收割，把头十两金子收回家去了。"

国王一听，眼睛都红了，心想：这么便宜的肥羊尾巴能不吃吗？他连忙赔着笑脸跟阿凡提商量起来："我的好阿凡提！你种这么点金子，能发多大的财呢？要种就多种点。种子不够，到我宫里来拿好了！要多少有多少。那就算是咱们俩合伙种的。长出金子来，十成里给我八成就行了！"

————————————

① 居曼日：即星期五，是伊斯兰教做大礼拜的日子。

221

"那太好啦,陛下!"

第二天,阿凡提就到宫里拿了两斤金子。再过一个礼拜,他给国王送去了十来斤金子。国王打开口袋,一看金光闪闪的,简直乐得闭不上嘴。他立刻吩咐手下,把库里存着的好几箱金子都交给阿凡提去种。

阿凡提把金子领回家,都分给了穷苦人。

过了一个礼拜,阿凡提空着一双手,愁眉苦脸地去见国王。

国王见阿凡提来了,笑得眼睛眯成一条缝,问道:"你来啦! 驮金子的牲口,拉金子的大车,也都来了吧?"

"真倒霉呀!"阿凡提忽然哭了起来,说道,"您不见这几天一滴雨也没下吗? 咱们的金子全干死啦! 别说收成,连种子也赔了。"

国王顿时大怒,从宝座上直扑下来,高声吼道:"胡说八道! 我不信你的鬼话! 你想骗谁? 金子哪会干死的?"

"咦,这就奇怪了!"阿凡提说,"您要是不相信金子会干死,怎么又相信金子种上了能长呢?"

国王听了,活像嘴里塞了一团泥巴,再也说不出话来。

(翻译:赵世杰)

阿方,又称"老谎"、"反江山"等,苗族劳动者型机智人物,出自艺术虚构。其故事具有较强的地方风情和民族特色,在贵州、湖南等地的苗族聚居区家喻户晓,深受民众喜爱。

分金砖

同知老爷传令下来,要在苗族地区修建一座新城,建城的劳力由知县向各村寨摊派。负责修建新城的一个姓刘的知县,是一个见钱眼开的贪官。同知老爷拨来的建城费,全部装进了他的腰包。因为他对建城的民工太刻薄,所以工程进度很慢。

一天,刘知县听说同知老爷第二天要来视察建城情况,他着急了,慌忙派人四处去叫各寨民工第二天早出工,出齐工,并指名要流金寨的阿方带五十个民工,一早赶到新城工地去夹道欢迎同知老爷。

阿方接到刘知县的通知后,不禁失声大笑起来。大家问他笑什么,他说:"刘知县想叫我们给他撑门面,我们偏不依;他叫我们早去,我们偏要晚去,要给他个下不了台,而且还要让同知老爷收拾他。"

听阿方这样讲,大家都很高兴,但又担心去晚了不好交代。阿方说:"你们放心吧,一切由我来对付,明天吃了早饭后,休息会儿再去。"

第二天一早,刘知县就陪着同知老爷来到新城工地上。刘知县一看,阿方他们连影子都不知道在哪里,建城的民工也是稀稀拉拉的,东一个,西一个。这下,真使刘知县大失面子。同知老爷一见这冷冷清清的场面,气得大骂刘知县:"你是怎么搞的? 简直是胀干饭!"

刘知县挨了骂,窝着一肚子气没法出。他咬着牙,暗暗责骂:阿方,你这小子故意出我的丑,等同知老爷走了,非收拾你不可。

同知老爷看了一遍,正准备回去时,阿方才带着人来了。刘知县一见阿方,就火冒三丈,马上喊阿方过来问:"昨天你接到通知了没有?"

"接到了。"

"我是怎么交代你的?"

"你叫我早一点来。"

"为什么这时候才来? 你搞的什么鬼?"

阿方毫不慌张,从容不迫地笑着回答:"报告县太爷,我不是有意来晚的。"

"我叫你一早到工地,你这个时候才来,你还有什么理由?"

"是这样。"阿方心平气和地说,"我昨天晚上……"

"你昨天晚上做哪样?"刘知县打断阿方的话。

同知老爷插上来说:"你让他慢慢讲。"

"对嘛,你总打断我的话,那怎么知道我为哪样来迟了? 你看人家同知老爷就不像你,光知道骂人。"

"好,好,好! 你讲,你讲。"刘知县没好气地说。

阿方慢条斯理地说:"昨晚上,我在园子里挖土,一锄就挖出一罐金子。"

"什么? 什么?"刘知县一听,马上转怒为喜,同知老爷也马上轻言轻语地问:"得了多少?"

阿方回答说:"整整一百块金砖。"

"一百块?"同知老爷和刘知县都惊呼起来,"天哪,真是发了天财啰!"

　　看到同知老爷和刘知县这样惊奇,阿方心里暗暗高兴。刘知县也暗暗高兴。刘知县想,你阿方是我管辖下的一个穷苗民,金子在你手头,不怕弄不到我的手。这时,他想出一个办法,就转弯抹角地说:"你得了金子,收了就是了,为什么这时候才来呢?"

　　阿方说:"得了金砖后,我想,这是国宝,不能一个人独吞,就决定马上分。"

　　同知老爷和刘知县听说阿方已把金砖分了,马上打断阿方的话,问:"你是怎么分的?"

　　"报告两位老爷,我这一百块金砖是这样分的:自己只留二十块,打算买点田地,穷人没田没地的罪我实在受够了!"

　　"当然,当然。"同知老爷似笑非笑地说。

　　刘知县接着问:"那其余的八十块,你是怎么分的?"

　　"剩下的八十块,我是这样分的,拿三十块给刘知县修建这座城,因为我想:这么大的工程,上面一两银子都没拨,怎么能建得成?"

　　同知老爷一听,插上来说:"不是已经给你们拨了一百两银子了吗?怎么能说一两银子都没拨?那银子到哪里去了?"

　　刘知县听到同知老爷追问,马上吓抖了,一句话也答不出来,原来,上面拨下来的一百两银子全被他一人私吞了。

　　阿方见刘知县答不出话来,又说:"同知老爷,那金子我还没分完哩!"

　　"你讲吧,剩下的金子又怎么分?"同知老爷问。

"我得知同知老爷今天要来视察,就也给分了二十块,给刘知县分了十块。其余二十块,就张三给一块,李四给一块,过路的讨米叫花子我也给他一块,七分八分的整整分了一早上,后来……"

同知老爷听说他也分到二十块,就打断阿方的话说:"后来就来迟了。这是有原因的,不应追究,应奖赏。"但他又想,阿方就送三十块给刘知县建城,又给他本人十块,到头来,这建城的三十块,也免不了要落进刘知县的腰包。想到这里,他决定收回原来拨下的一百两银子,就说:"阿方拿出三十块金砖建城,有那么多的金子,建城的费用就足够了,原来拨下来的银子上缴国库吧。"停了停,他又说,"阿方得了金子就想到国家,这种精神实在难得,为此,我在这里宣布:提升阿方为千总,免除他的全部劳役。"

阿方听了同知老爷的宣布,忙说:"感谢同知老爷的栽培,不过,这千总的官,我实在当不了,请同知老爷另选高明。另外,今天同知老爷只宣布免除我一个人的劳役,心里很不安,我要求能把这五十人全给免了。"

同知老爷想了想,就当众宣布:"好,看在阿方的面上,全免了!"

同知老爷刚宣布完,穷人们都高兴得跳了起来,马上收拾工具就走。刘知县在一边,只呆呆地望着同知老爷,屁都不敢放一个。

再说,阿方带着五十个民工,一路唱啊,跳啊,真有说不出的高兴。走到半路,忽见一个人飞马追来,走拢一看,原来是同知老爷派来的屯兵。他跳下马,恭恭敬敬地走到阿方面前,打躬作揖地说:"千总老爷,同知老爷说,他当面不好说,才派我追来问你,你给他的二十块金砖和建城的三十块金砖,是放在家里,还是带在身上?请交给我拿回去。"

大家一听,都为阿方捏了一把汗,但阿方却若无其事地走上一步,对那屯兵说:"你回去禀告同知老爷,我向刘知县报告迟到的原因,话还没说完,就被他和刘知县打断了。现在,我跟你讲完吧。后来,我把金子分完了,我老婆怪我自家留得太少,就对着我的屁股狠狠地给了一脚,痛得我跳了起来,一跳就滚下床——醒了。"

屯兵听到这里,瞪着眼着急地问:"什么? 你说什么?"

"我醒来才知道,原来是在做梦。我往窗外一看,太阳已老高了,等我收拾好,吃完早饭来,就迟到了。"

"啊,原来你是在做梦啊!"

"是的,是做梦,你就回去禀告同知老爷吧!"

屯兵勒马转身回去了,跟着阿方的穷人们一个个都笑得眼泪哗哗地,有的甚至在地上打起滚来。

那屯兵回到同知老爷身边,把情况一讲,同知老爷真是哭笑不得,但吐出去的口水收不回来,只好让阿方他们回去了。屯兵问他:"那么,刘知县的一百两银子还要不要收回来?"

"收,反正他不把银子用来建城,白送他做什么!"屯兵飞马找刘知县要银子去了。

事后,有人给同知老爷出点子,说阿方敢于欺骗同知老爷,应抓他治罪,但同知老爷却自我解嘲地说:"我是当众宣布的,怎么好改口? 再说,他做梦都没有忘记我同知老爷,这也是好的嘛……"

同知老爷的随从们听了,马上随声附和:"那是,那是!"

(搜集整理:龙岳洲)

227

甲金，又称阿金，布依族雇工型机智人物，出自艺术虚构。其故事内容丰富，短小活泼，大多以智斗土司、财主为题材，在贵州各布依族聚居区广泛流传，深受民众喜爱。

挖窖银

甲金有个穷伙计，孤寡一人，种着一块地。眼看播种的季节就要过去，地还没挖完。甲金很想帮他的忙。

一天，土司坐着八抬大轿出去做客，叫甲金跟去伺候。甲金故意请土司从红水河边的路上去，说河边木棉花正在盛开，土司去做客又吉利又威风。土司答应了。轿子经过那个穷伙计家侧边的时候，见穷伙计满头大汗地在挖地。甲金神秘地对土司说："苏大！那人挖得那样崭劲，一定是在挖窖银。我们是不是也去挖点？"土司不信，说："这个地方会有窖银？"甲金说："我听魔公说过，红水河边，木棉树下有一块宝地，说不定就是这里哩！"

爱钱如命的土司一看，果真地边有棵大木棉树，不远就是红水河，于是眼前好像出现了一大堆白花花的银子，忙叫甲金和抬轿人都去挖。挖呀，挖呀，直到边边角角都挖遍了，甲金才说："苏大，挖完了！"

土司见没得银子，火了："混账！窖银呢？"甲金说："春天不怕忙，种下棉和粮，到秋来不是有金又有银了吗？"

土司干鼓眼，自认倒霉，那个穷伙计却暗自感激甲金帮了他的忙。

（讲述：罗美珠）

王二戏官,汉族小吏型机智人物。其原型王岩,生于清道光年间,在丰润(今属河北省)县衙当过书吏。其故事流传于冀东一带。

卖蒜皮

春天栽蒜季节,谷子庄的财主谷百万让做活的把剥的蒜皮子都扔在门口,风一吹,满街蒜皮乱飞。街坊四邻知道谷百万净干损人利己的事,但敢怒而不敢言,因为惹不起他,只好暗气暗憋。

这个事被城里的王二戏官知道了,他就骑上头小毛驴,驮着条麻袋来到了谷子庄谷百万的家门口,二话没说,蹲下来就往麻袋里装蒜皮。

谷百万在院里听见门口有动静,出来一看,见有人往麻袋里装蒜皮,看这个人的穿着打扮挺阔气,不像个捡破烂儿的,收这破玩意干啥?于是上前问道:"老弟,你收这干啥?"

王二戏官抬头看了看谷百万说:"唉,这么好的东西扔了一当街,多可惜啊,败家呀!"

谷百万觉着好笑:"这破玩意儿,嚼不烂,烧不着,连喂牲口都不吃,有啥用项?"

王二戏官假扮正经地说:"你是不知道哇,这玩意儿平常是没用,可现在是宝了,值钱着呢。"

谷百万着急地问:"啥宝贝这么值钱?"

王二戏官说:"如今关外那块儿得了一种病,谁也叫不上名来,反正是上吐下泻,百药没治,可把这蒜皮烧成灰就着黄酒,一喝就好。关外把蒜皮都抢光了,好几吊钱一斤,有多少要多少,就是哪儿也买不着。我到处趑摸①,一看你们庄有,赶紧骑着驴来了,想发个小财。"说完,假装继续往麻袋里划拉。

这谷百万平常就是个往钱眼里钻的人,一听有这么便宜的勾当,当然不会错过。立刻把脸一沉说:"住手! 这事我早就听说了,只因家里没处撂才暂且存放在门口,等攒够了数,一块儿到关外去卖。你也不言语声就往麻袋里划拉,太不对劲了吧?"

王二戏官一听谷百万上套了,心里暗笑,嘴上却不好意思地说:"哦,原来你们也知道啊,那我就不要了,不要了。"说着把装在麻袋里的蒜皮又倒了出来,骑上毛驴,哼哼叽叽地走了。

第二天,谷百万把街里的蒜皮子都打扫得干干净净,装在麻袋里,用小独轮车推着就上关外卖去了。一出山海关,谷百万走街串巷,沿街叫喊:"卖蒜皮喽,卖蒜皮喽。"嗓子都喊哑了,也没有一个出来买的。

谷百万以为刚出关,这地方准是没闹这种病,于是又推车向北走去。一直到奉天,也没人买。每到一地,只要他一吆喝,人们都觉得好笑:"树林子大了,啥鸟都有,还有卖蒜皮子的,准是个疯子。"招惹得一群群孩子跟着看热闹。

这时谷百万才醒过梦来,知道是上当了,只好把蒜皮子全扔到河沟里,垂头丧气地向家里走去。回到家里,想找那个人算账,可不知那人家

<hr>

① 趑摸:寻找。

乡住地,姓甚名谁,只好自认倒霉。

王二戏官听说谷百万推车上了关外,自个儿乐得前仰后合。

(讲述:王子田;搜集整理:郑文清　徐秀艳　郝景瑞)

王二戏官，汉族小吏型机智人物。其原型王岩，生于清道光年间，在丰润（今属河北省）县衙当过书吏。其故事流传于冀东一带。

接丈母娘

王二戏官的媳妇想家下妈了，有心看看去吧，一来道远不方便，二来炕上地下的活计忙得抽不开身。打发人叫了几次，都因为家下爸爸讨厌王二戏官不让来，所以想得总掉眼泪。

王二戏官见状便对媳妇说："你打发去的人都是废物，明儿个我套车去接，保准来。"

他媳妇说："快算了！就因为你平常谐乐，他老爷才不得意你，你去接更不来。"

王二戏官上来了拧劲儿说："我就不信，我不但能把他姥姥接来，而且还得让他老爷送来！"

媳妇听了王二戏官一番话，破涕为笑地说："你要真能那样，我天天烧三炷香，祷告你长命百岁。"

王二戏官说："那玩意管不了事，往后只要你听我的就中了。"说完转身出屋套车去了。

王二戏官来到老丈人家，一进门就连哭带嚷："不好了，不好了，孩子他妈上吊了！"

老丈人和丈母娘趿拉着鞋跑出来忙问:"他姐夫,你说啥?"

王二戏官对着俩年纪人说:"你闺女上吊了!"

丈母娘一听,身子晃了晃就背过气去了。老丈人赶紧上前扶住,瞪着王二戏官问:"你说,咋回事?"

王二戏官装扮着结结巴巴地回答:"我,我和她……说了句笑话……她就……"

还没等王二戏官说完,老丈人抽出一只手,照着王二戏官的腮帮子"啪"地就是一个大巴掌,打得王二戏官火烧火燎地疼。老丈人嘴里骂道:"我早瞅你小子不是个好枣,给我把他捆上送官!"俩小舅子在旁边早就憋着一肚子气,听年纪人吩咐,噼里啪啦就把王二戏官按倒在地,找了根麻绳捆了起来。

这时,丈母娘醒过来了,哭着说:"看闺女打紧。"老丈人琢磨着也对,就吩咐儿子把王二戏官扔在了车上,又让儿子搀扶丈母娘上车后,老丈人自个儿赶着王二戏官那辆小毛驴车到王二戏官家中来了。

老丈人赶着车来到王二戏官家门口,还没进院,丈母娘便哭号起来:"我可怜的闺女哟,你死得好惨啊……喔……喔喔……喔"丈母娘捂着脸哭着往里走,没注意撞在一个人身上。

"妈,您老这是……"闺女莫名其妙地问。

丈母娘一看,正是自个儿的闺女,愣了。"你没死?"然后瞅了瞅被捆在车上的王二戏官。

王二戏官的媳妇听妈一说,明白了一切,上前解开了王二戏官的绑绳。

(讲述:国福恩;搜集整理:郑文清　周淑琴)

萧光际,汉族文人型机智人物。其原型萧光际(1781—1864),字流芳,号脂香,清道光、咸丰年间广济(今湖北武穴市)人,以在乡间教书为业。其故事内容丰富,诙谐有趣,在湖北武穴一带流传,颇受群众喜爱。

哄 妻

萧光际的妻子阮氏,为了妹妹的婚事与母亲吵了一场嘴。母亲生气说:"从今以后俺俩一刀两断,我只当没生你这个女儿,你只当死了娘,再莫踏我的门!"阮氏抹眼泪说:"不要我回来我就不回来。"从此,母女俩真有半年没来往,萧光际好言相劝,阮氏不听。

结果阮氏的妹妹到婆家后,夫妻不和,婆婆虐待媳妇,把个如花似玉的姑娘折磨得面黄肌瘦。做娘的后悔当初没听大女儿的话,气也消了,反倒想念大姑娘了。她叫萧光际从中转个弯,岂知阮氏更加生气了。

百事难不倒萧光际,这回真把他难住了。

一天,萧光际见附近垸的张三、王五抬了一乘空轿路上走,便问接什么客。

张三说:"唉!接客不成,唱出白跑戏,肚子饿出儿来了。"

萧光际心生一计,说:"肚子饿了好说,到我家去,炒几个蛋,炸点花生米,喝几盅酒。不过,要帮我办件事。"

王五说:"萧先生尽管说,我们一定办。"

萧光际便把岳母与妻子闹别扭的事情说了,现在需要两位轿夫帮忙,如此如此才能让她们和好,两个轿夫便答应了。

三人来到萧家。萧光际装着急得不得了的样子,说:"快弄点饭给两位大哥吃,吃了饭你跟他们回娘家去。"

阮氏说:"我说不回去就不回去嘛!"

"娘要死了,要见你一面,你也不回去?"萧光际说。

阮氏先是一惊,接着斜睨了萧光际一眼,说:"我娘身体健得很,你哄别人哄得直转,哄我可不行。"

萧光际说:"天有不测风云,俺娘得的是熏病,你不信可问两位大哥。"

轿夫连忙接嘴:"大嫂,萧先生爱和人开玩笑,我俩加起来整百岁,可不敢和你开玩笑。是你大哥叫我俩来的。"

阮氏见轿夫说得认真,真的慌了,连忙烧火下面条、煎鸡蛋。她一边烧火一边想,也后悔这半年对娘太狠心了,不觉哭出声来了。

萧光际又故意相劝:"哭么事呗,你哭得人家吃不下饭。"

阮氏道:"不是你的娘吧? 你这没良心的。"

两位轿夫狼吞虎咽吃完了面和蛋,阮氏什么也没吃就上轿起程了。

轿夫快步如飞,黄昏时到了阮家垸。阮氏跨进门槛就大哭一声:"我的娘呀!"

她娘正在灶下弄饭,听见大女儿哭娘,又喜又惊,喜的是大女儿终于回心转意,惊的是莫非大女儿家也出了事? 她迎到堂屋,问:"女儿,出了什么事啦?"

阮氏抬头看,咦——娘好好的,问:"娘,你没病呀?"

"没病呀!"

"哎哟,光际这个挨刀的,说你病得要死,还有这两个轿夫……"阮氏朝门口一指,两个轿夫正捂嘴笑,抬起轿子跑了。

　　阮氏大娘说:"女儿呀,只要你回来看我,娘病一场也值得。"

　　"可他也不该哄自己的老婆呀,坏良心的!"

　　"呃,他是一番好心,只有你好狠心,半年不回来看看我。"

　　阮氏"扑哧"一笑:"这不让你女婿给哄回来了? 所以你总是帮他说话。"

　　(讲述:查节山;搜集整理:刘汉胜)

董叫，汉族劳动者型机智人物。其原型董叫，湖北宜城人，约生活在清代嘉庆、道光年间。他小时念过几年书，长大成人后出外帮工，接着又到县衙当差。他聪明能干，口才好，有心窍。其故事在宜城一带流播甚广。

帮 县 官

董叫原来跟的一个县官姓马，人送外号"蚂蟥"，是个专喝老百姓血的家伙。宜城紧靠汉江，由于没有江堤，经常发水灾，"蚂蟥"就派人挨家挨户收缴堤捐。收了一次又一次，修堤的事无影无踪，搜刮的钱都进了"蚂蟥"的腰包。百姓们都恨透了这个赃官，可又拿他没办法。董叫便领着头告状，告一次不准再告一次，后来终于告准了状。上面派官员要来惩办"蚂蟥"，可是派来的官员暗地收了"蚂蟥"的礼，将"蚂蟥"从轻处治——只将他免官，没判他刑。

"蚂蟥"免官后，宜城又调来一个县官。这个县官是个清官，他一到任，便清理冤案，访贫问苦，很得民心。

董叫对那些贪官污吏恨之入骨，想尽办法整治，对为民做主的官，却是尽力帮忙。这天，董叫跟随新县官到县城东门外去视察。汉江刚刚涨过大水，东门外地势低洼，淹得最狠。他们去到那里一看，只见房屋全被洪水冲走，灾民们无家可归，都坐在那里流眼泪。

县官劝他们盖房子，灾民们说："没有木料啊！"县官往四周一看，是啊，一棵能盖房子的树木也没有了。他还不知道，这里原来灾民们种的树木，都变卖交了"蚂蟥"的堤捐了。

县官便问跟来的随从，哪里有公有树林，随从们都摇头说没有。县官正在叹气时，只见董叫眼珠儿转了转，走到县官跟前说道："禀大人，我知道有一片树林，做盖房木料好得很。"县官便跟着董叫来到城西冈地上，果见一片楝树林，树大林茂。

董叫对县官说："这树林是公家的，只管用。"县官很高兴，正准备派人伐树，可是班头忙对他说："哎呀老爷，这个树林动不得！"县官问为啥，班头说："当年皇上在这片树林里避过难，事后就把这里封为御地，不准人动。"县官一听很焦急，拿什么帮老百姓盖房子呢？

董叫见县官是真为百姓着想，便凑到他跟前说："大人，这林子的树木您只管伐，没事。皇上不也说爱民如子么？他要知道您伐树是给灾民盖房子，说不定还要提拔您呢！皇上就是万一怪罪下来，您也不要怕，只管找我董叫，我保险您一点事也没有。"县官早就听说董叫是个正经人，办法又多，便决定伐树盖房子。

十几个人，七八把锯子，一连干了好几天，砍的木料堆在那里像小山一样。县官正准备把木料分给灾民时，忽然得到了一个消息，削职的县官"蚂蟥"连夜赶往京城告状去了。皇上接状后大怒，要将宜城新县官问罪，派来问罪的钦差大臣明天就要到。新县官一听连说"不好！"便来找董叫。

董叫这时正在睡觉。县官喊了半天，才把他喊醒。董叫问什么事，县官苦笑说："你真有先见之明。伐树以前你说皇上知道要提拔我，叫你算到了，明天要来'提拔'我的人头了！不知你有什么好办法，我前来领教。"

县官说完，见董叫好半天没搭理他，只当他在想办法，便耐心等着。谁知等着、等着，董叫却打起呼噜来了。县官一见，心里这个气呀，不知从哪出。正要再把董叫喊醒，只见董叫翻了一个身，嘴里发着呓子说："我伐我的树，做我的万岁牌子，与你何干……"县官忽然心里一亮，赶忙跑了回去。

县官召集了几个木匠，连夜赶制了几个木牌子。第二天钦差大臣驾到，把县官喊去问罪，并拿出皇上赐给的尚方宝剑，要杀他的头。

县官忙叫木匠把木牌子搬到钦差面前说："大人，受过皇上御封的树林，我们为啥要动？这有个缘故。自从皇上登基以来，天下太平，万民享福。我们宜城的百姓感念皇上的恩德，都要求把皇上的圣像供奉起来，一天三遍朝拜。圣像最好是绘在木牌上，可一般的木料太不配了，只有受过皇上封的御林的木料，才最相当啊。"

县官指着那一堆小山似的木料接着说："您看，我们准备给全县每一户百姓都做上一个供奉圣像的牌位，这牌位就叫'万岁牌'。大人，这也有错吗？"

钦差大臣听了这番话，转怒为喜，连连点头称是，立即回京，为新县官请功去了。

钦差走后，县官望着董叫，董叫望着县官，一阵哈哈大笑，然后，他们赶快张罗着给灾民分木料去了。

（搜集整理：何志汉）

卜宽，侗族劳动者型机智人物。他的故事流传于贵州、广西、湖南的侗族聚居区，在与侗家共居的壮、苗、汉族民众中亦有流传。

陷死牛

按照侗家的老规矩，不论上山下地都兴带个饭包，有用棕壳包的，有用葫芦瓢装的，还有用竹筒鼓装的，一来方便携带，二来减少回家吃饭往返时间，久而久之，就成了传统的习惯。

卜宽是个很机灵的人，又老实，又勤快，每天一早就出门。财主照例递给他一个饭包，不过，这个饭包与众不同。别人包在糯饭里的不是酸肉，就是酸鱼，财主给卜宽包的却是些老青菜梗、酸萝卜头。他的同伴见了，个个都为他抱不平，这个说："这是人吃的吗?"那个讲："这个财主佬也太狠毒了。"有的还替卜宽想办法，出点子："财主尽给你吃'菜包'，你不晓得换换口味吃'肉包'吗?"

同伴的一句话，提醒了卜宽，他想：财主坐在家里，只知道饭来伸手，菜来张口，哪餐不是酸鱼糯饭，酒肉摆满桌；我天天上山去看牛，连一块鱼骨头也看不见。……卜宽越想心里越气，下狠心要把这个老鬼治一治。他把自己想好的主意，如此这般对同伴细细说了。

一帮看牛娃仔，听了卜宽讲的办法，无不拍手叫好。大家七手八脚，当天就把一头膘肥体壮的牛杀了，在山坡上拾一些干柴，烧一堆篝火，围着火堆高高兴兴饱吃了一顿烤牛肉。剩下的牛肉,放点盐,挖个坑,找几块杉树皮丢进坑里来垫底,用芋苗叶一包,储藏起来。

当天傍晚时分,财主照例到牛栏去清点耕牛。他念经似的盘点,数着,数着,他的面孔变青了,变黑了,立即找卜宽来质问:"为什么少了一头牛?"卜宽早就有了准备,摆着手上的牛尾巴,不慌不忙地说:"牛仔陷进烂泥塘,我把牛尾巴扯断了,也没有把它拉上来。"

奸诈多疑的财主佬连自己屋里人都信不过,哪信得过一个穷帮工?马上派人把寨上的看牛娃仔统统找来,一个一个亲自盘问。可是,问来问去,还是问不出什么眉目,气得脖子像薯莨一样,害得他一夜晚吃也吃不香,睡也睡不甜,天一亮就叫卜宽领着他赶到陷死牛的烂泥塘边来了。

这个烂泥塘离寨子不远,就在坡脚边山冲里,水不算深,可是那烂泥,几根竹篙接起来也插不到底。财主不信这样浅的水会把牛陷死在里面,硬要亲自试一试。站在他身边保镖的小舅子,劝也劝不住,他连鞋袜也不脱,就急急忙忙往烂泥塘走去。

这个财主的身子过于笨重,脚刚刚踩进塘里,就怎么也抽不动了。他越用力,那身子就像笨重的山猪一样,越陷越深,眼看泥水快灌进嘴巴了,他急得只顾乱喊乱叫:"快……快救命啊!"

卜宽见财主佬那狼狈不堪的样子,尽力叫自己不要笑出声来。他又想到:如果让这个老鬼活活淹死,回去也不好交代,于是就大声喊那个吓得眼睛翻白的小舅子找来杉树皮,搬来杉木尾,命令财主佬抓住杉木尾,跪在杉木皮上,慢慢地爬起来。这一次,虽然没有把财主佬的魂魄吓掉,他回到家里,也背了几个月的药罐子。

(搜集整理:郑光松)

阿匹打洛,普米族劳动者型机智人物,出自艺术虚构。其故事流传于云南兰坪、宁蒗、维西等地普米族聚居区。

赌骑骡

拉布头人贪财好色,娶了三姨太,还想娶四姨太。

一天,场坝上有群姑娘在干活,她们嘻嘻哈哈,有说有笑,这叫骑骡过路的拉布头人听见,心里痒酥酥的。他连忙下来,拴了骡子,一个人在场坝边的路上转来转去,想着进去如何跟姑娘们说话。

"尊贵的头人,你有啥子想不通呵?在这里转来转去的?"阿匹打洛走过来问道。

拉布头人一见阿匹打洛,喜出望外。心想:他有哄人本事,何不叫他哄个姑娘出来聊聊。于是,他笑嘻嘻地拉着阿匹打洛的手说道:"打洛兄弟呀,你哄人远近出名,今天能不能哄个姑娘出来说说话呀?"

阿匹打洛慌慌张张地回答:"我不空,我有急事,有人在等我呢!"

拉布头人赶紧拉着阿匹打洛的手:"有啥子急事嘛!要是你哄个姑娘出来,我把骑骡给你。"说着,指指拴在路边的骡子。

阿匹打洛装出为难的样子:"实话告诉你吧,你家三姨太太正等着我呢!"

拉布头人一听,顿觉天黑地暗,可又仔细一想,阿匹打洛是什么东西,我的三姨太看得上他?呆了好一阵,拉布头人终于哈哈一笑:"阿匹打洛呀,你怕是昏了头,我三姨太是什么人? 你是什么人? 你哄得了我?"

阿匹打洛笑道:"头人要是不信,可以跟着我躲在一边偷偷瞧。"

"要是你哄我怎么办?"头人冷笑着。

"跪着爬走十里,罚银三十两。要是不哄你,是真的,又怎么办呢?"阿匹打洛反问道。

"骑骡输给你。"

阿匹打洛二话没说就往前走,拉布头人牵了骑骡跟在后边。走了一阵,远远地看见一条河,拉布头人的三姨太正在河边洗衣裳。阿匹打洛连忙示意拉布躲在树后边,自己一个人走近三姨太:"姑娘呀,头人说,他昨天丢了十两银子,是你捡着了是吗?"

三姨太莫名其妙:"谁见他的银子,我没拿。"

阿匹打洛故意比手画脚,笑哈哈地献殷勤。拉布头人远远地看在眼里,听不见对话,心里怪不是滋味。阿匹打洛又说:"姑娘,你要是没拿,头人在那边等着呢,你去说说吧。"

三姨太真的站起跟着阿匹打洛走。没走几步,阿匹打洛又转过身子说:"头人说,你藏在腰带里了,解开腰带看看嘛。"

三姨太火冒三丈:"这老东西,我什么时候藏在腰带里,不信你看!"说着,迅速解下腰带来。

这边的拉布头人早就看不下去了,一下冲出来,直往三姨太面前跑。拉布头人不问三七二十一,抓着三姨太的头发就打。阿匹打洛趁机脱身。

等拉布头人弄清事情真相,三姨太早已鼻青脸肿。这时,阿匹打洛已经骑上头人的骑骡,一趟跑得老远老远。

(搜集整理:凉　兵　文　友)

随机应变

纪晓岚，汉族官宦型机智人物。其原型纪昀（1724—1805），字晓岚，一字春帆，献县（今属河北省）人。清代大臣、学者、文学家。其故事在河北、北京、天津等地广为流布。

智解"老头子"

纪晓岚在编纂《四库全书》时，一天，正值盛夏，热浪滚滚。他怕热，打着赤膊坐在案前。

这时，乾隆突然驾到。封建社会里，衣冠不整见驾就有欺君之罪，更何况纪晓岚这副模样！他慌得连忙钻进桌子底下躲避。其实乾隆皇帝早就看到了，向左右摇手示意，叫他们别作声，自己就在纪晓岚藏身的桌前坐下来。

时间长了，纪晓岚感到憋气，听听外面鸦雀无声，又因桌围遮着看不见，闹不清皇上走了没有，于是偷偷伸出一根中指，低声问："老头子走了没有？"

乾隆皇帝听见称他为"老头子"，又见伸出根中指，心里又好气又好笑，故意喝道："放肆！谁在这里？还不快滚出来！"

纪晓岚没法，只好爬出来跪在地上。

乾隆皇帝说："你为什么叫我老头子？讲得有理就饶过你，否则，嗯……"他捋捋山羊胡须，等待纪晓岚回答。

纪晓岚不假思索地说："陛下是万岁，应该称'老'；尊为君王，举国之首,万民仰戴,当然是'头';子者,'天之骄子'也。呼'老头子'乃至尊之称。"

"那这根中指又算什么?"

"代表'君','天地君亲师'的'君'。"纪晓岚伸出一只手,动着中指说,"从左边数起,天地君亲师,中指是君;从右边数起,天地君亲师,中指也是君;所以中指代表君。"

乾隆皇帝明明知道这是纪晓岚的诡辩,但却讲得头头是道,有理有据,于是皱皱眉头笑道:"卿机智可嘉,恕你无罪!"

(搜集整理:陈祖基)

纪晓岚，汉族官宦型机智人物。其原型纪昀（1724—1805），字晓岚，一字春帆，献县（今属河北省）人。清代大臣、学者、文学家。其故事在河北、北京、天津等地广为流布。

招牌与对联

有一年，纪晓岚陪乾隆皇帝到杭州城，路过一家杂货店。

乾隆皇帝见门前高挂着一块黑漆嵌金字的招牌，佯作不知地问："这是什么？"他想作难一下纪晓岚——因为纪晓岚如果直接回答说是招牌，那等于认为堂堂天子连招牌都不识，便有讥笑皇帝之嫌。

纪晓岚抬头一看，原来那上面写的是"黄杨木梳"。他猜透乾隆的心思，故意说："这是对联。"

"对联哪有成单之理？"乾隆皇帝乘机反诘。

"陛下也许还不熟悉此间的风土人情。杭州乃文物之乡，街头巷尾，到处暗藏着各种巧对，有上句必有下句，全靠留神视察，心领神会。"

"那它的下联在哪里？"

这样你言我语，已走过几家店门。纪晓岚笑着指了指前面一块招牌说："陛下请看，这就是下联。"

原来他指的是"白莲藕粉"四个字，和"黄杨木梳"合在一起，对仗工整，浑然天成。

乾隆皇帝明明知道这是纪晓岚在信口开河，但说得却像真有此事，无机可乘。不过不驳倒纪晓岚,他总是心有不甘。

这时,两人正好走近一家裱画铺,乾隆皇帝一看心中大乐,他对纪晓岚说:"现在你说,这'精裱唐宋元明历代名人书画',难道也可算上联么?"

纪晓岚连连点头称是:"不错不错!它的下联就在刚才走过的那家药店内,这里尚能看到。"

乾隆皇帝回头一看,顿然语塞:啊哟哟,竟有这样巧,那里不是明明写着"采办川广云贵各省地道药材"么!

(搜集整理:陈祖基)

巴拉根仓,蒙古族牧民型机智人物,出自艺术虚构。其故事内容丰富多彩,民族特色浓郁,相当诙谐有趣,在大漠南北各地的蒙古族聚居区广为流布,深得民众喜爱。

智 慧 囊

巴拉根仓的机智是很出名的,人们一提起他就说:"王爷的牛羊最多,巴拉根仓的智慧最多。"

有一个傲慢自大的诺彦①听了这些话很生气,愤愤地说:"岂有此理!天下的奴隶能有比我们台吉②更聪明更有智慧的吗? 我倒要看看这个巴拉根仓长着几个脑袋。"从此,这个诺彦就到处寻找巴拉根仓,想和他比比智慧。

一天,诺彦骑着一匹快马,在荒滩草甸子上碰见了巴拉根仓。巴拉根仓正倚着一棵斜长的爬爬树吸烟哩。

诺彦没有下马就问:"你是巴拉根仓吗?"

巴拉根仓翻眼一看是诺彦,动也没动,说:"我就是巴拉根仓!"

诺彦说:"听说你最能撒谎骗人,是吗?"

巴拉根仓说:"可不敢当,诺彦老爷,不过人们都说我最有智慧。"

---

① 诺彦:蒙古语,首领、长官、官人的意思。
② 台吉:汉语借词"太子"的转音,意为贵族。

诺彦说:"好吧! 今天我要与你比比智慧,你要当着我的面骗我一次,我算输给你;要骗不了我,我要用马刀把你的头砍下来!"

"今天可不行,"巴拉根仓故作惊慌地说,"我的'智慧囊'放在家里没有带着,要是它在我身边,别说你是诺彦,就是皇帝我也能当面骗他。"

诺彦一听,更有点冒火,说:"那就快取你的'智慧囊'去,我在这里等着你。"

"我走着去得什么时候回来? 算了,为了不让你猜疑我胆小不敢比,还是另找一个日子吧,再说我今天也没有工夫。"

"不行,"诺彦暴躁地说,"今天非比不可,你要嫌走路慢,把我的马骑去!"

"不行,不行,今天实在没有工夫。"

"怎么没有工夫?"

"你没看见吗? 诺彦老爷,这棵爬爬树眼看就要倒了,我用身子顶着它哩! 怎么能走开?"

"来,我先替你顶着树!"诺彦把马交给巴拉根仓,站到树下用力地顶起来。

"唉!"巴拉根仓无可奈何地说,"看样子你是逼着我非骗你不可呀!"

"别吹大话,巴拉根仓,要是输给我,小心你的脑袋!"诺彦嘻嘻地冷笑着说。

"好吧,那我就骗一次给你看,诺彦老爷,你要好好顶着树,小心别给狼叼了,等着我去取'智慧囊'! ……"巴拉根仓跳上诺彦的快马,用脚镫狠狠向马后肚子一踢,抖动缰绳,像箭一样的向草原飞去。

不过,巴拉根仓再也没有回来。

(搜集整理:陈清漳 赛 西)

阿卜杜,回族劳动者型机智人物,出自艺术虚构。他的故事在宁夏、青海各地的回族聚居区广为流布。

掌柜子真好

阿卜杜听人说城里能挣钱,就背了半褡裢炒面进城了。可是来到城里穿街走巷,转了大半天,连个铜板的影子也没见。他拖着步子走着,忽然,一阵扑鼻的油香味儿惹得他肚子里咕咕直叫。

原来这儿有个馆子,伙计正把一个个黄澄澄、香喷喷的糖油糕,从翻滚的大油锅里捞出来,然后端到顾客面前。

原来顿亚上还有这么好的福气啊?我为啥不去享享呢?"阿卜杜想着,走进馆子。

一个满面笑容的伙计立即上前,热情地招呼说:"乡里的阿卜杜来啦! 一碟子还是半碟子?"

阿卜杜回答:"师傅,我肚子小,只吃一个。"伙计答应着,用个小碟端来一个糖油糕,阿卜杜用手一抓,慢慢地品起味来。

这时,掌柜子来了。他见阿卜杜的那样子,很生气地说:"阿卜杜,凉粉不吃,板凳腾下啊!"

阿卜杜站起来,装出一副愚蠢而可怜的样子说:"尊敬的掌柜子,安拉相助你。你的糖油糕真香啊,可是我再没有钱吃了,你能不能给我一点糖油糕的汤尝尝?"

掌柜子一听哈哈大笑,竟答应了。他想,我今天让滚烫的油,来治治这个乡棒①的馋病。

"喝吧,阿卜杜。"伙计奉命把半碗滚烫的熟油端到阿卜杜手里,掌柜子和所有在这里吃点心的城里顾客,都围上来看热闹。

阿卜杜一面连声说:"掌柜子真好,安拉一定会相助你发大财。"一面不慌不忙地打开褡裢,取出炒面,和着热腾腾香喷喷的清油,拌匀以后,便大口大口地吃起来。

(搜集整理:朱　刚)

---

① 乡棒:对乡下人的蔑称。

赛里买，回族女性劳动者型机智人物，出自艺术虚构。她的故事流传于宁夏固原、同心、泾源、吴忠、西吉等地，深得回族民众的喜爱。

应 考

有一天，皇帝巡视民情，路过一个回民庄子，听说阿里的三儿媳妇赛里买说话伶牙俐齿，应对有问必答，可是个人才。于是，皇帝让人找来阿里说："听说你的儿媳妇聪明超众，我今儿考考她。要是真有才气，我要重用她！"

阿里一听，心想：三媳妇是个妇道人家，咋敢在皇帝面前应考呵！他愁眉苦脸地到了伙房，对三媳妇道了缘情，劝她说："我看你还是不要出去为好，那么多秀才都考不上，你还去惹是生非？"

赛里买想了想说："爹，皇帝已经来到了咱家里，咱死活也躲不过去，不如让我去试试，看看皇帝究竟考的啥，说不定也对上他两句。"阿里只好答应了。

赛里买见了皇帝，道了个"色俩目①"。皇帝眼一瞟，赛里买戴着个小圆白帽，衣裳穿得平平常常，全不像个有才学的人，便问："你识了几个字啊？"

---

① 色俩目：伊斯兰最常用的问候语，意为：愿真主的平安、慈悯和吉庆在你上。

赛里买不慌不忙回答说："我一字不识。"

皇帝一听，噢，还这么厉害呀，只有一个字不认识。皇帝一看她口气不小，就接上问："谁出世得最早呀？"

赛里买低头想了想，听人说盘古出世得最早，我才不这样认为呢！她回答说："盘变古出世得最早。"

"胡说！"皇帝生气地骂开了，"自古以来，只听说过盘古开天辟地，哪里冒出来个'盘变古'，嗯？"

赛里买机灵地说："陛下，没有盘变古，哪里来的盘古呢？盘变古是盘古他老爹。"

皇帝一听高兴了："答得好！答得好呀！我只记住了盘古，还忘记他老爹了！"

赛里买一听皇帝的话，背转过脸偷偷地笑了！

皇帝又问："中国那么多字你只有一个不认识，那你究竟读了多少卷书呀？"赛里买说："日晒胶泥卷。"

皇帝一听，这话是什么意思呀？他想了半天，对了，暴雨过后，稀泥经太阳照晒，那会翘起多少卷卷呀。她竟读了那么多卷的书，了不起！他暗暗称赞这个回民媳妇知识真渊博，又接着问道："你读了那么多卷书，那究竟有多少篇呢？"赛里买回答说："风吹树叶片片（篇）。"

皇帝一听，这简直是个神女了，她竟读了像树叶那么多篇的文章，真了不起。我考了多少人，都没有她识的字多，也没有她读的书多，怪不得她这么聪明。于是，便封她为女状元。从此以后，赛里买的名声越传越远了。

（讲述：王彦义；搜集整理：王正伟）

阿凡提，全称"纳斯尔丁·阿凡提"，亦称"霍加·纳斯尔"，中国维吾尔、哈萨克、柯尔克孜、塔吉克、乌孜别克族著名的机智人物。其中以维吾尔族地区流传最广，家喻户晓，尽人皆知。

知　道

清真寺要阿凡提去讲道。阿凡提走上清真寺的讲台，对大家说："我要跟你们说什么，你们知道么？""不，阿凡提，我们不知道。"大伙说。

"跟不知道我要说什么的人还说什么呢？"阿凡提下了讲台就走了。

过了些日子，阿凡提又来到清真寺，站到讲台上，说道："喂，乡亲们！"他又把上回那句话重问了一遍。清真寺里的人们想：上回我们说不知道，他没把话说出来，那我们这次就说知道吧，阿凡提也许能告诉我们，这样才合道理。他们就异口同声地说："我们知道啦。""你们知道了，那我还说什么呢？"阿凡提又走了。

清真寺里的人们又坐下来商量："我们说不知道他不说，我们说知道他也不说，他要是再来的话，那我们就一半人说知道，一半人说不知道，那个臭要饭的就会告诉我们了。"

阿凡提又来了，把前回的问题重复问了一遍。围拢在他跟前的人们说："我们一半人知道，一半人不知道！""那样的话，知道的人就告诉不知道的人吧。"说着阿凡提就离开清真寺，走了。

（翻译：李提甫　乔家儒　陈桂兰）

汪头三,壮族农夫型机智人物,出自艺术虚构。他的故事流传于广西龙胜一带的壮族聚居区。

打赌吃鸭

县官多次挨汪头三提弄,很不舒服,总想好好整他一下。

一天,县官把汪头三叫来,对他说:"汪头三,我赌你十天里头吃下一百只鸭子。"

汪头三问:"若是真吃下了呢?"

县官说:"你吃下了,一百只鸭子不要你开钱,再送你一百只鸭子。"

汪头三道:"一言为定!"

县官反问:"若是吃不完呢?"

汪头三说:"赔你一百只鸭子的钱,再白白帮你打一百天工。"

县官手舞足蹈,乐得发狂。汪头三又说:"既然你赌了我,我也得赌你。"

县官问:"你赌我什么?"

汪头三说:"我赌你吃一个鸡蛋。"

县官哈哈大笑:"一言为定!"

汪头三说:"要是你吃不完,得赔我一只鸡。"县官一口气说了一百二十个愿字。

有人劝汪头三："县官赌你十天里头吃一百只鸭子,平均每天要吃十只。就算你胃口大,吃得下也受不了,不可冒失呵!"

汪头三说:"出水才看两脚泥咧。"

打赌开始了。县官叫手下人买来了一百只大鸭子,关在一间屋里,让汪头三搬进去住。所有的门窗统统上锁关死,还派人在外边严密把守。

头一天,汪头三杀了三十只鸭子,扯了毛,抽了骨,剁成肉丁,撒给七十只鸭子吃。第二天,又杀了二十只,去毛剔骨剁肉,喂给五十只鸭子吃。第三天,又杀了十五只,给三十五只鸭子吃……就这样,鸭喂鸭,鸭吃鸭,到了第十天,只剩一只鸭子了。汪头三把它杀了,慢条斯理地饱吃一顿。

县官把门打开,鸭子不见了,只剩下一堆毛屎,一堆骨头。汪头三正在床上打呼噜哩。

轮到汪头三赌县官了。他拿了一个鸡蛋,放在大锅里加满水,烧大火煮。水煮干了又添,添满又煮干,一连煮了七天七夜,这才捞出来给县官吃。县官把蛋壳剥开一挤:我的天,硬邦邦的,比石头还硬。放进嘴里一咬,牙齿断了,鸡蛋上连牙齿印都没现。

县官无可奈何,输给汪头三一百只鸭子,外带一只鸡。

(讲述:吴　明;搜集整理:陈　善)

佬巧，壮族农夫型机智人物，出自艺术虚构。他的故事流传于广西左江一带。

打与笑

这天，国王出巡，一群人替他鸣锣开道，一群人持刀保驾，威风凛凛，神气十足。一路上，所有的人都纷纷回避，来不及回避的，也都伏跪在地上，不敢抬头露面。

偏有佬巧不依，他昂首向国王走来。国王责问道："你为什么不给我下跪？好大的胆子呀！"

"我的国王呀！"佬巧说，"您比一切人都高贵，一切人都应该昂头抬眼，把您抬举才对呀。"

"胡说！给我打！"国王咆哮着。

差役们"喳"一声拥上来，七手八脚把佬巧按倒在地上，抢起棍子就打。差役们打一下，佬巧就笑一笑，打两下笑两笑，小打小笑，大打大笑。

国王见着奇怪，喝住打手问佬巧："打你，你为什么还笑？"

"哈哈！"佬巧笑着说，"国王想知道小民为什么笑，把小民放了，小民才敢说出来。"

国王就叫差役们放了佬巧。佬巧站起来拍拍屁股，边走边说："我的国王呐，要是我哭，岂不是承认我犯了罪啦！"

（整理：曲辰人）

王老二，汉族劳动者型机智人物。他在作品中多以长工身份出现，其故事流传于鄂西北谷城一带。

吃"而已"

财主虽没有多大学问，却喜欢卖弄。一天，他因有事要出远门，把老婆和他比较相信的长工王老二叫到面前，叮嘱了一番，就要起程。

老婆问道："老爷！你走后，家里每天给长工吃些啥饭菜？"

财主摇晃着脑袋说："家常便饭，萝卜、白菜而已。"说罢便走了。

财主婆左想右想："萝卜、白菜我都知道，这'而已'是什么呢？"便去问王老二。

王老二说："'而已'大概是鸡公吧？"

财主婆本舍不得杀鸡，但因是财主的吩咐，只得把鸡子杀给长工们吃了。财主回来听说了这事，就把王老二叫到后院，准备先训后打。

王老二来到后院一看，见财主脸上露出三分杀气，院里又放着大棍，财主婆在一边噘着嘴，知道是财主因为吃鸡子的事发作了，也不作声。

财主说："你知道我找你为啥事吗？"

王老二故意说："还不是为了杀'而已'的事。"

财主一听就吼开了，就要动手打人。王老二不慌不忙地说："叫我说，东家今儿不能打我，还要谢我，为什么呢？原因有四条：第一，东家的学问太深，说出话来我们都不懂。东家娘子问我啥叫'而已'，我也不知道，我想'而'就是儿娃，'已'字活像一只鸡子在那里卧着，就说'而已'大概是鸡公吧。这样，东家娘子就把个鸡公杀了。常言说得好，'不知者不为罪'，东家的棍子怎能打无罪之人呢？

"第二，吃鸡肉的时候，我已对长工们说了：这是东家出门时吩咐的，叫东家娘子把鸡子杀了给大家吃，吃了以后好好干活。长工们听了很高兴，都说东家是个好人，你郎今儿为这事打了我，长工们一定会说：'哎呀！这杀鸡子的事，原来不是东家的本意，是王老二的好心。'这样，岂不是吃东家的肉，领我王老二的情？

"第三，东家每回出门，都叫我在家管事，长工们都知道我是你相信的人，因此也都不敢不听我的话。你今儿打我，哪个长工还听我的？日后东家再出门谁来给你管事？

"第四，这鸡子是东家娘子杀的。你今儿打我跟打她一样。长工们一定要笑她堂堂一个东家娘子，连一只鸡子的家也当不了。这样，东家娘子在面子上也过不去呀！"

财主婆听了忙插嘴说："是呀是呀！人家王老二的话，句句在理，你应该好好想想，不能打他！"

财主干瞪两眼，只得作罢。

(搜集整理：蒋德新)

260

陆游人，汉族劳动者型机智人物。相传他孤身一人在外打工，到处游动，所以人称"陆游人"。他的故事流传于安徽巢湖一带。

整治拳客

陆游人得罪了一个外号叫钱百万的财主，晓得钱家不会善罢甘休的，琢磨着还是躲一阵子为妙，就跑到巢湖船上当水手。果然，钱百万的儿子买了一个拳客，让他去悄悄打死陆游人。

这天，拳客下来了，走到巢湖边上，这拳客认不得陆游人，一看湖边有条大船，船上只有一个汉子在洗刷船板，他想，不妨去打听打听，就迈步上了船。

陆游人迎上前："客官请坐，我来沏茶。"

那人也不客气，一屁股坐到船板上。陆游人拿壶从湖里盛了水，就来起火，找不到柴，刚好船头放了一个树根桩子，陆游人顺手就拿过来了。

那人有点不耐烦，说："没有斧子，劈也是枉然。"

陆游人说："我劈柴不用斧子，你看。"说罢，两手抱起树桩用力搓，搓几下，树桩就成木柴条条啦。

拳客看了，两眼瞪得像铜铃，舌头伸出来缩不进去，心想，这船工好大的力气啊！

水烧开了，茶沏上了。拳客呷了一口，说："大师傅，我向你打听个人。”

“说吧！”

“陆游人,你可认得?”

“认得,认得,他是我的师父。不知客官找他何事?”

“嗯……嗯……”拳客慌了,一时说不出话来。

陆游人伸过头来,悄悄地说:“客官,我说句不知进退的话,我那师父脾气躁,找他学本领可以,找他较量,可是头秃眼瞎了。”

“啊……啊……”拳客吓慌了,心想,徒弟都这么厉害,师父还得了吗? 再也不敢为钱百万卖命啦。他搭讪了几句,就脚底抹油——溜了。

原来,陆游人事先把树桩劈成一条条,然后用面浆子把它粘在一起,就像整的一样,一搓,当然就成树条条了。

(搜集整理:黎邦农)

郑堂，汉族文人型机智人物。其原型郑堂为明代落魄秀才，正直诙谐，放荡不羁。他的故事流传于福建福州、罗源、闽清一带。

吃酒巧对诗

有一回，郑堂到亲戚家里做客。这一家亲戚有十个姐妹，听说郑堂诗才出众，想在酒桌上考考他。

十姐妹同时要敬郑堂酒，一人一杯，一巡就是十杯。

头一巡郑堂勉强饮下，第二巡就不敢再饮了，但十姐妹不依。

大姐说："郑秀才诗才出众，我们出题，你如能即席赋诗，我们便饶了你免饮第二巡敬酒；如果诗不通，不但要饮第二巡，还要罚第三巡。"郑堂满口答应，要求十姐妹赐题。

二姐说："请秀才将我们十姐妹用四行诗来写。"

郑堂说："我的诗写得通，你们十姐妹用什么作奖励？"

三姐说："秀才免饮，我们一人饮一杯奉陪，好吗？"

郑堂说："好，一言为定！"

郑堂慧眼扫视十姐妹一圈，便引颈高咏："一妹不如二妹娇，三寸金莲四寸腰；五六胭脂七钱粉，妆成八九十分俏。"

郑堂用泼墨写意手法，赞扬了十姐妹的共同优点，并且冠以一至十的数字连串全诗，十姐妹不得不佩服秀才的才思敏捷，齐齐鼓掌喝彩。

十姐妹输了,便各饮一杯应罚。

七妹却不很服气,站起来说:"郑秀才本领不差,请倒过来再作一首诗,如果作得出,十杯酒我一个人全喝了。"

郑堂说:"说话算数?"

七妹说:"当然算数。"

郑堂知道七妹刚结过婚,便对着七妹脱口诗出:"十九皓月八分光,照见七妹共六郎,五更四处鸡三叫,二人恩爱在一床。"

七妹听完羞得满面通红,半笑半嗔地跑过去打郑堂:"坏秀才,乱说!"

此番过后,十姐妹高高兴兴地认输,郑秀才的名气也越来越大了。

(搜集整理:张传兴)

赵南星,汉族官宦型机智人物。其原型赵南星(1550—1627),字梦白,号侪鹤,高邑(今属河北省)人,明代政治家、文学家。万历进士,官至吏部尚书。天启中与权奸魏忠贤对抗,失败后谪戍代州,病死。其故事在冀中高邑一带流布。

奏 本

明万历末年,皇上昏庸无道,苛捐杂税很重。遇上灾年,官府照常征收钱粮,逼得黎民百姓倾家荡产。

一年夏天,高邑城北的泥河又发了大水,淹了十来个村庄。可是,按当时朝廷的规矩,捐税一点也不能少拿,这可苦了当地的百姓。

当时,赵南星因为在朝里得罪了权奸,被罢了官,在家为民,乡亲们知道他好替老百姓做主,肚里又有韬略,于是都纷纷来向他诉苦,让他给想想法子。

赵南星问过被淹的村名之后,眉头一皱,计上心来。他对大伙说声"好办",提笔便写了一道奏章,托人捎到朝里。只见上面写着六句话:

> 泥河发大水,
>
> 大水吓煞人。
>
> 水从岗头过,
>
> 淹了五百村。
>
> 漂走一万家,

还望开皇恩。

皇上一看,吃惊不小,心想,好大的水呀!都从岗头上漫过去了,可见水势凶猛;淹了五百个村,漂走了一万家,灾情定然严重。于是就下了一道圣旨,免了高邑县全年捐税钱粮。

过了不久,朝里有个奸臣向皇上告了一状说:"小小高邑县,总共才有一百来个村庄,哪来的五百个村庄被淹,一万户被漂呢?分明是谎报灾情,逃避钱粮。这一定是赵南星出的鬼点子。"于是,皇上又下了一道圣旨,要把赵南星捉拿到京里,问他个欺君之罪。

乡亲们听到消息,都替赵南星担忧。可是,他自己却满不在意。

赵南星到了朝廷,皇上问他为什么谎报灾情,蒙骗圣上,他不慌不忙地说:"高邑城北八里,有个'岗头村',泥河决口,水从岗头村漫过。再往南是'五百村',地势低洼,挨了水淹。五百村北头有个姓'万'的百姓,房屋被洪水漂走。可见'水从岗头过,淹了五百村,漂走一万家'句句属实,为臣并无欺君之罪。"

皇上不相信真有这样的巧事,派人一查,果然不假,只好赦他无罪。

(搜集整理:贾孟元)

钱六姐，汉族才媛型机智人物。其原型钱梅窗（1489—1544），明代正德、嘉靖年间咸宁双港的一位才女。民间有"无诗无对不成钱六姐"的说法。其故事大都与吟诗、属对有关，在湖北咸宁、通山、黄石等地流布，广为人知。

金戈戈斩地头蛇

马桥地方有个叫张才的乡绅，家有田亩，曾读过十年寒窗，但连半个秀才也没有捞到，以后就死了做秀才举人这条心，改弦易辙，结交权贵，在地方上横行霸道，鱼肉乡民。

他听说钱六姐改了朱相公的对联，很是替姓朱的不服气。他知道钱六姐的姨母是本村的人，每年正月都要接六姐来"出方"，他在头年腊月间，就约了几个富家子弟，商量写一副对联，使别人难以更改。

他们搜肠刮肚，想了几天还是写不出来，后来便在人家送给他结婚的贺对中，选了一副十字对子，旁边批明：上下联只准改动十四个字，第一和第五、六字不能改动，字数不能随意加减，能改得工整对仗者赏银二百两。到过年的时候，就贴了出来。

第二年正月钱六姐到姨母家来"出方"，她姨父把张家悬赏改对联的事与钱六姐说了，钱六姐就随姨母到张家门前观看，见对联写的是：

张灯结彩全凭文章满腹，
才气横溢他日金榜题名。

六姐看后知道是别人送恭贺的一副凤顶格对联,记下旁边批话,回到姨母家以后,稍加思考,就提笔改就:

张牙舞爪全凭趋炎附势,
才疏学浅他日名落孙山。

题款是钱六姐,写好以后请表兄去贴在张家门上。张乡绅一看,气得鼻子都歪了,连忙叫家人去请那几个选对联的人来商量对策,大家将钱六姐写的对联反复推敲,说不出有什么毛病,张多绅舍不得两百两白花花的银子,要求大家再出个主意。经过一番商议,决定下请帖,请钱六姐当面对对子,使她不好下台。

钱六姐接到请帖以后,知道张乡绅另有花招,本不想去,又怕他们笑她没有胆识,最后与姨母商定,由姨母陪伴,若张家有侮辱之词,则由姨母出面,当场骂他个狗血淋头。

钱六姐二人来到乡绅家张客厅,果然在座的都是些头面人物,张乡绅结结巴巴又讲了几句客套话后,说有几副对子要向六姐请教。六姐问上联,张乡绅说上联已想出来了,他叫家人拿来笔墨,在墙上贴了三副对联纸,就拿笔写出上联:

弓长长射天空雁

写完就把毛笔递与钱六姐,六姐不接,叫再拿一支笔来,在这拿笔的

瞬间,六姐细咏上联含意,弓长乃姓张的拆字,他今天要射我孤雁难鸣。她接过家人递过的笔,挥毫写出下联:

　　金戈戈斩地头蛇

　　众人一看,都惊呆了,其中有些正直学究口里"妙哉,妙哉"说个不停,张乡绅这个地头蛇,挨了这一闷棍,文思已断,把原来想好的几个上联忘得一干二净。他的一个好友见他冷了台,就拿过他手中的笔,在空纸上又写出一个上联:

　　龙困浅滩愿和鱼虾共水

钱六姐接着写出:

　　凤栖梧岭岂与鸦雀同林

接着又一个跳出来在第三副空纸上写道:

　　一二三三生文才冠全县

六姐写出下联是:

　　四五六六畜臭气污满城

写完把笔往地下一丢,对姨母说:"我们回家去吧。"那些请来的文人绅耆,见钱六姐走了,也一个个告辞了。

（讲述:余德政　聂养吾;搜集整理:余　樵）

阿勒达尔·阔赛，又译作"阿勒达尔·科萨"、"阿尔达尔·考萨"、"阿勒的尔·库沙"等，哈萨克族劳动者型机智人物，出自艺术虚构。其名字意为"没有胡须的善骗者"。其故事流传于新疆、青海一带哈萨克族聚居区。

骑魔鬼

一次，阿勒达尔·阔赛出外去旅行。路上，他碰到了一个魔鬼。魔鬼要和他结伴同行，他答应了。于是他俩便在漫长的旅途上走着。走了很久，都感到疲乏了。魔鬼心生一计，想占一占他的便宜。

"朋友！"魔鬼说，"咱俩这样长途跋涉，实在没啥意思。咱们何不轮流着一个骑一个走呢？"

"好得很，好得很！"阿勒达尔·阔赛满口赞成说，"但是，到底谁先骑谁呢？这还需要商量一下。"

魔鬼想了想，说："这样办吧——哈萨克人有个习俗，对年长者应该尊重，咱们说说，谁的年纪大就让谁先骑好了。"

"好办法！"阿勒达尔·阔赛说，"那么，请你先说说你的年纪有多大吧！"

魔鬼得意洋洋地念道：

当我出生的时候，
我就观察了宇宙，

那时候的大地呵,

不大不小,恰像我一只手!

听魔鬼这么说,阿勒达尔·阔赛忽然呜呜咽咽哭起来了。魔鬼惊异地问道:"喂! 你这是干什么? 莫非因为轮到我先要骑你而发愁了吗?"

阿勒达尔·阔赛摇着头,愈发哭得凄惶。

"究竟为了什么? 你说呀!"魔鬼恳求道。

"唉!"阿勒达尔·阔赛叹口气说,"当你一提到你出生的时间,就使我回忆起自己过去的悲痛:当你出生的时候,有一个盛大的婚礼宴会,我骑着马去参加,不料我小儿子就在那时死去!"

说着,他摇头皱眉,显出非常难受的样子。魔鬼安慰他说道:"既然这样,就请骑到我的脖子上吧! 你的苦楚也够大的了。"

阿勒达尔·阔赛跳起来,骑到魔鬼脖子上,说:"亲爱的伙伴! 你很尊敬老人,那么,快走吧!"

魔鬼问道:"你骑多久呢?"

"我唱一支歌子,直骑到这歌唱完了为止。"说着,阿勒达尔·阔赛便"阿罗来! 阿罗来! ……"唱了起来。

这样走了很久,魔鬼实在疲乏极了,问道:"你这'阿罗来'啥时候才唱完呢?"

"'阿罗来'还没有唱完,就是唱完了,还要接着唱'阿里牙达'呢!"

阿勒达尔·阔赛的"阿罗来"唱个没完没了,魔鬼累得要死。后来,他想了个摆脱阿勒达尔·阔赛的办法。

在一个地方休息的时候,魔鬼问道:"世界上每个人,都有他自己最害怕的东西——亲爱的伙伴,请你告诉我,你最最害怕的东西是什么?"

阿勒达尔·阔赛回答说:"你问我最害怕的东西吗?呵!那莫过于煮熟的马肠子和带酒味儿的酸奶子了。"

等阿勒达尔·阔赛睡着了以后,魔鬼跑到一个地方,找来了马肠子和酸奶子,放在阿勒达尔的身旁。他想:阿勒达尔·阔赛醒来时,一看见这东西,吓得不跑才怪呢!

第二天,阿勒达尔·阔赛醒来了。他看见面前现成的马肠子、酸奶子,没有吭声,抓过来又吃又喝,吃了一个饱。

魔鬼奇怪地问:"你不是很害怕这两样东西吗?"

阿勒达尔·阔赛打着嗝儿,回答说:"正因为我非常害怕,才赶快把它们咬碎嚼烂,吞下肚里,这样就比较安全了——好,咱们上路吧!"

阿勒达尔·阔赛又骑到魔鬼脖子上,口里不住地唱着"阿罗来"、"阿里牙达",欣赏着一路美丽的自然风光,他觉得他这次长途旅行,实在快乐极了。

(翻译整理:郝关中)

　　阿推，又叫阿嘎布拉，基诺族劳动者型机智人物。其故事流传在云南景洪县境内的基诺族聚居地区。

砍不倒的芭蕉树

　　山官上了阿推的当，气得吹胡子瞪眼睛。他寻机想整治阿推，阿推发觉后便溜走了。

　　山官提着一把长刀追进密林中，累得口干舌燥，搜遍了石洞、树林，也没找到阿推。

　　阿推躲到哪里去了？原来，他爬到一棵高高的芭蕉树上，靠阔大的芭蕉叶遮挡，坐在树上呼呼睡起觉来了。当山官气喘吁吁地走到芭蕉树下的时候，阿推一眨眼，又想出一条妙计，便大声喊叫起来："山官，你要找我吗？我在树上睡觉哩！"

　　山官吓了一跳，抬头看见阿推在芭蕉树上勾着头戏弄自己，越发生气了："我看你再跑，这一下，我非把你的脑袋砍下来不可！"

　　阿推笑了笑说："如果你需要，我的脑袋你随时都可以砍下来。"

　　"那么，你老老实实下来束手就擒吧！反正你逃不脱了！"山官说着，晃了晃手里的大刀。

　　"我可不愿意下来，因为我还想再睡一觉。"

　　山官更恼怒了："如果你不下来，我就要用大刀砍芭蕉树。那时候，你会后悔莫及的。"

阿推索性伸开双腿,背靠芭蕉花睡起来了。他闭上眼睛,满不在乎地说:"如果你不可惜自己的大刀,那么,你就砍芭蕉树好了。"

山官举起了大刀,本来要砍芭蕉树,听到阿推这一说,急忙停住刀,诧异地问道:"你说的什么意思? 莫非我的钢刀还砍不倒芭蕉树吗?"

"我看,你的钢刀没法砍倒。"

"为什么?"

阿推神秘地笑了笑,说:"这是最平常的道理呀,因为芭蕉树心是钢做成的,像石头一样坚硬,弄断一把钢刀,实在太可惜呀!"

"钢刀砍不断,那么用什么来砍树呢?"愚蠢的山官只好请教阿推了。

"你应该回家扛一把斧头来,只有斧头才能砍倒芭蕉树啊!"

山官一听高兴了,但又担心阿推跑掉,便问阿推:"如果我回家取斧头,你跑掉了怎么办呢?"

阿推呵呵大笑起来:"尊敬的山官,你太糊涂了。倘若我要逃跑,为什么要喊你来捉我呢? 你放心地去吧,我一定等着你回来砍树。"

山官一想,觉得阿推说得有道理,便信以为真,兴冲冲地提着大刀回家换斧头去了。

阿推望着远去的山官背影,笑道:"大傻蛋!"跳下芭蕉树,得意地走向密林深处去了。

(搜集整理:刘伯华)

赛里买,回族女性劳动者型机智人物,出自艺术虚构。她的故事流传于宁夏固原、同心、泾源、吴忠、西吉等地,很得回族民众的喜爱。

问　路

有一天,赛里买的公公有事要找丁家川的丁阿訇商量事情,可他腿疼腰酸不能出门,家里也再没有男人。赛里买一看公公急得头上冒汗,就说:"大,让我去。"大大说:"你一个妇道人家,咋能出门?"

"我有办法。"赛里买换了一身衣裳,来了个女扮男装就走了。到了丁家川,她一看几百户大的庄头,到哪儿去找人呢? 正发愁,丁家川有名的"尖嘴蚊子"出来了。赛里买上前问:"多斯提,丁阿訇家在哪儿住?"

"墙上开门的那一家!"赛里买一听,心想,这个人真会说话。好吧! 三年总等个闰腊月呢。她没有理睬,在庄子上转着看了看。"尖嘴蚊子"一看这个人好像个秀才,便问:"你是谁的儿子?"

赛里买掉过头说:"我是我大的儿子。""尖嘴蚊子"气冲冲地说:"你这个不知事的娃娃,我问你大的名字叫什么? 你怎么这样回答?"赛里买接上话茬说:"我问你丁阿訇住在哪一家,你说在墙上开门的那家,那么谁家墙上没开门?""尖嘴蚊子"被聪明的赛里买说得面红耳赤,理屈词穷,急忙领着赛里买找见了丁阿訇。

(讲述:王彦义;搜集整理:王正伟)

276

克难制胜

乔应甲,汉族官宦型机智人物。其原型乔应甲,猗氏(今山西临猗南)人,明万历进士,由襄阳推官入为御史,历任南京右都御史等。其故事流传于山西临猗一带。

翻挂匾牌震咸阳

乔应甲乔阁老经常奉旨以御史大夫的身份巡抚各地。一次,乔阁老来到陕西,当他看到处于自然灾害和贪官污吏双重袭扰之下的穷苦百姓时,甚感痛心。为体恤民情,解除民忧,他身着蓝布褂,头戴儒士巾,骑着小毛驴,云游在乡间,暗里进行着私访。

乔阁老来到咸阳城里,为有个落脚之处,便在一户姓王的财主家里当起了私塾先生。

乔阁老来到王府,王财主见他衣衫褴褛,仪表平常,况又是年老之人,如同算命先生,便有些看他不起。在商定教书身钱时,王财主慢条斯理地说:"老先生,三子初生牛犊受启蒙,知少酬薄,每月给你拿十吊吧?"

乔阁老笑道:"不少,不少,老朽只为混碗饭吃,今有个落脚之处,万幸!万幸!"

乔阁老在王财主家中,一边教书,一边私访,不觉一月有余。一日,王财主家母寿辰。为给八十岁的老母贺寿,王财主四处下了请帖,邀请州府官员,强豪绅士,知名人士和亲朋好友,前来府上赴宴。就连财主的两个大儿子的先生,也应邀前去,唯独没有邀请乔阁老。

早饭后,乔阁老将他的学生唤来问道:"王猛,今日家里有何喜事?"

王猛道:"是我奶奶诞辰之日。"

乔阁老问:"你父母生你兄弟几个?"

王猛答道:"三个!"

乔阁老摇着头:"不是吧!我看你可能是个蛮疙瘩!"

"是亲生,先生!"王猛红着脸争辩着。

乔阁老笑道:"那你奶奶过寿,为啥只请你两个哥哥的先生去,就不请你的先生呢?"

一言问得王猛瞪起了眼睛。他满腹委屈地跑去找爹妈,哭着将乔阁老的话讲了一遍,并要请自己的先生也来赴宴。

原来,王财主见乔阁老年老体弱,且又衣衫褴褛,在这大庭广众场合,有失体面,因此未曾请邀。不料经三儿子这么一哭闹,王财主也觉得此事做得有失检点。于是,便哄劝着儿子:"好啦,好啦,咱多插双筷子就有啦,晌午,也请你先生过来。"

中午,乔阁老来到王府,只见庭院里张灯结彩,鼓乐喧天,各样寿礼绚丽多彩,花样繁多。前来赴宴的众位官员,知名人士,老爷太太,姑爷小姐,花红柳绿,使人眼花缭乱。寿厅里,摆满了筵席,贺寿官员嬉笑言谈,热闹非凡,呈现出一派豪华富贵的景象。

阁老来到寿厅,众人不约而同惊疑地看着他。但见乔阁老身着蓝布大褂,褴褛不正,头挽蒌疙瘩,梳理不顺。在这豪华富贵、花红柳绿的场合里,极为刺眼。人们低声议论着,讥笑着。

王财主出于礼貌,微笑着迎上前去,躬手谦让:"老先生,请上座。"不料,乔阁老毫不推辞,大模大样地入了位。这更使财主大为不悦,心想:这个老头子真不识好歹,你也不看看,今儿个贺寿的都是些何等人呀!你一个教书先生,怎能坐得了上位呀?怎奈话已出口,且阁老也入了座,只得忍气吞声罢了。

酒席宴上,王财主有意问起阁老:"老先生,像这样的上位,你可曾享用过?"

"不多,不多!"乔阁老明白王财主的用意,"嘿嘿"地笑道,"像这样的上座,我只享用过两次。记得我完婚时,到岳父家坐过一次。"

"应该,应该!"王财主和贺寿的人不由得轻蔑地笑着。

"再一次么,"乔阁老看了众人一眼,"是当今皇后寿诞之日,皇上请我坐了上位!"

"喔——"王财主听后一惊,继而暗笑:这个老头子,一副穷酸相,皇上还请他坐上席?莫不是想得发疯啦。但碍于面子,且又是贺寿之日,不便说什么,只是鄙夷地笑着。

宴毕,王财主请来客题词留名。霎时,各府官员,知名人士便你涂一首,他题一诗,称好赞绝,叫声不断。不一会儿,所备的匾牌已题完毕。

当众人在欣赏着各自所题的匾牌时,乔阁老走过来笑着道:"王主家,老朽也来露露丑吧!"

王财主一听,心里更觉不悦,况且,所备匾牌已无剩余,就推辞道:"老先生,你就免了吧!"

阁老道:"承蒙厚待,不胜荣幸。今留一词,略表心意。"看着没处可题时,便又道,"若不嫌弃,老朽就在这匾牌背后题吧!"

王财主想道,这老头子题词也是无用,只好由他去,于是命人将匾牌翻过来。只见乔阁老手握羊毫,饱蘸浓墨,笔走龙蛇,挥出了上下联:"这个女人不是人,养下儿子会做贼。"

霎时,众人目瞪口呆,鸦雀无声。王财主更是气恼得满脸通红,嘴角都颤抖着,但出于母亲寿诞大喜之日,又不便发作。

这时,又见阁老在上联的下半句写道:"九天玄女下凡尘",同时,又刷出了下联的下半句:"偷来蟠桃敬母亲"。这就成了"这个女人不是人,九天玄女下凡尘,养下儿子会做贼,偷来蟠桃敬母亲。"

围观的贺寿人,这才松了口气,脸上露出了笑容,随之又声声称赞叫好。

当人们正在议论之中,只见匾牌下款挥出:"当朝一品——乔应甲"。随之"啪"的一声响,一枚红彤彤的大印盖在了上边。

霎时,贺寿的人全愣住了,个个瞠目结舌,鸦雀无声,王财主更是惊慌得不知所措。只听得"扑通!扑通!"众人纷纷下跪,低头叩首连声称道:"不知巡抚大人驾临,多有得罪!多有得罪!"

乔阁老哈哈大笑道:"不知者不为罪嘛!众位请起。"

当众人惊慌失措站起时,乔阁老严正地道:"眼下灾荒临头,百姓受难,众位有责解救。民困矣!莫把冰山作火山。如若鱼肉百姓,国法难容!各位可量力而行。"众人连连称是。

当下,乔阁老告别王财主,骑上他的小毛驴,又奔他乡而去了。

从此,这块匾牌便翻挂在咸阳城里。

(搜集整理:乔正安)

乔应甲，汉族官宦型机智人物。其原型乔应甲，猗氏（今山西临猗南）人，明万历进士，由襄阳推官入为御史，历任南京右都御史等。其故事流传于山西临猗一带。

受罚推磨

在猗氏通往潞村(今属运城)的故道中，有个解家村。村里有个财主，良田千顷，骡马成群。他依仗权势，横行乡里，欺压穷民，为非作歹，可算得一霸。

在解家财主的田地中，有条通往潞村的必经之路，叫做解家斜。千年古代，辈辈如此。这财主为坑害百姓，就立了个家规，不许路人从此通行。谁若违犯，罚推二斗年麦。因此，人们虽怨恨这财主，但又无可奈何，只得绕道而行。

乔阁老归乡葬母期间，得知此事，甚为不平，总想找机会领教领教。

一天，河东府道台召集各衙知县商磋要事，特命人前来拜请阁老。

一早，乔阁老身着蓝大褂，头挽楼疙瘩，骑着小毛驴，出了张嵩村，顺着通往潞村的故道，"吧哒、吧哒"地上路了。

阁老这毛驴，身架虽小，但膘肥体壮，走起路来，倒也风快。不到半晌时间，便来到解家斜。阁老两腿用力一夹，毛驴尾巴一扬，"吧哒、吧哒"直插斜路而过。

正当阁老的毛驴走在斜路中，忽见村边跑来两个人，正是解财主的管家,专门看管这条路。只见二位近前,抓住毛驴的缰绳,喝道:"老头子,下来!"

阁老问道:"啥事呀?"

另一位粗声道:"老头子,你可知我家主人的法规?"

阁老答曰:"不知道啊!"

"哼!别装糊涂。告诉你,凡走这条斜路,罚推二斗年麦!"

"那我返回不走啦!"阁老说着返身欲走。

"回来,没那么便宜!"一位管家挡住了阁老的去路。

"好厉害的家法呀!我推,我推!"

于是,两位管家,一个拉驴,一个推搡着阁老,向村里走去。

财主家的磨房,设在偏院里。磨盘上早已堆着淘好晾干的年麦。阁老将毛驴拴在门柱上,掖起蓝大褂,挽起袄袖,抓起磨杆,一步一步地推起来。一匝、两匝、三匝,随着沉重的脚步,磨盘在轰隆隆地转着。拉碎的麦粒,从两扇磨盘中间撒了出来。

这时,解财主手执水烟袋,由管家陪着走过来,看到阁老在推磨,可旁边却拴着一头小毛驴,不禁笑道:"老头子,你这是何苦?毛驴拴着不拉,却要人来推呢?"

阁老笑道:"主家,人叫驴走岂由驴,犯法是人怎怪驴,受罚是我并非驴,故而吾推不用驴。"

财主哈哈笑道:"这个怪老头!"随后对管家说,"看着他,小心偷料!"说着扬长而去。

阁老迈着脚步在推着,沉重的磨盘在旋转着,细碎的麦片在源源不断流淌着。

一匹,一匹,又一匹……

再说,河东道台一大早命人随轿到张嵩村,接迎阁老。不料家人禀报,阁老已走多时。差人急忙追寻,眼看日过正午,仍未接到阁老。

差人催马路经解家村,忽见门前拴着的小毛驴,认识这是阁老所骑。进院内一看,不由得惊呆了,只见阁老手把磨杆,在一匹一匹地推磨。

差人慌忙跪倒在地,口称:"大人,我家道台恭候大人多时,您老怎能在此……"

阁老见是差人,便笑道:"忙什么,你不看我在受罚吗!将麦推完,立即起程!"说着仍在推着。

"啊呀!大人,万万使不得呀!"

说话间,只听得开路铜锣"镗、镗——"响着,原来是迎接阁老的八抬大轿进了村庄。

这可惊动了解财主,急忙跑出家门,只见差人衙役跪下一大片,在恳求着推磨的老头子。一打听,原是乔阁老。解财主可吓破了胆,慌忙跪倒,叩头如捣蒜:"不知阁老大人到此,小人该死!小人该死!"

这时阁老才放下磨杆,抹了把头上的汗水,笑着说:"耳听是虚,眼见为实,今天这苦差,老夫可是领教了。"

财主知道大事不妙,急急求饶:"小人知罪!小人知罪!"

阁老看到这个横行乡里的财主,气不打一处来,意要处罚,就严正地道:"解主家,今日之事,你是认打,还是认罚呀?"

解财主怕吃不消皮肉之苦,叩头如啄米鸡似的连声道:"小人认罚!小人认罚!"

"好!"阁老笑道,"你罚我千匹万匹,我只罚你一匹半匹。限你三个月之内,修起猗氏城墙。违者严惩!"

财主连连叩首道:"小人遵命! 小人遵命!"

这时,阁老才骑上他的小毛驴,随着差人奔赴河东府去了。

传说,这家财主受罚后,日夜建修猗氏城墙。当城墙建造不到一半时,家产也就破落了。

(搜集整理:乔正安)

刘墉，汉族官宦型机智人物。其原型刘墉（1719—1804），字崇如，号石庵，山东诸城人。清乾隆嘉庆时期的大臣、书法家。其故事以智斗权奸和珅、巧讽乾隆皇帝的作品最有特色，在河北、北京、天津、山东、辽宁等地广为流布。

得皇赏

清朝乾隆年间，皇上驾前有两个中堂，一满一汉。满中堂和珅，汉中堂刘墉。他们两人一向是面和心不和。那和珅是想方设法地整刘墉，整来整去却叫刘墉整住了他。乾隆皇上又处处袒护和珅，总想找机会刁难刘墉，为和珅出口气，也为满人争回面子。

一次散朝之后，乾隆留和珅、刘墉陪他在书房吃饭，饭后陪他聊天。乾隆问和珅："和爱卿，国事办完回到府中作何消遣？"

和珅这个人很会迎合人的心理，他知道皇上最喜欢书法，赶紧说："奴才在家没有事，也就是练练字。"

乾隆说："很好，很好。"又问刘墉，"你在家作何消遣？"

刘墉的字写得很好，是当时有名的书法家。可是谁求他都不给写，就是皇上，要不指名让他写，他也不肯写。不过他自己倒是经常在家练字。如今皇上问他了，他却说："臣在家没有事时，光睡大觉啦。"

"无事睡觉，倒也自在。你就不练练字吗？"

"臣的字不用练，早就练成啦。"

乾隆一听，谁敢说自己的字练成啦？于是就问："你什么字练成啦？

楷、草、隶、篆,哪一种?"

刘墉故意跟皇上绕圈子说:"你问大个的还是小个的?"

乾隆想:怎么还分大个小个呢? 便问道:"大个的你能写多大?"

"大个的可着北京方圆四十里我能写一个字。"

乾隆想:我叫他写,写不上来我办他欺君之罪。一转念,不行,他会向我要纸要笔,哪有那么大的纸和笔呀! 问他小个的:"那么小个的你能写多小呢?"

刘墉说:"在一个苍蝇头上能写四十七个字。"

乾隆心里说:这回我叫他写。又一想,不行,我要叫他写,他叫我给他捉苍蝇去,我是皇上能去追着捉苍蝇吗? ……他两眼一抹搭,主意来了:"刘爱卿,你也不用说一个苍蝇头上能写四十七个字了,朕这里有五分宽一寸长的条幅,上边写上一万个字就行了。你跟和珅两人都写,谁要写得上来,朕当有赏。"

太监赶紧把纸裁好,送给和珅、刘墉一人一张。乾隆对和珅说:"和爱卿,你写!"

和珅心想:这么写呀,就是让我点点儿,点不到一万,纸就成黑的啦。于是说:"奴才写不了。"

乾隆又对刘墉说:"刘爱卿,你写!"

"臣遵旨。"

乾隆一听,真写呀,我叫你写不成。他伸手拿起笔来往墨水壶里一蘸,往外一提,墨水顺着笔尖往下直流,说道:"刘爱卿,给你写!"

刘墉一看,别说写,只要掉在纸上一滴,这纸就全成黑的了。心里说:别给我来这一套! 他接过笔来,转身用力一甩,墨水全甩在了地上,背过身去不让乾隆看见,不大一会儿就写完了。把笔一放,双手捧着纸条儿说:"臣刘墉交卷!"

乾隆接过去一看,上边只写了十二个字,把一万个字全包括啦:"一而十,十而百,百而千,千而万。"

乾隆心想:我要说不够吧,明明写着千而万,莫非连千至万都不懂?我要说够吧?明摆着是十二个字。他沉着脸说了个:"好哇!"

刘墉忙问:"赏我什么呀?"

乾隆心想:刚才我说过写上来有赏,我能不给吗!可我赏他什么呢?他大拇指上戴着个扳指儿,是祖母绿的,可称无价之宝。他摘下来说:"刘爱卿,朕把扳指儿赏给你。"乾隆没有安好心,寻思:只要他接过去,我就办他欺君之罪,我的扳指儿你也敢戴?就把他杀喽;他要是不要呢,就办他抗旨不遵,也把他杀喽。这回他活不成了。

刘墉伸手就接:"臣谢主隆……""恩"字还没有说出口,心想:坏啦,这扳指儿是要脑袋的呀!他心眼转得特别快,紧接着说道:"谢主隆恩,启奏万岁,你的扳指我不能戴,我要是一戴就是欺君之罪。"

乾隆说:"那你是不要了?"

"臣要是不要,是抗旨不遵。"

乾隆一听,得,都叫他说了,我还说什么呢?他反问道:"依你之见呢?"

"依臣看来,我把它请回家去,供在祖先堂上,一日三次烧香,见物如见君,臣谢主隆恩。"他把扳指拿过去,把帽顶子拧下来,把扳指往顶心轴上一别,又把顶子拧上了。

乾隆一看,得,归他啦。真是又心疼,又气恼,满肚子火气没有地方出,心里说:好你个罗锅子,你可真王道啊。想到这里,顺手拿起笔在桌子上写了个"王"字,意思是你太霸道了。

刘墉一看,就明白了他的心思,却故意问道:"万岁,这是什么意思?"

乾隆能说你要了我的扳指,你太王道了? 他也很有学问,把小胡子一摸,主意来了:"你问这个'王'字啊? 这是对子上联。"

"万岁请讲!"

乾隆说:"你听着,国乱民愁王不出头谁为主。"

刘墉说:"微臣奉对。"

"好哇,对上来有赏。和珅,你也来对!"

和珅说:"奴才对不上来。"

刘墉说:"天寒地冻水无一滴怎成冰。"

乾隆说:"好!"

"你赏我什么?"

乾隆一听,还得赏,赏什么呢? 低头看看自己穿的八团龙的黄马褂,一赌气脱下来说:"朕把马褂赏给你,穿不上不许供起来!"

刘墉瞧了和珅一眼,心里说:和珅,你不行吧、扳指、马褂都归我啦。这时乾隆的上联又想出来了。他借着刘墉的冰字说:"水上冻冰冰积雪。"

刘墉立刻对答:"空中腾雾雾腾云。"

乾隆又说:"好!"

"赏我什么?"

乾隆想:我又说了好,还得赏,把大褂脱下来说:"这大褂给你穿。"

刘墉把大褂接过来又套在了马褂的外头。这时乾隆的上联又出来了:"水上冻冰冰积雪雪上加霜。"

刘墉说:"臣对:'空中腾雾雾腾云云开见日'。"

乾隆又说了声:"好!"

"赏我什么?"

乾隆把小褂脱下来说:"给你!"刘墉又把小褂套在大褂的外头了。

乾隆光着脊梁又说出了上联:"快斧击冰冰粉碎。"

刘墉说:"钢刀劈水水不开。"

乾隆又叫了声:"好!"

"赏我什么?"

乾隆看自己身上,裤子不能再给他了,于是把手一扬:"你们都给我退下吧!"

刘墉兴高采烈,和珅愁眉苦脸,各自回了府。乾隆在书房里又恨又气:他恨刘墉鬼点子太多,更气和珅不争气,那么多东西都叫刘墉拿走了,你和珅一样儿也没得到,我也跟着你丢了咱们满人的面子。

(讲述:杨朝善;整理:张今慧)

刘之治，汉族文人型机智人物。其原型刘之治，是清末寿州（今安徽寿县）的一个文人，因不满朝廷腐败，反对八股科举，从未应试。其故事流传于寿县一带。

斗 知 府

寿县西乡有位穷书生，因无钱孝敬考官，虽有满腹文章，仍屡试不第。他家中非常贫困，一天三餐难周全。夫妻两人商量多次，书生为了解决肚子，才让妻子进城帮佣。

妻子进城，帮到知府家。她干活勤快，为人厚道，就由一般女仆调进内房服侍知府娘了。由于不挨饥受饿，三餐茶饭一当，脸上黄皮渐渐褪去，日益白嫩红润起来。她又长得五官端正，形态秀丽，比知府的妻妾还美咧。

知府见色起歹，顿生邪念，叫寿县知县做媒。那知县也是个"马屁精"，派衙役传来书生，对他说："喂，穷书生，知府女人看中你的婆娘，愿出一百两价身银子给你，你把妻子让给知府大人，你另娶一个吧！"

书生不愿，说："我虽家穷如洗，但骨头比银子还硬，我决不出卖妻子。"

知县大怒，说："山棱果子，不上抬举。告诉你，敬酒不吃吃罚酒，就别后悔。"

他立刻命衙役把书生赶出县衙。书生站在衙门口连呼："寿县县衙无青天！"

刚好，刘之治从这里经过，见书生扯着嗓子在叫，便说："老弟，衙门关着，你喊破嗓子，也是搬石头砸天。你有什么不平之事，快说出来，大家合计合计。"

书生见刘之治说得诚恳，便含泪把不幸遭遇说了一遍。刘之治说："知县衙门告知府，叫钵子装坛子，是到处碰壁的，不成，不成。"

书生一听，又急得哭起来："难道就这样算了，我们夫妻永远不得团圆啦！"

刘之治对书生说："呔，你运气好。孙状元当了四省巡按，顺道返乡祭祖，你写状子给他，我保你打赢官司。"

书生当即写了状子，刘之治在书眉上题诗一首，告诉他说："你到状元府，他们会不让你进去，你就说刘之治叫送的信。"

书生点点头，拿了冤状直奔状元府。果然门官不让他进。书生头昂昂的，胸脯挺挺的，说："刘之治叫我来送封信，要面呈巡按大人。"

门官只得领了书生进去。当时寿州知府和知县在拜会孙家鼐。两人一见书生进来，脸上一寒，知府来了个恶人先告状，说："孙大人，这是寿县西乡有名的无赖，冒充大人的同窗，快赶他出去。"

孙家鼐说："慢。"随即问书生，"是刘之治叫你送信来的吗？"

书生说："是。"然后把冤状递上了。

孙状元看那状纸，见书眉上有诗一首，写道：

寿州到处乌云飘，
状元家乡没青天。

知府大人霸民妻，

寿县知县收媒钱；

妻妾成群犹不足，

落难书生家不圆！

　　　　刘之治题

　　孙家鼐看后，就把状纸递给知府，知府见是告他，又怕又恨，浑身发抖，不由得双膝落地，叩头求饶，说："大人恕罪，卑职不敢了。"

　　孙状元命中军官拾起状纸，将知府知县拿下，狠狠地说："状元家乡没青天，要你这两狗官何用。"

　　他当即写奏进京。不久，圣旨批复，知府充军，知县削职为民。秀才夫妻得以团圆。

（搜集整理：黎邦农）

关朝,汉族长工型机智人物,出自艺术虚构。他的故事流传于广东徐闻一带。

"招婿"上门

一天,关朝挑了两只猪仔到墟上卖,路上,突然肚子痛了起来。

这时,来了一个骗子,假装同情地对关朝说:"老兄,我们正好同路,让我来帮你挑猪仔吧!"关朝便把猪仔交给了骗子。

骗子挑着猪仔在前头走,关朝因肚子痛跟不上,在后面叫:"老弟,请等一等!"

骗子不理他,越走越快。关朝知道碰上骗子了。

眼看骗子就要走掉,关朝灵机一动,在路旁拾块石头揣在怀里,叫道:"老弟,帮人帮到底,我这儿还有一包银子,家里等着急用,我走不动了,烦你一起带给我女儿!"

骗子听了,贼眼一转,走了回来,见关朝腰间果真鼓起一个包,便在心里打起银子的主意来。

关朝见骗子动了心,又认真地说:"我住在小墟上,是做猪仔生意的,家里有一个女儿,今年十七岁。我倒想招你做入门婿,成了亲,就由你来接手做猪仔生意好了。"

骗子一听,馋得口水直流,心想:就到他家里享受享受再说吧!于是

"扑通"一声跪倒在关朝脚下:"蒙你见爱,我现在先拜谢泰山大人!"拜毕,一边挑着猪仔,一边扶着关朝向墟上走去。

关朝把骗子带到了小墟上一家财主的院门口,对骗子说:"这就是我的家。我那小女有个怪脾气,有生人到来,得先告诉她,才能带进门。你要委屈一下,在这等一会儿,我进去就来。"说完,走进门去。

原来,关朝早就知道,近日里,县官要新建县衙和城墙,强令各方出钱出工。小墟这一带的民工和钱都未出齐,两个差役正住在财主家里,催办此事。

当下,关朝进门找着差役,对他们说:"我有一个儿子,终日不务正业,不听管教。我想把他交给你们带去做工,让官家管教管教。但是我那儿子非常粗野,他进门时,你们一定要把他绑起来,否则,他不会老实听话的。"

说完,关朝丢掉怀中的石头,出来对骗子说:"请进吧。我女儿非常高兴,她正在屋里等你,这猪仔,我先挑去赶墟,回头再来陪你。"

关朝挑着猪仔向墟上走去。骗子笑咧着嘴一进门,就被两个差役绑起来了。

(搜集整理:黄果心　韩令华)

纪晓岚,汉族官宦型机智人物。其原型纪昀(1724—1805),
字晓岚,一字春帆,献县(今属河北省)人。清代大臣、学者、文
学家。其故事在河北、北京、天津等地广为流布。

释春联

某次纪晓岚回家省亲,正逢春节。乡里有一家弟兄仨,日子过得很
穷,都没成家,因此常受一些富户歧视。

纪晓岚见这兄弟几个为人老诚,便送了他家一副春联,上联是"惊天
动地门户",下联是"数一数二人家",横批是"先斩后奏"。

这副春联贴出之后,一则书法绝妙,二则语句惊人,震动很大,围观者
不计其数。

当时有个财主一向与纪家不和,非常嫉恨纪家。他听说纪晓岚为乡
民写了一副"犯上"春联,便串通官府,上告京都,说纪晓岚犯了欺君
之罪。

乾隆皇帝得知,龙颜大怒,立刻召纪晓岚回京。

纪晓岚连夜回朝,乾隆皇帝见纪怒道:"你可知罪?"

纪晓岚慌忙跪倒:"为臣回家省亲是万岁恩准的,不知罪从何来?"

乾隆皇帝说出他在家写春联一事。

纪晓岚道:"万岁息怒,春联虽是我写,但并无过错。这家哥仨,老大
是个卖爆竹的,不是'惊天动地门户'吗?老二是集市管过斗的,岂不是

'数一数二人家'？老三是个卖烧鸡的，'先斩后奏'并不过分呀！"

纪晓岚这一解释，逗得乾隆皇帝大笑，便赦纪晓岚无罪。

(搜集整理:刘树强)

杨佟，汉族讼师型机智人物。其原型杨佟是清咸丰年间兴化县小戴庄（今属东台）的一位秀才。他常帮助百姓打官司，仗义执言，绰号"铁嘴杨佟"。其故事在江苏东台、兴化、盐城、海安一带广泛流传。

保　坝

有年发大水，运河水天天往上涨。扬州府不顾里下河一带数百万百姓的死活，打算开坝把水放到里下河来。这还了得吗！吓煞人啦。里下河的百姓纷纷向坝堤拥去，要保坝，要拼命。杨佟当然更急，闯在头里。

扬州府在坝上搭了公馆，旗锣伞盖，蛮威风的，还给龙王菩萨换了全新的袍服，烧香唱戏，求神保佑。这天，扬州府一定要开坝了，杨佟硬是拦住不肯。

扬州府拿扇子朝上一指："你看，白浪滔天！"

杨佟转过身来朝下一指："你看，黄金铺地！"

扬州府知道来者不善，赶忙问他："老头儿，你家有多少田地？"

杨佟说："不多，三亩三分三厘三。"

扬州府又问："一亩收多少稻子？"

杨佟回道："有限，六斗六升六合六。"

"那你何苦这般纠缠！"

"要吃要穿要活命！"

"来来来，有你一家吃的穿的，你那三亩三分三厘三的六斗六升六合六全由我包下了。"扬州府想把杨佟打发走,忙改了口声。

"口说无凭,请大人写一笔下来。"杨佟毫不让步,紧逼不放。

扬州府按杨佟的话当下写了个凭据:

里下河州县按亩赔贴稻子六斗六升六合六

杨佟得意一笑,马上拿到大庭广众,高声念道:"众位听着,府台大人手谕:里下河州县按亩赔贴稻子六斗六升六合六。好,听凭大人开坝放水,快向大人领粮去啊!"

"好啊! 向府台大人要米去!"人山人海,呼声不断。

府台晓得情况不妙,忙回道:"不,不,不……不是的……不,不开坝了! 不开坝了!"

府台大人赔不起这么多的稻子,不敢开坝了,只好另想办法治水。坝保住了,里下河遍地黄金也保住了。据说后来就再也没有人敢决定开坝,里下河的粮食连年丰收。

(讲述:杨万岭;搜集整理:树 山 爱 华)

阿尔格齐，蒙古族劳动者型机智人物，出自艺术虚构。其故事幽默诙谐，洋溢着草原的泥土气息，主要流传于新疆北部、西北部的蒙古族聚居区。

合用一副后鞧的两头毛驴

一天，专横的汗和老婆一道来到果园，并排坐在一条木椅上吃苹果，打发仆役去召阿尔格齐来给他们讲故事。阿尔格齐闻讯，故意耽搁了一会儿，才来到汗的面前。

汗见阿尔格齐来迟了，问道："我命令你前来给我们讲故事，你为何迟迟不来？"

阿尔格齐回答说："我的汗啊，小人本应从速前来，只因小人不慎将合戴一副后鞧的公驴和母驴丢了，为了寻找他们，才耽误了时间，乞求我汗恕罪。"

"阿尔格齐，你不要扯弥天大谎了！两头毛驴怎能合戴一副后鞧呢？"汗取笑说。

阿尔格齐反问道："我的汗啊，您和汗后两人既然能够合坐在一条椅子上，公驴和母驴为什么不能合戴一副后鞧呢？"

汗转脸对老婆说："此话有理。"

这时，旁边一名好奉承的官吏，急步来到汗的面前，双膝跪下道："禀告我汗，阿尔格齐狗胆包天，竟敢藐视我汗和汗后，将您和汗后比作公驴和母驴呢。"

汗逼问阿尔格齐道:"是这样吗?"

阿尔格齐毫无惧色,不慌不忙地说:"我的汗啊,您要是自个儿把自己看成毛驴,那小人说的正是它们;如若不是这样,那就是这位大臣有意侮辱您和汗后为毛驴呢。"

汗勃然大怒道:"我根本不是毛驴。这可恶的大臣竟敢如此放肆,将我侮辱为毛驴!"说罢,赐给阿尔格齐六棱皮鞭,命令阿尔格齐将那大臣猛抽了一百二十七鞭。汗又撤了那大臣的职务,罚他去干苦工。

(搜集:斯·阿拉;翻译:王 清)

阿尔格齐，蒙古族劳动者型机智人物，出自艺术虚构。其故事幽默诙谐，洋溢着草原的泥土气息，主要流传于新疆北部、西北部的蒙古族聚居区。

阿尔格齐和汗

从前有个部落汗王，听说云游世界的阿尔格齐能言善辩，便命人去召他进宫。汗事先召集众位大臣，自己高坐在汗位上，等待阿尔格齐到来。

阿尔格齐奉召急忙来到汗的宫殿，拜见汗王。

汗先将他从头打量到脚，这才赐坐；他又命人将一张桌面鼓起的石桌抬到阿尔格齐面前，用一只底部是球形的碗向他献茶；随后，他又亲手给阿尔格齐递去鼻烟壶。

这是故意刁难阿尔格齐。对汗王亲手递给的鼻烟壶，不接是不行的；要接，就得把球形底碗放在鼓起的桌面上，这样碗就会滚落下来，惹得大臣们发笑，那也是失礼的；而如果一只手端着茶碗，只用另一只手去接汗王的鼻烟壶，那就会犯对汗王不恭之罪。

面对这种刁难，阿尔格齐不慌不忙。他褪下右手腕上的念珠，绕成三圈放在石桌上当碗座，将球形底碗稳稳地放在上面，然后双手恭恭敬敬地接过了汗王递过来的鼻烟壶，舒畅地吸了起来。

众大臣见状，都十分钦佩阿尔格齐的聪明机智，交相点头称赞。

可是，汗王对自己没能窘住阿尔格齐却感到不甘心，便说："阿尔格齐,你为什么用碗将神圣的佛球压在下面呢?"

阿尔格齐坦然地微笑着,从座位上站起身来说:"禀汗王,这并不是喇嘛们用的佛珠,而只是牧民们在丢失牲畜时做标记的念珠啊。"

"你这套本领是从哪里学来的?"汗王又问。

"百姓对客人总是先敬鼻烟,然后敬茶,而汗王您却先赐茶,然后赐鼻烟壶。这怎么能叫我不钦佩呢? 尽管茶碗的底很怪,但它盛的却是您所赐的福分;尽管桌子是鼓起的,但我怎能让茶碗从上面掉下,将您赐给的福分洒掉呢?"

汗王无言以对,不能不称赞阿尔格齐聪明能干,并赐给他许多礼物。

(搜集:玛·加斯莱;翻译:王 清)

303

沈拱山,汉族文人型机智人物。其原型沈拱山,字渭浜,清嘉庆、道光年间盐城的一位饱学之士。他一生未做官,常与权贵豪绅作对,替百姓打抱不平,后因触怒官府入狱,在狱中被害死。其故事在苏北地区广为流布。

大闹苏州松鹤楼

沈拱山是个热心热肺热肚肠的人。有一年,他替邻居出冤气,到苏州府跟一个财主打官司。府台衙门不开堂审案子,弄得沈拱山蛮尴尬,只好节省开支,过着一天吃三碗阳春面的生活。当时苏州风俗坏得不得了,一等吃食,坐一等的座位。阳春面就是光面,只有拉车子的、卖小菜的人去吃,所以不许进雅座。

苏州观前街上有家大馆子,名气响得很,仗着乾隆皇帝替它写过"松鹤楼"三字,更是了不得,那个二楼的楼面上,除了吃卤鸭面、浇头面以外,一律不许上楼。

沈拱山哪里懂这个规矩,他买了一碗光面,便朝楼上走去,正巧被老板看见。老板不声不响赶上去几步,一伸手,就拉住了沈拱山悬在脑门后面的一条辫子,还辱骂了沈拱山一顿。等沈拱山弄明白时,他教训松鹤楼老板的点子也想好了。

隔天的早上,松鹤楼正上早市,进进出出的人川流不息。沈拱山来了。他特地从栈房里借来一架三十二档的竹梯,望店门前挂招牌的地方一靠,只身到堂口买了碗"双浇面"。说来古怪,这个吃客,一碗面上要放两种浇头①。他一只手端面碗,一只手用筷子将面条高高地挑起,以防汤水泼洒到碗外去,然后走出大门,平步直朝三十二档的梯上而去。

沈拱山端着面碗,落落大方地坐在屋面上吃面,还大腿搁在二腿上。这一来,松鹤楼热闹了,看稀奇的人山人海,水泄不通,别说做生意,连店门也被人挤得倒了下来。

松鹤楼老板急煞了,板了面孔,对着屋面责问:"喂喂喂,我往日与你无仇,今日与你无恨,你怎么这样找麻烦,寻开心?"

沈拱山就当没事一样,笑眯眯地回答说:"贵店有店规在先,吃卤鸭面、炒浇面请在楼上坐。我今天吃双浇面,岂有不坐在屋面上吃的道理?"

松鹤楼老板急出一身冷汗,自知理亏,连连朝沈拱山打恭:"老先生,小店过错不小,从今后,吃面不分花钱多少,一律随意落座!"

沈拱山听后,哈哈大笑,立即下了屋面,扬长而去。据说松鹤楼的这个规矩从此就改掉了。

(讲述:沐宝富;搜集整理:马汉民)

---

① 浇头:浇在面条上的肉、菜。

韩老大和五娘子为夫妻二人，汉族劳动者型机智人物，出自艺术虚构。在作品中，他俩主要以农夫、农妇的身份出现。其故事流传于冀东唐山、丰南、丰润、滦县一带。

一刀之罪

有一天，财主李大脑袋十五岁的儿子要去姥家，李大脑袋吩咐长工韩老大给少爷备好了马，又让韩老大陪着少爷一块儿去。

少爷骑着马在前头走，韩老大只好连颠带跑地在后头跟着，走盘山道的时候，突然从草稞子里"噌——"蹿出一只兔子，把少爷的马吓得一蹦，连少爷一块掉下悬崖，摔死了。

韩老大急忙跑回村，把这事儿告诉东家。李大脑袋揪住韩老大的袄襟，瞪着两只眼，说："前些日子，你赶车用鞭子打我的马，被我看见，我用鞭子打了你几下，分明是你怀恨在心，今天趁山路无人，把我儿子推到山下摔死的。走！跟我到县衙门去，不给我儿子偿命不中。"

韩老大连说自己冤枉，可李大脑袋哪里肯听，吩咐四个扛活的卸下一块门板去抬少爷尸首，又吩咐两个护院的人押着韩老大来到县衙。

这个县官本是个贪官，早和财主李大脑袋穿着一条连裆的裤子。每到逢年过节，或者县官父母过生日，家里小孩过满月等，李大脑袋都给他送厚礼。县官听李大脑袋一面之词，不容韩老大说个长三短四，就给韩老大定了个死罪。

那时候，给犯人判死刑，要分几刀之罪：一刀之罪，就是把犯人的脑袋砍下来；两刀之罪，就是砍下脑袋以后，在腰上再砍一刀，把人一分两截；最多的是七刀之罪，就是把犯人大卸八块。

县官判处韩老大一刀之罪，下入了死因牢。有人见韩老大摊上了人命官司，就急忙跑到韩老大家，告诉了韩老大的媳妇五娘子。五娘子不知是咋回事，便跑到县监牢房来看丈夫。韩老大隔着栏杆见了媳妇，伤心地哭起来，一边哭，一边把事情经过和县官如何判了他一刀之罪的事告诉了媳妇。然后又说："我是有苦无处诉，有冤无处申，跳进黄河洗不清，看来我是活不成了，咱俩夫妻一场，你就好好拉扯着孩子过吧，我在九泉之下，也忘不了你……"

忽然，五娘子想起一个主意，抹了抹眼泪，对韩老大说："老大，你就放心吧。"然后转身走了。

五娘子找到县官，磕了个响头说："大老爷，我的丈夫韩老大被判了死罪，我有一事相求。"

县官说："你有何事，快快讲来。"

五娘子说："大老爷，我丈夫死后，我决不再嫁人。可是，我们家离这儿有百八十里地，家里又穷得地无一垄，房无一间，炕无一席，难把我丈夫的尸骨取回去。这样一来，我百年之后，单尸骨就不能入韩家坟的正穴。所以求大人把我丈夫韩老大的辫子割下来，我把它带回去，等我死后就可以同那条辫子一起埋入韩家祖坟正穴了。若能如愿，民妇感恩不尽。"

县官想：妇女守节，皇朝官府都得支持，反正韩老大也是一个死，把他的辫子割去也没啥，就说："好吧。"随后又喊了一声，"来人呐！"

一个衙役走上大堂。"传老爷我之命，令剑子手速将韩老大头上的辫子割下来!"

"遵命!"衙役转身走了。

刽子手提鬼头大刀进了死囚牢,韩老大一见,心里说:完喽,我韩老大就这样冤枉地死了。

刽子手一把揪住韩老大的辫子,只听"唰"的一声,刽子手"蹬蹬蹬"出了牢门走了。韩老大睁开眼睛,不由用手摸了摸脖梗子,这才发现后脑勺上的辫子给割去了。他纳起闷来,不知县官搞啥鬼名堂。

五娘子从县官手里接过韩老大的辫子,问:"大老爷,民妇还有一事相问,不知大人判了我丈夫哪种死罪?"

"人命关天,一刀之罪。"

"既然是一刀之罪,大人已命刽子手给了我丈夫一刀咧,现在你就该把我丈夫放喽。"

"这……"

五娘子见县官结结巴巴答不上来,就说:"大老爷,你身为朝廷命官,怎能不执行朝廷定下的大法?你判我丈夫一刀之罪,你已经给我丈夫一刀咧,再砍我们,我就到府台和皇上那儿去告。"

县官听后一琢磨,这事儿真要让府台和皇上知道了,派人下来查访,平日受贿的馅儿一露,乌纱帽还不丢喽?只好答应把韩老大放了。

五娘子领着韩老大刚要走,县官眼珠子一转,想出一个主意,说:"回来,回来!"

五娘子和韩老大又转身回来问:"老爷,还有什么事?"

县官说:"刚才衙役告诉我说,你们两口子都很聪明,连老爷我今天也上了你们的当。民妇,刚才你求我一事,我答应了你,现在我求你一事,你也得答应吧?"

五娘子说:"什么事,大老爷只管说。"

县官说:"你们两口子既然很聪明,那么你们要在我拍十下惊堂木的空儿,作一首诗,每人说两句。"

五娘子问:"以什么为题?"

县官一指韩老大说:"以你蹲监牢狱为题。"

韩老大和五娘子心里明白,你要说监牢狱如何不好,县官会借故再判你的罪。

县官说:"现在我开始拍惊堂木了。"他一边拍,一边数,"一二三……"

韩老大说:"家有千顷地儿,不如监牢狱儿。"

五娘子接着说:"吃饭有点钟儿,走道有尺寸儿①。"

县官惊堂木刚拍到八下,韩老大和五娘子的四句顺口溜儿就说完了。县官干瞪眼儿,只好让韩老大跟着他媳妇走咧。

(讲述:王国勋　王　殿;搜集整理:白　泉)

———————————

① 吃饭有点钟儿,一指到点钟儿开饭,二指吃饭限定时间。走道有尺寸儿,指戴脚镣,步子迈不大,有限度。这四句顺口溜儿是明褒暗贬。

　　游伯佬，汉族农夫型机智人物，出自艺术虚构。其故事大都反映旧时湖南中部农村、城镇生活，富有幽默感和泥土气息，在湖南新邵、邵阳、新化、怀化一带流布。

谈棋换面

　　一年正月，游伯佬去柳塘村给舅母拜年。他舅母是个嫌贫爱富的人，见游伯佬礼物轻，嘴巴翘得能挂十二只油葫芦，连茶也不泡，把他晾在一边。

　　过了会儿，舅母的娘家侄儿荣贵也来了，带来丰厚的礼物。舅母泡茶又拿瓜子，眼睛笑得眯成一条线。她架起锅子下面条，还打了几个荷包蛋。游伯佬在堂屋陪荣贵嗑瓜子闲聊，从侧门瞟了一眼灶屋里，只见舅母把荷包蛋都盛在一个碗里，上面盖上面条儿，端来放到荣贵面前。另一碗光头面放到游伯佬面前。

　　游伯佬心里很有气，但嘴里不好说，只好装着没看见。他灵机一动，便和荣贵谈起棋来："这盘残棋是这样的形式，比方你面前那碗是红炮，我这碗是绿车，你一炮打过来。"他顺手把荣贵那碗面移到自己面前，"我的绿车兜底一家伙，将！"说着，把自己的那碗面推到荣贵面前，然后从容地说，"你看这着棋厉不厉害？"

　　荣贵肚子饿了，他不晓得碗里有名堂，心里只想到吃面，便不懂装懂地说："你这着棋厉害，厉害！吃面吧，莫凉了！"

"嘿,我游某百战百胜,哪输过一回啰。"说着,端起碗就吃。舅母娘见他一口一个蛋,气得白眼儿翻个不停。

(搜集整理:何焕章　刘　军)

解缙，汉族官宦型机智人物。其原型解缙（1369—1415），字大坤，江西吉水人。明洪武进士，永乐初任翰林学士。永乐五年谪广西，八年以"无人臣礼"罪下狱，后被害死于狱中。其故事在江西及全国许多地方广为流布。

打御桶

金銮殿里，有开国皇帝制的一对玉桶，作为传国之宝，代代相传的，是国家权力的象征，历来有专人管理，动不得的。

有一天，那几个大臣指着一只玉桶，对解缙说："人家都说你胆大，看你敢不敢打掉这只御桶？"

解缙一笑，说："打掉一只玉桶，有什么关系？"说罢，"哐啷"一声，把一只御桶打碎了。

他们赶快去报告皇帝，说："万岁，不得了！解缙想造反，把金銮殿上的御桶都打掉了一只。"

皇帝听了，觉得奇怪："有这样的事？赶快把解缙叫来。"

解缙知道那几个人是去皇帝面前告状的，也就跟着他们后面来了，正好遇着去叫他的人，就同去见皇帝。皇帝见了解缙，就问："解缙，他们说你打掉了一只御桶，是真的吗？"

解缙说："为了万岁的江山，我打掉了一只御桶。"

那几个人立刻跪奏道："解缙打掉御桶，明明是要造反，请万岁治他的罪。"

解缙也立刻跪奏道:"万岁,天无二日,民无二主,只有一统(桶)江山,哪有二统(桶)江山? 如果有二统(桶)江山,国家怎得安宁?"

皇帝一听,说:"对呀! 只有一统江山,哪有二统江山? 打得好! 打得好!"

那几个大臣见皇帝没有处罚解缙,还说解缙打得好,就灰溜溜地退出来,解缙跟着也出来。他走到门口,那几个大臣又围拢来,一个个伸出大拇指夸奖解缙有胆量,有办法,是个奇才。夸完以后,这几个就用激将法激他,说:"解大人,你只敢打那一只玉桶,还敢不敢打这只玉桶? 要是你敢打这只玉桶,就算你真有本事。"

解缙听了说:"这算得什么?""哐啷"一声,把剩下的一只玉桶也打掉了。

那几个大臣飞跑着去报告皇帝,说:"万岁,不得了! 解缙把剩下的一只御桶也打掉了,不是想造反是什么? 请万岁赶快捉他治罪。"

皇帝听了很生气,立刻派人把解缙叫来问:"解缙,你刚才说只有一统江山,没有二统江山,把那一只玉桶打掉了。现在,你把剩下的一只玉桶也打掉了,这是为什么?"

解缙奏道:"玉桶江山,脆而不坚,铁桶江山万万年。为了陛下皇业永固,还是打掉玉桶换铁桶吧! 这样,陛下的江山就会像铁桶一样,万代相传了。"

皇帝嘛,怕的是宝座不稳,解缙的话正说到他心坎上,他立即下令铸一只大铁桶放在金銮殿上。那几个想害解缙的人,阴谋又没有得逞。

(搜集整理:余产瑞)

卜宽，侗族劳动者型机智人物。他的故事流传于贵州、广西、湖南的侗族聚居区，在与侗家共居的壮、苗、汉族民众中亦有流传。

智取大水牯

卜宽的老丈人，是赫赫有名的大财主，也是个爱财如命的吝啬鬼。

卜宽的妻子尼宽，生下第一个儿子，模样长得蛮好，谁看了都夸奖。满月那天，尼宽背着儿子去见外公外婆。按照侗族风俗，孩子满月要背到外公家出月，外公家要打发银钱、粮食、衣服等作纪念。如果第一个孩子是男孩，外公家又是富裕人家的话，那就要送一头大水牯和一些水田了。

左邻右舍听说尼宽背孩子回娘家出月，争相来看，有的人故意拿外公说笑："孩子生得多好，模样跟外公差不多。""我看，外公最少送外孙三四头水牛牯。""说不定还要送一两块田呢！""外公要拿出一两罐银子打发外孙的。"

听了这些话，他哭笑不得。等大家走后，他想：这次送一两件衣服看来不行了，一头牛牯蚀定了，但又实在舍不得，绞尽脑汁想出了个法子。吃完晚饭，外公对尼宽说："大人大量，我决定送给外孙两条牛腿，明天叫卜宽来帮我犁一天田，再把牛牵回家去。"说完，他脸上露出了笑容，心想：卜宽呀卜宽，人人都说你聪明，我看你明天来拉两条牛腿吧！

尼宽回家告诉卜宽，卜宽一听，嘿嘿笑了两声，说："外公真体贴我们。明天我帮他犁田去。"

第二天天刚亮，卜宽就到外公家。外公见他来得这么早，笑眯眯地说："你来得这么早，真勤快，真是我的好女婿。"

卜宽也笑着说："外公送牛给我们，不帮外公多犁些田，也对不起你老人家啊！"说完，卜宽亲自去牛圈里挑一头最壮的水牛牯，扛着犁就下田去了。

早饭菜已摆在桌子上了，还不见卜宽回来。外公想：卜宽从来没有喂过自己的大牛牯，听说送两条牛腿给他，乐得饭也忘记回来吃了，这种不花钱的短工到哪里去找？想到这里，外公像含着一块糖，甜进心了。

又过了一个时辰，外公向田坝走去，一来是该叫卜宽回来吃饭了，二来顺便看看他这一早犁了多少田。他走到田边一看，田里一块土都未犁。卜宽直挺挺地躺在树下睡觉，牛缚在一根木桩上。看到这情景，外公火冒三丈，对卜宽吼道："你说来帮我犁田，却在这里睡大觉，到底存的什么心？"

卜宽翻身爬起来，摊开双手，做出为难的样子说："外公，不是我不犁田，是这头水牛牯脾气怪，打死它也不肯拖犁。不信我试给你看看。"

说完，他就把牛牵到田中，把牛轭架在牛背上，挥起鞭子，"叭"的一声打在牛背上，牛向前一跑，牛轭"哗"的一声掉在地上了，一连几次都是这样。

外公站在田基上，气得吹胡子瞪眼睛，训斥说："没吃过猪肉，总见过猪走路嘛！人家犁田都是把牛轭架在牛颈上，唯有你把牛轭架在牛背上。"

卜宽笑呵呵地说："外公，我这是为你老人家着想啊！"

"为我着想？为我着想半天还不犁一块土！"

"你老人家只给我两条牛腿，如果把牛轭架在牛颈上，岂不连你老人家的那两条牛腿都要用上了？我实在不忍心这样做哪！"

"好了！好了！不说了。快回去吃饭。外公再送你一条牛腿，今天下午把牛放到山上喂饱，明天一早就来犁田。"说罢，外公回家去了。

下午卜宽吃了饭，牵牛上山，又把牛缚在一棵树下，就去沟边割草。太阳落坡时，他把割得的牛草分成三股，分别捆在三条牛腿上，把牛牵回来。外公正坐在大门口乘凉。卜宽顺手松了一下绳子，饿了一天的牛牯，哪里见得青草呢？掉头就往捆有草的脚上大口大口地吃。卜宽扬起牛鞭，"叭"一下打在牛背上，接着又把绳子拉得直直的。牛实在太饿了，拼命扭头想去吃草，卜宽死劲拉绳子，又狠狠打鞭子，差不多把牛鼻子勒出血来。

外公见了，连忙说："你怎么不让牛吃草，要让它饿死？"

卜宽说："外公，今早犁田，我为你老人家着想。下午去放牛，我不能再为你着想了。你的那条牛腿是用苞谷杂粮喂的，我的那三条牛腿，只能用草来喂。要是你的那条牛腿，吃了我的牛草，我的三条牛腿就要跌膘！明天哪里还有力气来给你犁田？"

外公听了，哭笑不得，只好说："算了！算了！再送给你一条牛腿，明早你一定要来帮我犁田。"

"外公，你老人家早这么说不就好了！"卜宽笑哈哈地说，扭转头，把牛牵回家去了。

（讲述：杨昌全　吴枝林；搜集整理：杨秀斌　李黔才）

316

艾苏、艾西是两兄弟,同属傣族劳动者型机智人物,在作品中常以长工、侍从、农夫的身份出现。他们的故事流传于云南各傣族聚居区。

借谷种

芒果树披了一身土黄的花簇,撒秧的季节到了。艾苏家没有谷种,他就拿着一个口袋到村寨头人鲇龙波乃曼家去借。

鲇龙波乃曼见艾苏拿着空口袋走进来,知道是来借粮食,就跷起小腿,讥讽地问道:"艾苏,你这么早到我家,一定有什么贵重东西送给我吧?"

艾苏说:"我家最贵重的是一口旧铁锅,想来你不会要吧! 我和弟弟开了两亩田,没有种子,想借一斗糯谷做种,秋后赔还。"

鲇龙波乃曼鼻子哼了一声,心里暗自好笑:帮工出身的艾苏、艾西,家里穷得连一根水牛毛都没有,还想借糯谷种自己种田! 我倒要嘲笑、愚弄他两兄弟一次。于是,他假惺惺地堆起笑容说:"你们要自己种田啦! 祝贺你们。为了帮助你们,别说借一斗,借一石也行。只要秋后双倍偿还。"说着,从家里抬出烤过酒的糯谷渣,一边用斗量着一边说,"这是我家泡过的谷种,让给你家先用吧。让我家这头等糯谷,在你家两亩地上,生根发芽,扬花结穗。祝你们新田丰收,粮食满仓!"

篱笆外面几个正要来借粮的穷苦人见了很气愤,也不愿开口借粮了。艾苏却撑开口袋把谷渣装了进去,用感激的口吻说:"我感谢你的恩德,秋后一定双倍赔还。"说完,背起口袋走了。

一回到家,艾苏和艾西就把谷渣倒进槽里喂了猪,然后,向亲戚家借了一斗谷种,播了下去。到了傣历十二月,打谷子那天,他俩把糯谷筛了又筛,把筛出来的瘪谷、稻叶、糠灰统统扫拢,量了两斗,装进两只口袋里,然后,由艾西挑去鲩龙波乃曼家去了。

鲩龙波乃曼见艾西挑着谷子来,高兴地说:"艾西,辛苦了,赔我的谷种来啦!"

艾西放下扁担答道:"收成还不错。我们说到做到,借一斗还两斗。请拿你家的斗来量吧!"

鲩龙波乃曼拿来斗,解开艾西的口袋一看,都是瘪谷和糠灰,气得暴跳起来,咧着嘴叫喊:"好啊,狡猾的艾苏、苏西,当初我借给你家上等糯谷,今天你们却拿瘪谷来还。这连鸡都不吃!"

艾西无可奈何地叹了一口气,说:"这叫我怎么解释呢?鲩龙波乃曼。我们也感到实在惊奇:您借给的那斗谷种,一到我家就竟然说起话来,它们纷纷哭着说,你对它们太残忍了,用滚沸的开水煮它们,弄得它们皮开肉烂;又用不透气的酒甑子蒸它们,把它们身上的营养汁水榨得一干二净。俗话说,播什么种子结什么果。我们把它撒到田里,今天就长出这样的空心谷了。我们怎能忘了你,一打下来,就赶快送来赔还给你了。请收下吧,两斗,一颗不少!"

艾西把两袋瘪谷倒进斗里,又从斗里倒在鲩龙波乃曼的楼板上,拿起扁担和口袋,走下楼来回家了,弄得鲩龙波乃曼无可奈何。

(搜集整理:岩温扁　吴　军)

318

　鱿龙波乃曼拿来斗,解开艾西的口袋一看,都是瘪谷和糠灰,气得暴
跳起来,咧着嘴叫喊:"好啊,狡猾的艾苏、苏西,当初我借给你家上等糯
谷,今天你们却拿瘪谷来还。这连鸡都不吃!"

召玛贺,傣族官宦型机智人物。他的故事流传于云南各傣族聚居区。

做沙绳

从前,在弥辟腊这个国家里,有个聪明人召玛贺。他很受老百姓的拥护,也受弥辟腊国王的器重。这件事引起了王府里四个大臣的不满。

有一天,四个大臣商量好要捉弄召玛贺。他们一起来到王宫里对国王说:"尊敬的国王,您不是很喜欢召玛贺这个人吗? 他聪明能干又有本事。您应当出道难题考考他,如果他能解答出来,那么可以把他选进宫里,直接为国王服务。"

国王一听这话,很感兴趣。他向四个大臣问道:"你们说说看,出什么样的难题考他?"

四个大臣互相挤了挤眼,便把早已商量好的办法告诉了国王:那就是叫召玛贺用沙子做一根拴象的绳子,并限他一个星期做好。

国王想:拴象的绳子又粗又长又结实,沙子怎么能做绳子呢? 四个大臣怕国王不同意,又赶忙说道:"尊敬的国王,有本事的人任何事情都能成功,您该相信召玛贺……"国王终于点了点头。

第二天,四个大臣来到召玛贺家,告诉他:"国王限你七天之内用沙子做一根拴象的绳子,七天后我们来取。如果做不到,就要砍你的头!"

召玛贺不慌不忙地说道:"好吧,七天后你们来取吧。"

四个大臣回宫后,立刻派了一名心腹到召玛贺家打探消息,看他究竟如何做沙绳子? 谁知一连六天都过去了,打探消息的人回来说召玛贺没有任何动静,整天在家里睡大觉。四个大臣一听,不禁哈哈大笑:"这下可难倒了召玛贺了! 他做不出来的,解气、解气……"

第七天一清早,四个大臣大摇大摆地来到召玛贺家,开口就要召玛贺拿出沙子绳来。

召玛贺用手拍拍后脑勺:"唉呀,真对不起,这几天很忙,我把这事给忘了。"

四个大臣一听,立刻吼起来:"国王的命令不容违抗,今天既然是第七天了,交不出沙子绳就要砍你的头!"

召玛贺毫不在乎,慢腾腾地说道:"别忙、别忙,我搓沙子绳快得很,保证让你们今天取走。"召玛贺用手指指江边的沙滩,"你们看,那里沙子很多,我马上就动手搓沙绳,只是请四位大人回王府把原来用的沙子绳拿来给我做个样子,我保证搓出的沙子绳和你们要的一模一样。"

四个大臣一听,全都傻了眼。你看我,我看你,谁也说不出一句话来。这沙绳到哪里去找呢? 他们没办法,只好灰溜溜回到王府,把情况告诉了国王。

国王生气了,对四个大臣喝道:"不可能做到的东西你们要别人做出来,明明是你们打坏主意害人,你们都不是好人!"四个大臣耷拉着脑袋,一言不发。

原先国王就想把召玛贺召进宫,这件事召玛贺又一次博得国王的赞许。于是,召玛贺被国王召进宫了。他辅助国王把国家治理得越来越好。

(讲述:刀保矩;翻译整理:李晓坤   倪文瑞)

李海进，毛南族劳动者型机智人物，出自艺术虚构。其人原为农夫，后被蒙官（土司）送进宫做侍臣。他的故事大多以与官府、皇上作对为内容，流传于广西环江一带毛南族聚居区。

莫踩断禾根

自从八月十五打月①蒙官②吃亏以后，事隔半年多，蒙官才想出一个报复李海进的法子。他和李海进约定：俩人换工做活路，李海进给蒙官家锄玉米，蒙官给李海进家耘田。

趁着后半夜的好月光，李海进悄悄进了蒙官的玉米地，等日头刚出来，他已把一大片玉米除了草、壅好土，跑到坳口大金刚树下躺着乘凉了。

李海进给玉米除草时，每一锄都锄进玉米根，把玉米须根锄得断的断，伤的伤。

日头偏西时，蒙官摇着大蒲扇走上坳口，李海进装作饥渴难熬、毒热难顶的样子喘着大气。蒙官暗暗好笑地说："老朋友，辛苦了！我忙着催管家打酒买肉等你，竟忘了带茶水来。"

"啊！朋友，一家人不讲两家话，你先到地里看看土壅得好不好。"李海进也笑着说。

---

① 打月：即农历八月十五中秋节赏月。
② 蒙官：环江县川山、下南一带的土司。

蒙官走进玉米地,见玉米叶晒蔫了大半,发起火来:"李海进!你是怎么锄的地?玉米都晒死了!"

李海进哈哈大笑说:"啊呀!我只顾除草壅土,忘了给玉米淋水,玉米叶怎么会不晒蔫。就像你只顾催人打酒买肉,忘了给我拿茶水一样,有什么好发火的呢?"

蒙官一听,心虚了七分,晚上还要白赔一餐酒肉,气得七窍生烟。

轮到蒙官给李海进家耘田了,蒙官一心要报复,天麻麻亮就带了一帮家丁,下到李海进的水田猛踏猛踩,泥土被踏烂,野草被踩死,禾苗也被弄得东倒西歪。这样一直做到中午,个个累得坐在田基上歇气。

李海进挑了一担稀饭走到田边,看了看自家的水田,说:"你们辛苦了!先喝口稀饭解解渴吧!我回家去办酒肉等大家。你们下田可千万要踩轻些,踩断了禾根不要紧,累死了人就难办了。"

"你怕踩断禾根,我偏要踩断禾根!"等李海进一走,蒙官逼着众人下田,猛踏猛踩,一直踩到月亮升起来才收工,累得有酒不想喝,有肉吃不下。

几天以后,蒙官特意去看禾苗死了多少,谁知禾苗正要踩断旧根才好发新根,反倒长得绿油油的,又粗又壮,气得蒙官直埋怨谷神暗中给李海进帮了忙。

蒙官吃了李海进几次亏,便乘着皇帝南游之机,把李海进送进行宫做侍臣,想借皇帝的手来整他。

(讲述:覃汉荣;搜集整理:蒋志雨)

阿凡提，全称"纳斯尔丁·阿凡提"，亦称"霍加·纳斯尔"，中国维吾尔、哈萨克、柯尔克孜、塔吉克、乌兹别克族著名的机智人物。其中以维吾尔族地区流传最广，家喻户晓，尽人皆知。

从天上掉下来的礼物

阿凡提很穷，儿女众多，真是食不饱肚，衣不蔽体。有一天晚上，他手指天空说："哎，胡大！你从你用之不竭的宝库中给穷苦人一千个银元，也不会减少你的财富呀。如果你眼小心狭，少给一文的话，我还不接受呢。"

阿凡提的邻居是一个巴依，阿凡提的话恰巧被他听见了。他想捉弄阿凡提，于是往皮钱袋子里装了九百九十九个银元，隔墙抛过去，然后爬到房顶上看阿凡提的举动。

阿凡提听到一个重东西落下来，接着"哗啦"一响，跑过去从地上捡起一个钱袋子来，一数，少一元就是一千。他以为掉了一个，满院寻找，结果没有找到。这时，阿凡提就大声说："胡大，你原来想给我一千，但你的事务繁多，没工夫一个一个地数，所以在钱袋子里只装了九百九十九元。我没有理由生你的气，只好如数接受你的礼物。"说着，就满心欢喜地往屋子里跑，把天上掉下来的礼物锁到箱子中了。

巴依站在房顶上听阿凡提说话，后来看见阿凡提把钱拿进屋去，差点气昏。过了一会儿，他赶紧跑下来敲阿凡提的门。正准备睡觉的阿凡提就去开门。

"请进，请进！"阿凡提说，"请到屋里坐。虽然天晚了，我仍然招待你。"

巴依气势汹汹地说："谁要你招待，你把钱袋子拿出来！"

阿凡提气愤地说："巴依先生，胡大见我可怜，给了我一袋子钱。你想捞一把吗？"

巴依忍气吞声，差不多要哭了，说："你刚才说：'哎，胡大！从你用之不竭的宝库中抛出一千个银元吧，少抛一个我都不要。'我想试一下你的心，所以在钱袋子里装了九百九十九元，抛到你的院子里，不过是开个玩笑而已，你怎当起真来了。快把我的钱交出来。"

阿凡提说："巴依先生，请你别开这个玩笑。这是我哭哭啼啼地向胡大要的，是胡大大发慈悲之心给我的，你想夺去吗？"

"傻瓜，胡大不会大发慈悲之心，给穷汉从天上抛一千块钱的。"

"有求必有应，你不相信，就滚蛋。"

阿凡提"砰"的一声关上门，进屋里去了。

巴依气得吹胡子瞪眼睛，向自己的头上打了一巴掌说："我倒霉了。"

第二天，巴依又跑到阿凡提的家中，拉阿凡提到喀孜那儿去评理。

阿凡提说："喀孜的办事处太远，我走不动。"

巴依无可奈何从马棚中拉来了一匹备着好鞍子的大马。阿凡提见了又说："我穿得这样褴褛，怎能骑这样的马，我不去。"说着转脸回家，巴依又将自己的锦缎外套脱给阿凡提穿上。

喀孜看见阿凡提身穿锦缎外套，骑着大马，以为是哪里来的王公，就请他坐到上席，没有理睬步行来的巴依。

巴依向喀孜呈了禀帖,请求追回银元。

喀孜向阿凡提说:"先生,你以为他说的如何?"

阿凡提袖着手说:"圣明的喀孜,他这是无理取闹。我向胡大祷告,胡大大发慈悲,给了我九百九十九个白洋。"

喀孜说:"你没听见原告的话吗?"

阿凡提说:"喀孜先生,我的这个邻居是一个有名的无赖,这样的坏蛋在世界上是少有的。他是想诬赖好人,从中获利。你不信再听听,他还要说我骑的马、穿的外套也是他的呢。"

巴依一听就气得发狂,连声说:"喀孜先生,我敢发誓,那马和外套都是我的。"

阿凡提袖着手说:"你听见了吧,我肯定他是要这样说的。现在他说不定还要说你身上的衣服也是他的呢。嗯!这个无耻的恶棍。"

喀孜信以为真,就把巴依赶出去了。阿凡提客气了一番,说了许多领情的话,刚要动身,被喀孜叫住说:"你到跟前来。"阿凡提走到他的跟前,喀孜就对阿凡提低声说:"你发的这横财,多少还有点问题。"

"什么问题?"阿凡提奇怪地问。

喀孜说:"这样重的钱袋子,从天上掉下来是件奇事。你把袋子和里边装的钱一块拿来,我看了以后才能相信。"

"是,先生。"阿凡提转身就回家了。路上他想:要是把袋子连钱送去,那么钱不是白丢了吗?于是,他从地上捡了九百九十九个羊粪蛋,装到巴依抛给他的皮袋子里,转身送到喀孜面前。

喀孜双手打战地就去解绳子。阿凡提说:"先生请慢点。"但喀孜已把绳子解开,迫不及待地把羊粪蛋倒在毯子上,随着气愤地叫了起来:

326

"啊呀,这是什么? 这像什么话? 你把我当作傻子吗?"

阿凡提说:"坏了,坏了,你把事做糟了。我不是说你慢点解绳子吗,你偏不听!"

"那你要说什么?"

"我说解绳子之前,先要念经祷告,胡大赏赐的礼物怎么能怠慢呢。你瞧,白洋都变成粪蛋了。嗨,倒霉死啦!"

阿凡提叹了一口气,从喀孜的办事处出来,喀孜却面对着一毯子羊粪蛋发呆。

(翻译:马俊民)

阿推，又叫阿嘎布拉，基诺族劳动者型机智人物。其故事流传在云南景洪县境内的基诺族聚居地区。

山羊换骏马

攸乐山上有一个名叫扎洛的头人，他有一匹日行千里的骏马，跑起来像山风一样迅猛。扎洛经常骑着他的千里马在山路上兜风，大家敢怒不敢言，便来请阿推收拾他。

阿推动了一番脑筋，便欣然答应下来："收拾扎洛吗？请借给我一只山羊，好吗？"

阿推牵着山羊来到大马路上，腿一跨，骑在山羊背上了。小山羊被阿推一压，呼呼喘气，走都走不动。

不一会儿，扎洛骑着高头大马追上了阿推。

"阿推，人们都说你是攸乐山上最聪明的人，其实，你是一个大笨蛋。人骑山羊，我还是第一次看到。"扎洛勒住马，在后面讥笑。

阿推不让路，拍打着山羊慢吞吞地走着："这只山羊，是天神赐给我的神羊。你的马一日千里，疾跑如风，我的羊一日万里，快如闪电。如果你用千里马换我的神羊，我还不干哩。"

扎洛仰脸哈哈大笑起来："不要夸海口了，谁不知道，我的马是攸乐山上独一无二的快马，如果不相信，你敢同我的马比赛一下吗？"

阿推拍打着气喘吁吁的山羊,不服气地问道:"比赛倒是可以,如果你赛输了,怎么办?"

"什么? 我会输?"扎洛轻蔑地盯住阿推,"好吧,我们就比赛一场吧! 先说好,如果你赛输了,无代价地把羊送给我宰肉吃!"

阿推转回头,满口答应:"好吧! 我输了,把羊送给你。如果你输了呢?"

"如果我赛输了……"奸猾的扎洛不再往下讲了。

"把你的马无代价送给我吗?"阿推大声说。

扎洛吞吞吐吐,最后才咬着牙说:"如果我的千里马赛输了,就用我的马换你的万里羊吧!"

"你说的是真话吗? 可不准反悔啊!"阿推一本正经地说。

"一言为定!"扎洛终于答应了。

"既然这样,谁先跑到山丫口谁胜利。好吗?"阿推指着高高的山头说。

"好吧!"

"那么,请你的千里马先跑吧! 我在后面让你一段路程。"阿推说罢,跳下地,让扎洛的马走在前面。

扎洛好胜心切,狠狠朝马屁股上抽了一鞭子,千里马便飞跑起来了。

山官扎洛跑走以后,阿推不但不骑羊,反而把羊背在背上,放弃走漫长的盘山马路,顺着一条直线近路跑起来。不一会儿便赶到山丫口了。

阿推让羊在路边啃草吃,他自己坐在草地上抽烟。他抽了一锅烟,扎洛才赶到。

"山官扎洛,你比输了,我在这里已经抽了两袋烟了,羊身上的汗都干了!"阿推笑呵呵地说。

"我不相信,你怎么赶上我的?"

"我的神羊从天上飞来的,你能看见吗?"一句话说得扎洛无言以对。阿推不客气地说:"扎洛,我们定下的条件,大山森林都听见了。你的千里马输了,我们调换吧!"

阿推牵过千里马,跳上马背,飞跑回寨了,山官扎洛骑上山羊,怎么打也走不快,这才知道上当受骗了。

(搜集整理:刘伯华)

化险为夷

朱辟虞，汉族讼师型机智人物。其原型朱肇俊，字辟虞，是清代广济（今湖北武穴市）的一位下层知识分子，以善于打官司，为无辜百姓申冤著称。其故事在武穴、黄梅一带广为流布。

"湖口"改"湖中"

一年年底，朱辟虞来到安徽湖口县，到一家饭店落脚。只见店里有不少人，三个一堆，四个一伙在议论什么事儿。一打听，原来是不久前有几条押送漕银进京的船只，在湖口县被强盗打劫。押漕银的官员上报总督大人，总督大怒，要湖口县限期破案，退回银饷，交出人犯。总督声言，到时如未破案，发兵铲平湖口，满城官绅百姓休想活命。

消息传来，湖口县令急得六神无主，士农工商百姓无不忧虑万分。知县一面派人四处查巡银饷下落，一面召集绅士、生员们拟文上报，求总督可怜百姓，放宽期限。

可是，朝廷饷银是皇帝老子的饭碗，把它搞丢了总督都交不了差哩，所以，呈文一次又一次递上去，一次又一次被退回，催办案件的公文一次比一次紧急。

总督下令，春节之前破案，否则，由湖口百姓赔偿全部漕银，并由湖口交人抵命服法，闹得全城上下惶惶不可终日，街头巷尾尽是议论这件案子。

现在，县令又召集绅士、生员们一起商议，向皇帝老子上书，请求万岁爷降恩,但不知如何落笔才好。

朱辟虞对店家说:"你不妨去禀告县太爷,把呈文给我看看,也许能解此危难。"

店家见他好大的口气,不禁上下打量他一番:朱辟虞身穿粗布长衫,一把旧雨伞,一个背褡袋子在桌上,平平常常一百姓,会有这个本事吗?也许正如俗话所说:"人不可貌相,海水不可斗量。"也许……

朱辟虞见店家愣住了,笑道:"我是叹息一城百姓,若是拿当官的问罪,我才不过问这个闲事呢。"

店家忙赔笑脸:"客官稍候,我去去就来,但愿你是湖口父老的救星。"

不多久,店家真的把县衙的师爷找来了。师爷掏出呈文给朱辟虞过目。朱辟虞看罢,说:"一字之差矣。"提起笔在呈文上写了一笔便递给师爷。

师爷莫名其妙,接过呈文字字细看。只因这一笔,将原来的"漕银在湖口为强人所劫,如咎罪于湖口子民百姓,实为欠妥,乞望万岁明察。"改为"漕银在湖中为强人所劫,如咎罪于湖口子民百姓,实为欠妥……"

师爷拍案叫绝:"有救了,湖口有救了!你这一字值万金哪,多谢多谢!"

店里的人们听到了师爷的话,都感动得流泪了。

(讲述:朱福生)

何瑭，汉族官宦型机智人物。其原型何瑭（1474—1543），字粹夫，号柏斋，怀庆武陟（今属河南省）人。明大臣，曾任翰林院修撰、南京右都御史。晚年告老还乡，人称"何老先儿"。其故事流传于豫北武陟、沁阳、新乡一带。

卖棒槌

过去有个穷汉，每天推着小车走村串户地卖棒槌。一天，他去赶集，走到路上，小车陷进了泥坑，无论怎样也推不出来，急得他满头大汗。这时，迎面走来一个老头儿。他连忙上前恭恭敬敬地作了个揖说："老哥，劳驾你，请帮我推推车好吗？"这老头儿二话没说，掂起绳子就拉。

车子拉出了泥坑，穷汉非常感激："多亏你老哥了，请受小弟一拜。"

这个老头儿并非别人，正是赫赫有名的何老先儿。卖棒槌的穷汉两声"老哥"叫得他心花怒放，心想：我活了大半辈子，两耳听到的尽是大人来大人去，今天才听到人家叫我老哥。他感到又新鲜又中听，便连忙回了一礼说："免了，免了。老弟，我有一事同你商量。"

穷汉并不认识何老先儿，更不知要和他商量啥事，说："老哥请讲。"

何老先儿说："我自幼无兄无弟，从没有人叫我一声哥哥，今天相遇，我很高兴。有心与你拜为兄弟，不知你同意不同意？"

穷汉一听，高兴地说："我也是无兄无弟，独自一人，除了这辆小车什么都没有，只要老哥不嫌我穷就行。"于是二人就结拜为兄弟。

当穷汉知道刚认识的哥哥就是何老先儿时,不由得倒退了几步。何老先儿一看,笑得前仰后合,不小心也绊倒在地上,说:"贤弟,不必害怕,快把哥哥扶起来。"

穷汉把他扶起来后,何老先儿对着穷汉的耳朵说了几句话,两人都哈哈大笑起来。

两天后,也就是何老先儿五十大寿那天,各地的大小官员、富商豪绅都争着前来拜寿。到了午时,家人问何老先儿:"大人,开不开席?"

何老先儿不急不躁地说:"我的弟弟还没有来到,急啥哩?"

大家都知道何老先儿是独生子,现在忽然蹦出来个弟弟,都感到奇怪,但谁也不敢过问,肚子饿了,也只好先忍饥等着。

午时稍过,一个手下人忽然来报:"老爷,你的弟弟来了。"何老先儿急忙出门迎接。来拜寿的人一齐跟了出来,他们推的推,拉的拉,帮助把小车推到家中。

何老先儿暗暗吩咐手下人,用大红纸把棒槌一个个封好,然后开席。酒足饭饱之后,何老先儿对在座的官员、豪绅们说:"今天诸位费心了,可我也拿不出什么来回敬大家,恰巧我弟弟的一车棒槌,一根还没有卖,就分送给诸位,给夫人小姐们洗衣服时使用吧!"

那些官员豪绅们本不想要,但碍着何老先儿的面子,只得掏出银两,把棒槌收下。

穷汉得了银钱,买了粮米,高高兴兴地推着小车回家去了。

(讲述:周广文;搜集整理:耿全昌)

　　猴景，汉族小吏型机智人物。其原型姓景，为清末天津衙门的
快班小头目，因长得瘦小，一副猴相，故得此诨名。他的故事流传
于天津市区多地。

断　案

　　这还是闹义和拳那年月的事啦。在天津法租界教堂前头，有个叫杨
发德的二毛子，他信教信得可邪乎啦，好像忘记了自己是中国人生的，中
国人养的，连爹娘给起的名字都改了，叫起杨法德来啦！人家问他为嘛改
这么个名字，他指着高高的教堂说："这名号说明法国人和德国人都是咱
杨胖子的后戳儿！看谁敢惹咱？"他说的还是真格的，这块料就是借他洋
爸爸的势力，发了横财，在天津卫混得吃香的喝辣的啦！

　　听说闹义和拳啦，义和拳要宰洋人，要找净干缺德事儿的二毛子算账
啦，这下子可把杨胖子吓尿海啦！他把所有的"金银财宝"都埋在自己睡
觉的床底下，这样他觉得睡觉也踏实。

　　一天晚上，他打扮成买卖人的模样，黑灯瞎火地把包袱送到北大关他
妹子家去。他妹子一看这些东西就红了眼，对这个娘家哥哥说："咱可把
丑话说前头，要是出了事你可得认倒霉；要是不出事，这东西可得两家平
半分！"

　　一听这话，杨胖子马上就火啦，骂道："你忘了你是杨家泼出去的水
啦，你得了财迷疯啦！"气呼呼地就背起包袱走了。

走着,走着,忽然看见后边有一伙子拿刀弄枪的大汉,向他这边跑来,吓得他屁滚尿流地扔下包袱就跑了。就在这个节骨眼儿上,二百五在坛里练完武回家,在路上捡到了这个包袱。

转天一大早,杨胖子一打听才知道,昨夜不是义和拳起事,而是习武操练。他又打扮成买卖人的样子,到这一块来找他那个大包袱。边找边吆喝着,谁拾到还给他,他情愿拿一百块龙洋当谢礼。

老实巴交的二百五从家里拿出那个大包袱,还给了他。杨胖子一见东西一样儿没少,那个高兴劲儿就甭提啦,背起包袱,拍拍打打屁股就要走。二百五急忙问:"你不是答应给我一百块龙洋吗?"

谁知,杨胖子却翻脸骂道:"你他妈的别装傻,这里边的金子没了,我没找你赔,就便宜了你这个穷鬼!"

这两个主儿,骂骂咧咧,没完没了,正好碰上衙门里的班头猴景带着人巡街,问道:"嘛事儿?"杨胖子来了个恶人先告状,急忙一五一十地说了一通他那个"理儿"。

猴景转过头来,又问了问气得脸红脖子粗的二百五。二百五结结巴巴地说:"这包袱里压根儿就没有金子。"

猴景绷着赤红脸说:"这案子好断,这包袱里没有金子,根本就不是他的那个,还归你好啦!"

杨胖子刚要说话,猴景对后边的公差说:"带上这位掌柜的,走,咱们给他找有金子的包袱去!"

这几句话,噎得杨胖子直翻白眼,真是"哑巴吃黄连——有苦说不出"啊!

(搜集整理:孙树芳)

王二戏官，汉族小吏型机智人物。其原型王岩，生于清道光年间，在丰润（今属河北省）县衙当过书吏。其故事流传于冀东一带。

洞房逗趣

王二戏官娶媳妇的那天，有几个人跟他说："咱们这块有个例儿，洞房里谁先说话将来谁就先死，今儿晚上你可别先说话呀。"

王二戏官冲大伙笑了笑说："谁先死那可没准，到时候就会知道。要说今夜里我不先说话，那可有把握。"

其中有一个人说："别看你现在说得好，到洞房里一见新媳妇的面就该忍不住了。"

王二戏官说："你们不信，咱们嘎个东儿①咋样？"

"嘎啥的？"大伙一齐问王二戏官。

王二戏官说："从今儿晚上到明儿天亮，你们在窗外偷偷地听着，要是我先和新媳妇说话，明儿晌午请你们一顿馆子，要是不是我先说话，你们几个请我吃一顿咋样？"

这几个人听了后便到一旁合计。其中一个人说："跟他嘎东儿中，他平常爱说爱笑的，一会儿不说话就怕把他当哑巴卖了。"另一个说："头一

_____

① 嘎东儿：打赌。

天,女的害臊准不先说话,我看跟他嘎这个东儿准赢。"几个人商量定了,便跟王二戏官拉钩定下打赌之事。

晚上闹洞房的人渐渐散去之后,屋里只剩下王二戏官两口子,还有窗外那几个打赌听声的人。只见王二戏官一言不发,脱衣上炕,头冲里、脚朝外地一躺,拉过被子,将被里朝外、被面朝里反盖着,还故意把腿和脚露在被子外边,来回折腾,招摆媳妇说话。

谁知新媳妇出嫁的那天,娘家嫂子也告诉了她,洞房之夜有例儿,千万别先说话,谁先说谁先死。所以新媳妇坐在八仙桌前等着王二戏官跟她先说话,或者叫她上炕睡觉。可王二戏官自己先睡了,还故意把被子反盖着,知道是招摆自己先说话,所以抿着嘴地笑,也没吱声就上炕睡觉了。

那天正是三九的末一天,天冷得要命,窗外几个听声的人,虽然喝了酒,但时间一长,还是冻得浑身发抖,离开这儿又怕王二戏官先说话听不到,只好强忍着。

鸡叫三遍后,王二戏官翻了个身,把新媳妇碰醒了。新媳妇以为新郎要说话,便合着眼听着。

新媳妇等着王二戏官跟她先说话,从鸡叫三遍等到天蒙蒙亮,也没听见他说话。忽然听到王二戏官下了地,又听到穿衣声,偷偷用眼一瞅,王二戏官正伸直两条胳膊,胳膊套在裤腿里,脑袋在裤裆里左一钻右一钻地乱钻呢,便忍不住说了话:"你穿的是裤子。"

王二戏官听了,急忙穿好衣服说:"一吊!"

媳妇被闹迷糊了,忙问:"你说啥一吊哇?"

王二戏官接着又喊道:"两吊!"

媳妇更加奇怪了:"咋这么一会儿又两吊了?"

王二戏官喊得更响了:"三吊!"

这一连气的喊声可急坏了在窗外听声的那几个人,赶紧冲着屋里喊:"别说了,我们上礼就趁这三吊铜钱了!"

（讲述:李先章　杨金明;搜集整理:刘作民　王雪梅）

吉二爹，汉族劳动者型机智人物，出自艺术虚构。其故事流传于湖北嘉鱼县一带，大都以农村及小镇生活为题材，富有幽默感和泥土气息。

巧做媒

一户人家，儿子二十好几了，就是背有点驼，多次托媒也找不到一个姑娘，屋里大人着急。这事被吉二爹晓得了。别一户人家，姑娘二十出头，也因为背不很直，还没找到婆家，屋里大人更发慌，再三拜托吉二爹关心。

吉二爹是个热心快肠的人，心想，这都是我们穷哥们的难处，我不能不管。他们一个要补锅，一个锅要补，我就来牵好这根红线。他先到男家去说合，又到女家去挂钩，连两边如何见面，都细致地作了交代。两家都感到可以遮丑，说不出的高兴。

这一天，吉二爹引着男伢的妈来看姑娘，走到门口，吉二爹就大声喊姑娘，这时候姑娘正站在一口大水缸旁边，手拿一个水瓢，笑容满面地说："您老们快请屋里坐，我正忙着淘缸哩！"

男伢的妈暗地里拉了吉二爹一把，低声说："这姑娘生得眉清目秀，五官端正，又会说话又勤快，我是看中了的。"

吉二爹说："你家看中了，还不晓得人家同意不同意啊！"男伢的妈直央求吉二爹做好事，帮忙帮到底。

第二天,下了点雨,姑娘的妈来看男伢,还是吉二爹走在前头,到了大门前,只见后门口立着个人头戴斗笠,身穿蓑衣。吉二爹喊了一声,那人侧过身来,手里拿着一把秧,亲热地说:"快请屋里坐,我把这几棵秧栽了,就来斟茶。"

姑娘的妈暗地里拉了吉二爹一把,到一边说:"这伢长得浓眉大眼,膀粗腰圆,又懂礼性又能干,我是看中了的。"

这门亲事两厢情愿,很快就成了。七月初七,吹吹打打,抬着花轿,男家把姑娘接进了门,拜了天堂拜地堂,拜完天地入洞房。

新姑娘坐在床边,蚊帐遮着半边身子,两个人不靠拢,大半天不说话,怎么办呢? 忽然想起吉二爹嘱咐的话,遇到为难事就喊吉二爹,说巧也巧,他俩同时喊了一声"吉二爹"。只见房门开了,吉二爹端来两杯酒,笑嘻嘻地递给新郎官一杯,递给新姑娘一杯,高声唱着彩词:

> 一个会淘缸,
> 一个会插秧,
> 郎不嫌弃妹,
> 妹不嫌弃郎,
> 七巧结姻缘,
> 这真是一对好船档。

吉二爹的喜歌,把一对新人唱得喜笑颜开,双双喝了交杯酒。

（讲述:熊自富;搜集整理:谢忠告）

罗兰娇,汉族女性劳动者型机智人物。其人聪明伶俐,泼辣大方,颇有才情。她的故事流传于湖北建始一带。

出 嫁 路 上

罗兰娇十八岁那年,嫁给了一个勤快厚道的农民。

过门这天,娶亲的队伍走到半路上突然被拦住了,原来前面刚刚修起一座桥,正等着县大老爷来"踩桥",只有等他踩过之后,一般人才准予通行,路都管去办了几次交涉,石匠师傅十分为难。要是在县大老爷未踩桥之前把罗兰娇一行人放过去了,那是吃罪不起的。

罗兰娇想:只要把石匠的心说活了,他们也会去担点风险的,让我来封赠他们几句。于是兰娇打开轿帘,对路都管说:"请转告石匠师傅,我来封赠他们几句如何?"

那班石匠早就听说罗兰娇是个美丽大方、心才口才都好的女子,一直没有见识过。今天机会好:要是她封赠得好,在县官那里吃点亏也值得,于是便答应了。罗兰娇一步登上桥,封赠道:"新人踩新桥,新桥万年牢。月儿沉水底,长虹缠河腰。身托泰山过,石桥胜铁桥!"石匠师傅听了,一个个笑眯眯,连忙请兰娇过去了。后来,老百姓中间有句口头语:"姑娘回娘家,踩不烂的铁板桥。"听说就是罗兰娇那封赠话的后头两句变过来的。

(讲述:史幺姐;整理:姜化炳 张子嘉 全明村)

庞振坤,汉族文人型机智人物。其原型庞振坤为清乾隆贡生,曾出任知县,后致仕返乡教书。他的故事流传于河南南阳盆地各县及豫鄂交界的光化等地。

劝 架

庞振坤住的村里,有两个出名的人,一个叫"惹不起",一个叫"沾不得"。两个人都好吃懒做,敲诈他人。

一年夏天,正是"焦麦炸豆"的时候,"惹不起"和"沾不得"在麦场上争吵起来。别人知道他们难缠,谁也不来劝架。不一会儿,只听"沾不得""哎呀"一声,躺倒在地,娘哟妈地号叫不止。"惹不起"一看"沾不得"要耍赖讹人,趁势也睡在地下,哼哟嗨地装着不得了啦。

"沾不得"见人们围了过来,惨叫着说:"他把我打伤了,得给我养伤,拿汤药钱!"

"惹不起"见来了人,哼得更可怜,说:"他把我打得不能动了,得觅人给我收麦、种秋,给我治病!"

两个人各不相让,自己互向对方提出了条件,都躺在地上,谁也不动弹,被太阳晒得满头大汗。

过了一会儿,他俩的老婆也都跑来了,对骂起来,眼看又要动手打,在场的人忙把庞振坤请来劝架。

庞振坤到麦场上问问旁人,看看他俩的神色,心中便有了主意。他往麦场中间一站,说话了:"大热天,你们不怕把他俩晒坏了? 赶紧抬到王老三的山墙根儿底下,先让他们凉快凉快,有话慢慢说。"

"惹不起"和"沾不得"躺在场里,下蒸上晒,早已招架不住,听说往阴凉处抬,满心高兴。但他们万万料想不到要抬到王老三的山墙根儿去。他们知道王老三的山墙早就歪了,那地方是躺不得的。可他们还要装着不能动弹,只好硬着头皮让抬了过去。

他俩看着向外歪斜的山墙,心里"怦怦"直跳,心想:躺在这里可得放机灵点,发生意外,翻身就跑,等别人来抬便晚了!

庞振坤刚到他们身边坐下来,要给他俩评理,突然"呼呼啦啦"从山墙上边掉下土来啦。人们喊着"墙要倒了!"一哄而散。"惹不起"和"沾不得"也一骨碌爬起来,撒腿就跑。

庞振坤问道:"你们跑得好快,伤都好了吧?"

他俩没话可说,只是看着山墙发愣:墙"哗哗"往下掉土,咋没倒呢?

庞振坤说:"人会骗人,房子可不会骗人,没人动它,风不刮,雨不淋,咋会倒呢? 你俩别再装孬啦,干活去吧!"

原来,从房子上落下的土,是庞振坤故意让人撒的。

(讲述:郭　力;搜集整理:张楚北)

钱六姐，汉族才媛型机智人物。其原型钱梅窗（1489—1544），明代正德、嘉靖年间咸宁双港的一位才女。民间有"无诗无对不成钱六姐"的说法。其故事大都与吟诗、属对有关，在湖北咸宁、通山、黄石等地流布，广为人知。

巧丢棒槌

钱六姐家隔壁，有一对少年夫妻。因为男的长得丑，女的长得漂亮，妻子经常无缘无故找丈夫扯皮，闹得四邻不安。

钱六姐早就想解一下弯，因为自己年岁小，又是一个姑娘家，怕他们不听。

一天，那女子下河洗衣服，钱六姐见了，也端一盆衣裳去洗，那女子在河的下方，钱六姐在上方。她乘那女子不注意，故意将棒槌丢进河里。

棒槌顺流而下，钱六姐假装急得在岸上边追边喊："我的棒槌，我的棒槌！"

棒槌流到那女子跟前，她伸手一抓没有抓到。钱六姐脱掉鞋子，就要往河里跳。

那女子一把拉住她："水太深！为一根小棒槌冒险不值得。"

钱六姐道："嫂子不能这么说，棒槌虽小，跟我多年。夫妻丑陋，终生不嫌。"

那女子听了钱六姐的话，不觉感到羞愧：人家一根棒槌，感情都这么深，何况我们是夫妻哩！从此，他们夫妻就和好了。

（搜集整理：刘　民）

　　钱六姐乘那女子不注意,故意将棒槌丢进河里。棒槌顺流而下,钱六
姐假装急得在岸上边追边喊:"我的棒槌,我的棒槌!"

解士美，汉族农夫型机智人物。据传实有其人，为清末人氏。他的故事流传于山西襄汾一带。

卖韭菜

有一回，解士美到古城集上去闲逛，见一个老头坐在菜担子旁直哭。一问，才知是这么一回事：老头的孙子病了，没钱医治，就借钱贩了点韭菜，想倒腾几个钱好看病。可是他没做过买卖，叫不会叫，卖不会卖，眼看散集了，才卖了半担。翠生生的新菜晒蔫啦，放旧啦，问都没人问啦。卖的那点钱，还不够还本钱哩。老头又急又伤心，所以就哭啦。

解士美听了，很同情他，就说："老人家，别哭啦，我给你照护着卖会儿吧。"他说话的那个俏皮劲，把老头逗得夹着泪颗笑了。

解士美把韭菜往顺序的拾掇了一下，把压在底下的鲜菜翻到上头，说："菜卖一张皮，快了不洗泥。拾掇拾掇，就是好货。来，我抓秤，你收钱，保险一会儿就卖完。"

只见他，左手抓把韭菜，右手把秤一掂，冲着人群，拖腔唱着吆喝开啦：

　　来来来来看看看，
　　咱的韭菜卖得贱。

别看叶子有点蔫，

　　分量一斤顶斤半。

　　捏扁食①，包包子，

　　还能添锅浇臊子。

　　今天就剩这点货，

　　来得迟了摸不着。

　　他把嗓门打得亮，远处近处听得清；他把韭菜揘得高，来往过人都要瞄。他这里唱得还没落音，霎时围了人一堆。

　　有个老婆婆问："多少钱一斤?"

　　"一斤只卖八个钱，大人小孩都不捆。"

　　"要买三斤呢?"

　　"三八一个二十三，我称菜着你掏钱——接上!"

　　旁边的人一听，嗬，这卖菜的不会算账呀? 好! 咱也买上三斤，总少掏点钱。当下你三斤，他三斤，人人都是买三斤，解士美赶得把菜都称不供，老头忙得连钱也找不及。不大一会儿，半担菜就卖了个干打溜光。

　　人走完了，老头才问解士美："小兄弟，刚才你报错了吧? 三八不是二十四嘛，你咋报成二十三?"

　　解士美唱着答道：

　　　三八本是二十四，

349

我偏说是二十三。

不是咱家不识数，

是咱故意装憨憨。

憨憨不是胡装的，

有个道理在里面。

韭菜今天不卖掉，

放到明天一定烂。

咱是为的快出手，

买主图的少掏钱。

利利廉廉早卖光，

不怕剩下受熬煎。

老头听了，连连点头，夸他道："你这人真能，赛过京安的解士美！"

解士美紧了紧裤带，苦笑着说："他能个屁！到这时候啦，晌午饭还没地方哩！"

（讲述：黑秃子　徐连生等；搜集整理：刘润恩　李善武）

干达来，傣族文人型机智人物。他的故事流传于云南各傣族聚居区。

选拔大臣

勐纳版召勐①名叫叭达嘎西，因他年老多病，又无儿子，所以想从手下办事的一百零一名官员中提拔一个，来当他的助手。但选谁好呢？哪一个是老实而又忠诚于国家和百姓的官员呢？为了此事，他整天满面愁容，左思右想拿不定主意。

后来，还是他那耳听四方的老婆告诉他，听说勐纳西有位主意高明的干达来先生，他能解决许多疑难问题。于是，召勐就照着老婆的话，派人到勐纳西请干达来商谈。

干达来受邀来到勐纳版，他听了听叭达嘎西的主张和要求后，略思考了一会儿，就对叭达嘎西说："召勐，您不必担心，我有主意了。"

"什么主意，你快快说出来。"

干达来不慌不忙地说："这件事，说好办也好办，说难办也确实难办。"说着，干达来叫召勐派人去找来一百零一个麻黑尕②和一百零一个

---

① 召勐：即国王。
② 麻黑尕：一种好看而苦涩的果子。

麻棕布①,然后把他的想法悄悄告诉了叭达嘎西。

到了开门节②的那一天,召勐让西纳涛③通知各地的官员到勐府来开会。全勐一百零一名大小官员奉旨而来,前前后后聚集在府上。

会前,叭达嘎西遵照干达来的吩咐,请官员们先吃水果。

侍女们领命,将麻黑尕端上来,分给在座的官员每人一个。叭达嘎西自己却另外拿起一个麻棕布,同各位官员一起吃。

叭达嘎西边吃边赞美,说:"不错,不错,这水果又香又甜,确实好吃,你们大家说是不是?"

众官员明知自己吃的水果是又苦又涩的麻黑尕,但为了讨好召勐,个个争先恐后地说:"是啰,我们吃得也很舒服,同您吃的味道一个样。"

唯有一个年轻官员把麻黑尕扔到一边去,随口道:"呸! 苦死了,我真吃不下。"叭达嘎西将他的话听进了耳里。

侍女们又端上麻棕布分给官员们吃,叭达嘎西自己却拿起一个麻黑尕啃起来。众官员吃着又香又甜的麻棕布,巴不得一口就把它吞下。突然,只听见召勐指着侍女大骂:"这么苦涩的水果,为什么拿来给我们吃!谁干的好事?"随即命令士兵把这些仆人关进木牢。

正吃得津津有味的众官员,惊奇地望着大发雷霆的召勐,叭达嘎西皱着眉问大家:"诸位官员,你们吃的水果是不是也一样苦涩?"

众官员都怕得罪召勐,一个个把水果扔掉,连声说是。

---

① 麻棕布:一种味美的果子。
② 开门节:佛教节日。
③ 西纳涛:老大臣。

但那个年轻官员却不肯跟着大家丢掉手里的果子,硬是把它啃光了。然后,站起来对叭达嘎西说:"尊敬的召勐,我要求退出这次集会。"

叭达嘎西问:"为何要退出?"

这位官员毫不客气地回答:"我与召勐想的不一样。"

这时,众官员都为这个胆大的年轻人捏了一把汗。

年轻人又严肃地说:"你们把两种水果的味道搞颠倒了,本来是苦涩的偏要说成是甜美的,本来是甜美的偏要说成是苦涩的,假若替百姓办事,我看在座的大人们也会颠倒黑白的。所以我看不惯这种真假不分、美丑不辨的坏现象。"

叭达嘎西听后哈哈大笑起来,足足笑了好大一阵,他才指着年轻官员,对众官员说:"你们在座的一百零一个官员,敢在我面前说真话的只有他一个人。现在我以召勐的名义向你们宣布,从今天起他就作为我的总管大臣,府内一切事情由他调理,大家都要服从他的安排。"

干达来的这个办法很顺利地见效了。叭达嘎西很佩服他的高明,就赏了他一千两银子。

(搜集整理:刀国安　刀正明　岩　林)

353

明嘲暗讽

毕矮，汉族劳动者型机智人物。其原型毕文彩，明末清初人氏，以凿井耕田为生。他的故事流传于浙西及浙皖交界一带。

十九层地狱

有一个财主婆，五十岁才开始吃素拜佛，自称吃素婆。她表面修行，心地狠毒，是个佛面蛇心的人，吃素婆隔壁住着一位杀猪佬，为人老实，是聪明长工毕矮的好友。

一天，吃素婆突然大发"慈悲"，跑来对杀猪佬说："你呀！今世这样苦，还不修修下一世。做个屠夫，伤了多少性命，真作孽！"

杀猪佬很生气，本想痛斥她一顿，恰好这时毕矮来他家，不好意思当着客人面发火，便笑笑说："酒肉穿肠过，佛在心头坐。人，只要心地善良就好了！"

"这种话不好讲，罪过，罪过！"吃素婆煞有介事地说。

"我反正就是白刀子进，红刀子出，管它什么罪还是过！"

"啊呀，你不怕被打入地狱呀！"

这时，毕矮心想：今年旱情这么严重，佃户交不起租谷，你这假慈悲的吃素婆逼租多凶！佃户被你活活逼疯逼死的有多少！你不吃荤腥吃了素，就掩盖得了你的黑心肠吗？像你这样的人，如果天地有知，倒是应该打下"地狱"的。

吃素婆看杀猪佬不响了,就接着说:"你趁早改行!"

毕矮看不过,插嘴道:"看来他是改不了啦。"

"不改行就入地狱。"

"地狱有几层?"

"十八层。"

毕矮"唔"了一声,然后说:"不过昨晚我做了一个梦,却看到有十九层地狱哩!"

"什么? 你倒说给我听听。"吃素婆心里很奇怪。

毕矮一本正经地说:"嗯,昨天半夜子时辰光,我睡在床上,蒙蒙眬眬看见一位白胡子老公公,他走到杀猪佬床前轻轻地拂了拂杀猪佬说:'我的小子孙,我是你曾太公的曾曾太公,离你已十九代了,我们家代代都做屠夫。告诉你,我第一代杀猪,冤枉被打入第一层地狱了。可我的儿子也爱这一行,他就被打入第二层地狱。孙子呢,还是杀猪,被打入了第三层。以后代代杀猪,我家已被打入十八层地狱了。我们都还未饿死,因为地狱里的许多鬼都爱吃肉,我们仍旧好干我们的老行业。唉! 到了你这一代,我真为你担心啦!'这时,我和杀猪佬都奇怪起来,一齐问他为什么? 他说:'你们不用问,跟我去看看吧!'于是我和杀猪佬就跟着他的白胡子老祖宗来到第十九层地狱,不看倒也罢了,一看,杀猪佬就伤心地哭起来了。"

说到这里,毕矮神秘地说:"你道他为什么哭? 原来这层地狱里猪肉没有人要,卖不出去啊!"

"啊,卖不出去!"吃素婆不解地问为什么。

"对! 因为在第十九层地狱里,我们所看到的都是一些和你一样佛面蛇心的吃素婆啊!"

　　吃素婆听了,冒出冷汗,面孔绯红。毕矮和杀猪佬却哈哈大笑起来。

（搜集整理：诸葛珮）

李灌，汉族文人型机智人物。其原型李灌（1601—1676），字向若，一字连璧，明末清初合阳县的一位举人。明亡后隐居在家，以农耕为生。其故事在陕西合阳、韩城、大荔一带流布。

作灯联

有一年过元宵节，李灌糊了两个大红灯笼挂在门前，还贴了一副对联：

> 挂出去与乾坤壮胆，
> 看将来为日月增光。

灯笼糊得好，对联写得妙。村里的人都争着来看。村里有个财东，眼看着人都拥到李灌家门前去了，心里很生气，便也挤过来想看个究竟。

到跟前一看，原来是一副好对联，于是他忙向李灌拱拱手说："李先生，元宵佳节，也请为我写一佳联，不知尊意如何？"

这财东平日里巴结官府，欺压穷人，李灌早对他恨透了。见他求联，李灌灵机一动，说："行！"接着取出纸笔，略一思索，便挥笔写下一副对联：

> 腊灌心肠，惯向黄昏行黑道；

纸糊皮面,几时白昼见青天!

众人一看,"哄"一声笑起来,都夸李灌写得好。财东明知挨了骂,可这对联是自家要人家写的,有苦说不能言,只得厚着脸皮跟着大家说好。

(讲述:党孝芳;搜集整理:史耀增)

李灌,汉族文人型机智人物。其原型李灌(1601—1676),字
向若,一字连璧,明末清初合阳县的一位举人。明亡后隐居在家,
以农耕为生。其故事在陕西合阳、韩城、大荔一带流布。

送县官

有一年,合阳的县官调任山西。这家伙在合阳搜刮民财,欺压百姓,
临走时却要老虎戴佛珠,假充善人,设下丰盛的席面请合阳的名人赴宴,
李灌自然也在被请之列。不过李灌这一次没有推辞,痛痛快快地说:"请
回复老爷,一定如期前往!"

县官几次请李灌都碰了钉子,这次听说李灌答应下来,高兴得不得
了,早早地站在门外等候。可是直到晌午,还不见李灌的影儿,没法子,只
得吩咐开席。菜上了一半,李灌满头大汗地来了,一进门便说:"来得迟
了,还请大人多担待!"

县官说:"不妨不妨。但不知李先生有何要事缠身?"

李灌说:"咳,你不知道,眼见得谷子熟透了,麻雀却害得不行。这一
伙刚走,那一伙又来了。俗话说,麻雀上万,一天一石(担),都是糟践百
姓哩!"

县官说:"李先生辛苦了! 本官即将离任,还想求先生的墨宝哩!"

李灌痛痛快快地说:"只要大人不嫌弃,理应献丑。"

县官听言高兴极了,忙吩咐取来纸笔。李灌胸有成竹,展纸提笔,饱

蘸浓墨,龙飞凤舞,顷刻写就。

众人看时,只见白生生的宣纸上写着一首诗:

一伙一伙又一伙,

嘟儿嘟儿飞过河。

一落一石害死人,

凤凰怎少你怎多?

众人这才悟出李灉是借着麻雀巧骂县官把合阳人害苦了,又要过黄河到山西去害人。县官也品出了一点滋味,却是哑巴吃黄连,还要连声称赞:"好诗,好诗!"

(讲述:李烽炎;搜集整理:史耀增)

尚狗六爹,汉族文人型机智人物。其原型麦为仪,字凤来,清乾隆年间贡生,终生未仕。其故事诙谐风趣,在广东吴川、化州、湛江、高州一带流布。

题 匾

六爹有个同乡,名叫胡四,在外地当一名小武官。这胡四为人刻薄奸诈,到处欺压百姓,勒索钱财,还常常贪他人之功为己功,后来由于官场混不下去,被迫解甲归田。

他回到乡里,为了显耀他的"官威",便大兴土木,花了一年的时间,建造起一座富丽堂皇的官邸。胡四心想:新居落成,如得个有名望的人题个匾,岂不更加增光! 六爹是贡生,德高望重,何不请他题个词儿?

于是胡四上门见了六爹,讲明来意。六爹一再推辞,无奈胡四缠住不放,三番五次恳求,六爹只好拿出笔墨,一笔写下"天之功"三个大字。

胡四左看右相,喜形于色,得意地说:"谋事在人,成事在天,我老胡能有今日,就是全赖天之功嘛,六爹你写的,正中我心意。"

六爹笑着说:"四爹,字写得不好,如果你认为合适,就拿回去吧!"

胡四官邸落成那天,四亲六戚纷纷前来祝贺。他的一位在县城读书的亲戚,抬头看见这个金匾,感到不妙,悄悄对胡四说:"舅爷,这个匾写得不好啊!"

胡四不解地说:"靠天之功,靠天之力,不是得天公扶助吗,这样有何不好?"

"舅爷,正好相反呢!古语云'贪天之功为己功',就是指责一些人把他人的功劳记在自己的名分之下。这个匾是讽刺你的啊!挂不得,挂不得!"

一经书生点破,胡四气得满面通红,不知所措。

(搜集整理:李春风 钟景明)

庞振坤,汉族文人型机智人物。其原型庞振坤为清乾隆贡生,曾出任知县,后致仕返乡教书。他的故事流传于河南南阳盆地各县及豫鄂交界的光化等地。

祝　寿

清末,邓州来了个知州,姓汤名似慈。此人爱财如命,善于巧立名目,搜刮勒索,如狼似虎。地主豪绅要拉他当靠山,百般奉迎;黎民百姓骂他是催命鬼,对他恨之入骨。

这年,汤知州五十大寿,又是一个发财的机会。他暗示亲信,在全州宣扬,让人给他祝寿送礼,决心大捞一把。

消息传开,地主豪绅闻风而动,各备厚礼,一心讨得知州的欢心;各地的地保,也忙乎开了,连忙向百姓派款,置买寿礼,要向一州之主表示"敬意",逼得家家户户唉声叹气,背地里骂不绝口。

汤似慈寿诞之日到了,祝寿送礼的人从四面八方赶来,通往州府衙门的大街上,车水马龙,热闹极了。

这天,汤似慈特别高兴,因为州里各界名流差不多都来了,而且送的礼品很多,金银珠宝、绫罗绸缎、山珍海味、名人字画、金石古玩,各种贵重的东西,应有尽有,达到了他想大捞一把的目的。

汤似慈往太师椅上一坐,拜寿就要按照官职和头面的大小依次进行,忽听寿堂门口有人禀报:"老爷! 庞贡生托人给您送寿礼来了!"

汤似慈一听庞振坤送来了寿礼,心里更是高兴。他知道庞振坤不肯巴结权贵,今天破例给他送礼祝寿,实在赏光不小。他越想越得意,便大声吩咐道:"把礼物献上来,让诸位瞧瞧!"

一个眉清目秀、潇洒利落的小伙子,捧着一卷红纸来到堂下,打躬施礼道:"这是庞贡生特为您敬写的一副寿联。他有急事不能来,托我送给老爷!"

庞振坤不会给他来值钱东西,这在知州预料之内。不过,送副对联也好,庞振坤文才出众,落笔不俗,想必是惊人好字,绝妙好辞。汤似慈想到这里,便催促道:"念给大家听听!"

小伙子说:"老爷!这对联可是按您的姓名联成的诗句呀!不知该不该……"

汤似慈忙说:"好!好!为我祝寿,以我的名字写联,在理!在理!念!念!"

小伙子清了清嗓子,面对众人念道:

上联——

似者像也像虎像豹像豺狼不像州主

下联——

慈者爱也爱金爱银爱钱财不爱黎民

横批——

365

不成汤水

他一口气把对联念完,回头看看汤似慈,只见他红脖子涨脸,说不出话来,"扑通"一声从太师椅上栽了下来。

寿堂里乱成一团,小伙子乘机离开了州府。原来这小伙子是庞振坤的儿子,他知道送这样的"寿礼"太担风险,所以不让父亲亲自出马。

(讲述:孙维民;搜集整理:张楚北)

徐文长，汉族文人型机智人物。其原型徐渭（1521—1593），初字文清，改字文长，号天池山人、青藤道士，山阴（今浙江绍兴）人，明代文学家、书画家。性格狂放，愤世嫉俗。其故事多以对抗官府、嘲弄权贵为内容，在浙江、江苏及全国许多地方广泛流传。

智斗太守

明朝嘉靖皇帝死了，全国官民服丧一年。平时歌舞不绝的杭州城，也变得死气沉沉。

一天，徐文长乘船外出，忽听远处传来隐隐的音乐声，只见一条大船慢慢开了过来，船上，还有一对对歌女在跳舞呢。原来是新任杭州太守在游览西湖。

那太守是严嵩死党，依仗主子的势力，横征暴敛，胡作非为。这次初到杭州，正碰上皇上晏驾，不能游览湖光山色，心里好大的不快。而他的妻妾们，又一再吵着要去，执拗不过，便悄悄乘船前来。徐文长想杀杀他的威风，眉头一皱，计上心来。

再说太守在船上饮酒作乐，兴致勃勃。突然，船被"嗵"地猛撞一下，桌上酒菜泼了一身，姨太太站立不稳，撞在案角上，崩掉两颗门牙，顿时号啕大哭，耍起无赖来。太守勃然大怒，喝道："哪来的盗贼，竟敢冲撞本官，给我拿来。"

当差的带上船家。太守脸色铁青，咬着牙齿说："大胆刁民，给我拉下去重重地打！"船家不动声色，不慌不忙地递上一张名帖。太守接过一看，又是徐文长！真是冤家路窄。他贼眼乌珠碌碌一转，吩咐道："有请先生！"

不一会儿，徐文长款款而来，走到太守跟前，微微一鞠躬，道："大人在上，学生无意中冒犯了虎威。乞望大人开恩。"

太守皮笑肉不笑地说："久仰先生大名，今天有幸相识，请坐。"心中暗暗琢磨，徐文长是恩师严相爷的宿敌，今日正好趁机治他个死罪，说不定还能讨相爷的欢心，晋官加爵呢。现在，先杀杀他威风，然后问斩也不迟。

太守主意拿定，阴笃笃地说："先生才华过人，大名鼎鼎。今天冲撞本官，理应治罪。可本官惜才如命，如果先生果然有七步成诗的奇才，一定赦你无罪。"接着对下人说，"拿笔来。"

徐文长慌忙起身推托道："学生才疏学浅，不敢，不敢。"

太守还以为徐文长徒有虚名，便令人铺好纸，磨浓墨，把笔塞进徐文长手里。徐文长抖抖索索地写了个"天"字，接着，垂首托额，呆坐一旁。

太守渐渐拉长脸，提高嗓门："写下去啊！"徐文长故意吃了一惊，赶紧下笔，又写了一个"天"字，接下去，竟一连七个"天"字。

太守自以为得计，翻脸喝道："好个欺世盗名的刁民！给我拿下！"

左右正要动手，只听徐文长凛然一声："慢！"接着，但见他拿起笔来，龙飞凤舞。写完，冷冷地说："请大人过目。"

太守不看则已，一看，顿时瘫倒在椅子上。过了很久，才缓过气来，伏地就拜："老夫有眼无珠，望先生海涵。"

要问徐文长写的是什么，竟叫太守吓得魂不附体？但见——

天天天天天天天,天子新丧未半年。

山川草木尚含泪,太守西湖独放船。

太守自知,今天游湖一事,如果被告发,不但自己脑袋难保,还要连累九族,因此不得不磕头求饶。

(搜集整理:秦来来　忻才良)

　　太守不看则已，一看，顿时瘫倒在椅子上。过了很久，才缓过气来，伏地就拜："老夫有眼无珠，望先生海涵。"

　　要问徐文长写的是什么，竟叫太守吓得魂不附体？但见——

　　天天天天天天天，天子新丧未半年。

　　山川草木尚含泪，太守西湖独放船。

徐文长,汉族文人型机智人物。其原型徐渭(1521—1593),初字文清,改字文长,号天池山人、青藤道士,山阴(今浙江绍兴)人,明代文学家、书画家。性格狂放,愤世嫉俗。其故事多以对抗官府、嘲弄权贵为内容,在浙江、江苏及全国许多地方广泛流传。

蜡烛头鱼行主

从前,有个人开鱼行,因为生意很好,不到几年,就赚了一笔大钱,做了老板。这个鱼行老板是个有名的小气鬼,别人想拔他一根毫毛,简直比月中摘桂还难。他家里金银财宝多得用不完,却还要处处占人家的便宜。所以人们给他取了个绰号,叫"蜡烛头"。

鱼行老板自己没有读过书,却羡慕读书人,他让儿子去读书应试,希望儿子有朝一日也做个大官儿,用八人抬的大轿穿街过市,吆喝着抬回家来。这样,他就不用开鱼行,可以在家做老太爷,享一辈子清福了。

后来,他的儿子果然考中了秀才,他高兴得一夜睡不着觉。第二天一早,他特地跑到徐文长家里,赔着一脸笑容,缠死缠活地硬请徐文长给他自己题一个雅号,给儿子的书房定个室名。

徐文长没法拒绝,思索了一会儿,就提起笔来替他题名"海山先生",给他儿子的书房题名"衡玉山房"。鱼行老板拿了这两幅字,直笑得合不拢嘴,兴冲冲地拱手告辞了。

大家看到鱼行老板的雅号和他儿子书房的室名,个个都说这两个名字取得文雅极了。

不久,徐文长的几位好朋友,特地跑到徐文长那里去质问:"文长兄,鱼行老板不过是专讨人家便宜、寿头寿脑①的'蜡烛头',他儿子无非考上个秀才,有什么了不得!你为什么把他的外号和他儿子书房的名称取得这般体面呢?"

　　徐文长回答道:"那外号和书房的名称,取得并不体面呀!"

　　朋友们诧异地问道:"那你为什么要用'海山'、'衡玉'这些字眼呢?"

　　徐文长笑着回答:"我替他题的'海山'两个字,其实是不难理解的。你们只要看祝寿的那副蜡烛上写的金字就会明白,一支是'福如东海',一支是'寿比南山'。如果有人做寿点寿烛,点到后来,只剩了蜡烛头的时候,岂不是一边只剩下一个'海'字,一边只剩下一个'山'字了吗?至于那'衡玉山房',也并不见得有什么雅,你们不妨把'衡玉'两字拆开来看看。"

　　那几位朋友听了徐文长的话,想了一想,把"衡玉"两字拆开来,原来就是"鱼行主"三个字。再把上面的意思连贯起来,就成为"蜡烛头鱼行主"。大家一会意,都笑痛了肚皮。

(搜集整理:谢德诜)

———————————

① 寿头寿脑:方言,呆头呆脑,傻里傻气。

　　徐苟三，汉族劳动者型机智人物。其原型徐苟三，出身贫苦，以打长工、短工为生。他的故事颇为诙谐风趣，在湖北京山、天门、仙桃一带广泛流传。

出门时时好

　　从前,有个客店的老板娘,人十分刻薄。每逢住店的客人拿菜去做,他都得雁过拔毛,留下一些自己吃。

　　一天,徐苟三和几个伙伴割了二斤肉,拿给她炒。这老板娘给做了一个炒肉。大伙一看,最多只用了一斤肉。为了吃的事去和她吵,不好意思;不说吧,心里又有气。徐苟三想了一下说:"等会儿去把肉要回来。"

　　吃完饭后,徐苟三便在店子里踱来踱去,嘴里不住地说:"在家千日坏,出门时时好。"

　　那老板娘听了,纠正他说:"你说错了,应该是在家千日好,出门时时难。"

　　徐苟三一本正经地说:"我才没错呢,我在家里时,每次割二斤肉回家,老婆都是炒个精光,吃了上餐没下餐。而你呢,就想得很周到,二斤肉只给我炒了一半,还有一半留给我下餐吃哩。"

　　老板娘被说得面红耳赤,只得点头称是。到了下午,照样给他们又做了一个炒肉。

　　　　　　　　　　　　　(讲述:白宏荣;整理:白守成)

373

萧光际，汉族文人型机智人物。其原型萧光际（1781—1864），字流芳，号脂香，清道光、咸丰年间广济（今湖北武穴市）人，以在乡间教书为业。其故事内容丰富，诙谐有趣，在湖北武穴一带流传，颇受群众喜爱。

三戏蔡糊涂

清咸丰年间，广济有一任知县姓蔡，人称"蔡糊涂"。他理政断案糊涂，发横财却不糊涂。这一年，他想借做五十大寿大捞一把，便指派衙门走狗四处游说，要求县城各界、各乡士绅送寿礼，并叮嘱他们"有钱送钱，无钱送物"。不几日就闹得七乡三镇怨声载道，乡里百姓更是叫苦连天，正是三月春荒季节，拿什么孝敬县太爷啊！

萧光际看到百姓受敲诈很气愤，就用四张白纸写了一副长对联：

大老爷做生金也要银也收票子尽拿黑白一把抓不分南北
小百姓该死麦未熟谷未出豆儿刚种青黄两不接哪有东西

这副对联贴在城墙上，片刻就招来成千人围观，远处的看不清叫近处的念给他们听。一顿饭的工夫，全城老少皆知，也传到蔡糊涂耳朵里。

蔡糊涂气得一跳八丈高，骂道："是哪个王八蛋写的？"旁边的孙师爷说："这对联绝非等闲之辈所写。一要文才，二要胆量，两者兼备除了萧光际没有第二个。"蔡糊涂两眼冒火："这老东西总是与官家作对，给我抓来是问!"孙师爷说:"太爷,如果就此事抓人,事情会闹大,对太爷前程有碍。"蔡糊涂说:"那我的气往哪里出?"孙师爷道:"人非圣贤,岂能无过?报复总有由头。忍得一时之气,再找生财之道。"蔡糊涂听了,只好作罢。

因此,蔡糊涂做五十大寿这天,门庭冷落车马稀,只有衙门内的狗腿子们和一些拍马屁的送了礼,办了几桌酒草草收场。

却说到了六、七月间,老天爷大旱,一个多月没下一滴雨,眼看庄稼会干死。蔡糊涂借口求雨来愚弄百姓诈取钱财。演武厅的广场上搭起一丈多高的求雨台,说是要念三天经文。

求雨这天,蔡糊涂登上台装模作样净手焚香,然后斋戒七日。一群和尚道士在求雨台上焚香烧纸,向天祷告,嗡嗡地念着谁也听不懂的经文。台下百姓人山人海,有信老天爷的,也有骂老天爷的。这样闹了两天,天上也没有起一丝儿云彩。

这天晚上,萧光际又用白纸写了一副对联:

妖僧怪道三令牌拍散风云雷雨
贪官污吏九叩首拜出日月星辰

横额是:

越求越旱

几个胆大的后生仵连夜把它贴在求雨台前。

蔡糊涂见了气急败坏,当即叫人撕下对联送到公堂,并派衙役去抓萧光际。

　　公堂之上，两旁衙役凶神恶煞。蔡糊涂吹胡子瞪眼睛，喝问："萧光际，你知罪吗?"萧光际不慌不忙答道："老朽一向安分守己，并不敲诈勒索，何罪之有?"蔡糊涂听了"敲诈勒索"四字，好比火上添油，脸气得像个紫茄子，一只发抖的手指着萧光际，说："你你你，捣乱灵台，亵渎神灵，破坏求雨，降祸黎民;你还屡次诬蔑本县，罪大恶极!"

　　萧光际一笑："证据何在?"

　　蔡糊涂道："广济县几个秀才肚子的货我清楚，尽是读死书的，只有你才想得出这些歪点子;另外，这种胆大包天的事儿，也只有你敢做。"

　　萧光际说："望县太爷一不要小看广济百姓，那一丈多高的台子贴对联，恐怕不是老朽一人能做的;二是依法论罪不能靠推理猜想吧。"

　　一句话问得蔡糊涂哑口无言。蔡糊涂说："既然你无攻击本县之心，可当堂为本县写一副对联，本县就释放你。"

　　萧光际道："老朽不曾犯法，谈何'释放'?"

　　蔡糊涂支吾道："呃……对，给萧先生看座，备好纸笔。"

　　衙役们连忙搬来椅子，端上文房四宝。萧光际提笔写道:

　　一二三四五六七
　　孝悌忠信礼义廉

　　横批是:

　　天高三尺

公堂上下齐声称赞:"写得好! 写得好!"

萧光际搁下笔,扬长而去。蔡糊涂命衙役们将这副对联挂在他的书房里。

蔡糊涂哪里知道,这副对联深有含义:上联骂他"忘八";下联骂他"无耻";横批是骂他盘剥百姓,地皮都刮去三尺,天当然也就高了三尺啰。

(讲述:千金莲;搜集整理:陶　简　刘汉胜)

图书在版编目（CIP）数据

智慧宝典：150则机智人物故事 / 《故事会》编辑
部编. —— 上海：上海文化出版社，2017.7（2021.3 重印）
（5000年民间故事经典传承丛书.智系列）
ISBN 978-7-5535-0749-1

Ⅰ. ①智… Ⅱ. ①故… Ⅲ. ①民间故事－作品集－中
国 Ⅳ. ①I277.3

中国版本图书馆CIP数据核字(2017)第129323号

责任编辑：刘雁君　赵媛佳
装帧设计：周艳梅
责任督印：张　凯
插图绘制：刘为民

书　　名：智慧宝典：150则机智人物故事
主　　编：祁连休

出　　版：上海文化出版社
出　　品：上海故事会文化传媒有限公司
　　　　　（200020　上海市绍兴路74号　www.storychina.cn）
发　　行：上海文艺出版社发行中心（上海市绍兴路50号）
印　　刷：上海万卷印刷股份有限公司
开　　本：787×1092　1/32
印　　张：12.25
版　　次：2017年7月第1版　2021年3月第2次印刷
书　　号：ISBN 978-7-5535-0749-1/I·237
定　　价：20.00元

如发现本书有质量问题，请与印刷厂质量科联系 Tel:021-56928178

故事会 大众文化出版基地 www.storychina.cn　上海故事会文化传媒有限公司 出品 (00489-B) www.storychina.cn

上海故事会文化传媒有限公司所有图书可办理邮购，免收邮费(挂号除外)
汇款地址：上海市南绍兴路74号(200020)；　收款人：上海故事会文化传媒有限公司出版发行部
联系电话：021-64338113